SV

György Dragomán

# Löwenchor

## Novellen

Aus dem Ungarischen
von Timea Tankó und Terézia Mora

Suhrkamp

Die Originalausgabe erschien 2015 unter dem Titel
*Oroszlánkórus. Novellák* bei Magvető, Budapest.
»Puerta del Sol« wurde von Terézia Mora übersetzt.

Die Übersetzerin dankt dem
Deutschen Übersetzerfonds für die großzügige Unterstützung ihrer Arbeit.

Erste Auflage 2019

Satz: Satz-Offizin Hümmer GmbH, Waldbüttelbrunn
Druck: Pustet, Regensburg
Printed in Germany
ISBN 978-3-518-42851-1

# Löwenchor

*Meinen Söhnen*

## DER EISERNE BOGEN

Morgens, wenn er mich wachrüttelt, sagt mein Vater, er weiß, dass ich müde bin, er weiß auch, dass ich mich kaum noch auf den Beinen halten kann, aber ich habe keine Wahl, ich muss üben, jede Minute, jeden Augenblick muss ich nutzen, denn ich habe nicht mehr viel Zeit, nur noch einen Monat, dann ist mein dreizehnter Geburtstag, der schwarze Geiger kommt, um mich zu prüfen, bis dahin muss ich pausenlos üben; wenn wir nicht gerade schlafen, üben wir, das ist absolut notwendig, denn er will nicht, dass es mir so ergeht wie ihm.

Mein Vater zeigt mir seine Hände, die Finger sind krumm und knotig wie die Wurzeln der Eibe, er sagt, das wird gar keine Prüfung, sondern ein Wettstreit, ich muss gegen den schwarzen Geiger antreten, der sich mitten ins Zimmer stellen und etwas spielen wird, eines der siebenundsiebzig Lieder, das muss ich nachspielen, und wenn ich besser spiele als er, wird er mir seine Geige schenken, die Geige samt Bogen, dann wird er hinausgehen, blitzschnell den verdorrten Birnbaum hochkraxeln, bis in die Spitze, seinen Mantel ausbreiten, wegfliegen und nie wieder zurückkehren, doch wenn ich schlechter spiele, wird er mir mit seinem eisernen Bogen alle Finger brechen, und nicht nur die Finger, sondern alle kleinen Handknochen, so dass ich nie wieder einen Bogen halten kann und auch keine Geige, also tue ich gut daran, mich anzustrengen, mich nicht vor der Arbeit zu drücken, nicht zu schummeln, sonst kann ich mich gleich von meinen geliebten Fingerchen verabschieden.

Mein Vater sitzt im Schaukelstuhl, fuchtelt mit dem alten Bogen, dirigiert mich, sagt, ich soll aufhören und von vorne anfangen, oder er sagt, noch mal oder schneller oder langsamer, vor allem aber sagt er, ich spiele falsch, ganz falsch, ob ich denn nicht merke, dass es falsch ist, ich soll endlich richtig hinhören, schließlich bin ich sein Sohn, ich kann doch nicht taub sein.

Wie ein großes Metronom wippt der Schaukelstuhl auf dem zerschlissenen Perserteppich hin und her, die Dielen unter dem Teppich knarren im Takt, mein Vater sagt, er weiß, dass es sehr schwer ist, aber ich soll mich nicht fürchten, denn er bereitet mich seit meiner Geburt darauf vor, den schwarzen Geiger zu besiegen, der Bogen liegt ja auch deshalb so gut in meiner Hand, weil er ihn mir bereits in die Hand gedrückt hat, als ich noch gar nicht laufen konnte, ich war ein dummer Knirps und wollte ihn nicht anfassen, doch dann hat er ihn mir an die Hand gebunden, mit harzdurchtränkter Gaze, damit ich ihn nicht loslassen kann, sondern mich an sein Gewicht und den Griff gewöhne, denn er hat bereits damals gewusst, jede Minute ist kostbar, jeden Augenblick muss man nutzen.

Wenn ich die schnelleren Lieder übe, wippt auch Vaters Schaukelstuhl schneller vor und zurück, er schreit mich an, ich soll den Takt halten, ich soll an den schwarzen Geiger denken, und falls ich glaubte, dass das richtiges Üben ist, sollte ich wissen, dass der schwarze Geiger jede Nacht draußen am Kreuzweg übt, mit dem Rücken zum Mond, um den Schatten seines Bogens im Straßenstaub sehen zu können; wenn er schnell genug spielt, kommt der Schatten nicht mehr hinterher, reißt vom Bogen ab und bleibt im Staub liegen, er sieht dann aus wie eine schmale schwarze Lache, ich soll mir vorstellen, dass auch ich so schnell bin. Wenn mein Vater davon erzählt, steht er manchmal aus dem Schaukelstuhl auf, stellt sich hinter mich, schaltet seine von zehn Batterien betriebene Xenon-Sturmlampe an und beleuchtet mich so, dass mein Schatten schwarz auf die Wand fällt, dann sagt er, ich soll mir vorstellen, ich bin der schwarze Geiger, soll die Hand so bewegen, als wäre es gar nicht meine Hand, dabei sehe ich immer zur Wand, zu meinem Schatten an der Wand und warte darauf, dass er plötzlich stehen bleibt, doch er bewegt sich immer weiter.

Mein Vater sagt, ich darf mich beim Spielen von nichts stören lassen, manchmal leuchtet er mir mit der Sturmlampe in die Augen, ein andermal bläst er mir mit der Fahrradpumpe ins Ohr oder springt mit der Ratsche in der Hand um mich herum, manchmal bringt er auch die Hundekette, legt sie in den Waschtopf und schüttelt ihn aus voller Kraft, er sagt, ich muss mich daran gewöhnen, denn der schwarze Geiger wird den Wind um mich herumwirbeln lassen, mir wird es vorkommen, als flatterten Krähen und Fledermäuse an mir vorbei, als schlügen sie mir mit ihren Flügeln ins Gesicht, doch selbst dann darf ich keinen Fehler machen.

Mein Vater springt mit dem Waschtopf um mich herum, die Kette rasselt sehr laut, doch mein Vater übertönt sie, er erzählt vom schwarzen Geiger, davon, dass der immer um Mitternacht auf den Friedhof geht und dort den Geistern aufspielt, die Geister erwachen und tosen um ihn wie der heftigste Sturmwind; wenn er auch nur einen schiefen Ton spielt, werden sie ihn sofort unter die Erde mitnehmen, doch der schwarze Geiger erschrickt nie, oder selbst wenn er erschrickt, sieht man es ihm nicht an, sondern er bringt die Geister zum Tanzen, und wenn er die Nase voll hat, fängt er an, in umgekehrter Richtung zu spielen, und dann können die Geister gar nicht anders, sie müssen unter die Erde zurück, ja, wirklich, wenn er rückwärts spielt, kann der schwarze Geiger selbst den größten Sturm sich legen und die Wolken fortziehen lassen, und wenn er will, kann er sogar Kranke heilen, so kräftig ist sein Strich.

Mein Vater sagt, ich muss alle siebenundsiebzig Lieder so können, dass ich jedes einzelne mit geschlossenen Augen von Anfang bis Ende und zurück spielen kann, selbst wenn er mich aus dem tiefsten Schlaf reißt, und oft reißt er mich tatsächlich aus dem Schlaf, wischt mir mit einem feuchten Tuch übers Gesicht, wartet nicht einmal ab, dass ich mich hinsetze, schon drückt er mir Geige und Bogen in die Hand, sagt den Titel des Liedes an, manchmal steige ich nicht einmal aus dem Bett, sondern spiele so, im Liegen, mein Vater sagt, ich mache das gut, aber ich muss wissen, dass der schwarze Geiger auch mit dem Kopf nach unten spielen kann, manchmal kraxelt er bis in die Spitze der höchsten Kiefer, hakt seine Stiefel in die dünnsten Zweige, legt sich auf die weichen Äste und spielt dort oben, und zwar so, dass alle Zapfen sich öffnen und die Kerne ihm direkt in den Mund rieseln.

Mein Vater sagt, ich muss nun auch während des Essens spielen; wenn der schwarze Geiger gleichzeitig essen und spielen kann, muss auch ich es können, er formt mir kleine Kugeln aus Grießnudeln, wirft sie in die Luft, manche fange ich mit dem Mund, manche mit dem Bogen oder ich schieße sie vom Ellbogen in den Mund, mein Vater lobt mich selbst dann nicht, wenn ich keine einzige fallen lasse, er sagt nicht, wie geschickt ich bin, nickt nur, und dass er doch zufrieden mit mir ist, weiß ich, weil er mir gesalzene Kürbiskerne in den Mund wirft oder Himbeerbonbons in die Luft.

Mich ausruhen darf ich nur, wenn ich einen Krampf bekomme, dann muss ich mich auf den Boden legen, und mein Vater massiert mich so lange mit Walnussöl, bis sich der Krampf löst, doch auch während er mich massiert, erzählt er vom schwarzen Geiger, davon, dass er angeblich hinter dem Berg, auf dem Dachboden der alten Glasfabrik lebt; als Vaters Hand nach langer Zeit endlich geheilt war, sind sie zur Glasfabrik gegangen, er und sein bester Freund, um die Geige des schwarzen Geigers zu stehlen, sie sind am Samstag gegangen, denn samstags spielt der schwarze Geiger nicht, sondern schläft den ganzen Tag und die ganze Nacht, vom ersten Hahnenschrei am Samstagmorgen bis zum ersten Hahnenschrei des nächsten Tages, sie haben die Glasfabrik sogar gefunden und das Schnarchen des schwarzen Geigers gehört, nur fanden sie in der Ziegelmauer der Fabrik kein Tor, sie sind rundherum gelaufen, immer nur rundherum, mal in die eine, mal in die andere Richtung, bis sie den Hahn krähen hörten.

Ich darf auch nicht aufhören, wenn mir eine Saite reißt, es sind sehr gute Saiten, sie halten einiges aus, mein Vater hat sie aus dem Darm eines schwarzen Bocks und dem Netz einer Kreuzspinne gedreht, doch ab und zu reißen sie, mein Vater sagt, sein Verhängnis ist gewesen, dass er die Geige abgesetzt hat, als ihm zwei Saiten auf einmal gerissen sind, das darf ich nicht tun, ganz gleich, was geschieht, ich muss, ohne mit der Wimper zu zucken, weiterspielen, auch wenn nur noch eine Saite übrig ist, ja, sogar dann noch, ich muss spielen, bis das Lied zu Ende ist. Manchmal schneidet er mit der großen

Schneiderschere eine Saite durch, damit ich mich daran gewöhne, dann muss ich so hohe Töne spielen, dass sie uns in die Zähne fahren und uns davon die Ohren klingen, doch ich höre nicht auf.

Wenn ich schon so erschöpft bin, dass ich kaum noch spielen kann, gehen wir in den Hof, mein Vater hilft mir, mich in die Waschschüssel zu setzen, die er anstelle des Eimers an der Brunnenkette befestigt hat, dann lässt er mich hinunter, so tief, bis meine Sohlen fast das Wasser berühren, damit mir die Kühle des Brunnens neue Kraft verleiht. Dort unten zu spielen ist am schwersten, denn um mich herum plätschert und hallt es, als befände ich mich tatsächlich mitten im Sturm, die Kette pendelt hin und her, doch ich spiele und spiele, höre nicht auf, lehne mich zurück, übers Wasser, wie mein Vater es mir beigebracht hat, lasse mir vom kühlen Moos an der Brunnenwand den Nacken kühlen und schaue hinauf zum kleinen blauen Kreis des Himmels. Ich halte den Bogen mit festem Griff, denke an Vaters Finger, denke daran, was er über unseren Brunnen gesagt hat, dass er so tief ist, dass ich darin sogar am Tag die Sterne und den schwarzen Himmel sehen kann, ich streiche die G-Saite so stark, dass mir das Kinn kribbelt, der ganze Kopf, ich stelle mir vor, wie der Himmel dort oben schwarz wird und die Deichsel des Großen Wagens erscheint.

Mein Vater zieht mich hoch und fragt, ob ich die Sterne gesehen habe, ich denke an den blauen Himmel und antworte, ja, ich habe sie gesehen, da lächelt mein Vater mich an, seine Zähne funkeln im Licht, als wären sie aus purem Gold, er fährt mir mit seinen krummen Fingern durchs Haar und sagt, dann ist ja alles gut, dann haben wir nichts zu befürchten, nun ist es ganz sicher, dass nichts schiefgehen wird.

# CRY ME A RIVER
## Lampenfieber

Als ich zum ersten Mal die Bühne betrat, rauschte und toste das Publikum wie das Meer, und mir kam es vor, als stünde ich am Ufer, und eine schäumende graue Welle rollte auf mich zu, ergriff mich, wirbelte mich herum und schleuderte mich gegen die Felsen, ich spürte, es ging nicht, ich würde keinen Ton herausbringen, und das war es dann, ich bin am Ende.

Ich hob den Kopf, blickte ins Rampenlicht, der weiße Scheinwerfer blendete mich und ließ mich erstarren, es war, als blickte ich in einen Spiegel, ich sah mich und wusste, das würde nichts werden, ich war doch nur ein albernes junges Ding mit langen Armen und langen Beinen, trotz Absatzschuhen und Konzertkleid war ich nur ein Kind, ich hatte hier nichts zu suchen, und da schloss ich die Augen, hinter den Lidern sah ich Orange und Grün, das Licht der Scheinwerfer, und ich stellte mir vor, es sei die Sonne, ich sähe die Sonne, wie sie aus dem Meer stieg, um mich mit ihrer Wärme zu erfüllen, mich an sich zu reißen, und da spürte ich, dass ich das Meer war, dass die Welle in mir war, ich fühlte, wie sich meine Lippen öffneten und der Gesang von irgendwoher tief aus mir hervorbrach, nicht laut, sondern so, wie es sein musste, mit einer zurückgehaltenen, gespannten Leidenschaft, ich hörte, wie hinter mir Kontrabass, Schlagzeug und Klavier einsetzten, doch ich achtete nicht auf meine Stimme, auch nicht auf die Musik, sondern auf das Publikum, das mit einem Mal verstummte, als hätte jeder Einzelne im selben Augenblick den Atem angehalten, und da hatte ich das Gefühl, nun würde alles gut werden, es zählte nicht, dass ich erst vierzehn Jahre alt war, und auch meine schlechte englische Aussprache zählte nicht, nur das, was ich fühlte, zählte und dass meine Stimme wiedergab, was ich fühlte, jede Nuance meiner Stimme gab meine Gefühle wieder, und ich sang *Cry me a river,* und obwohl ich noch nie verliebt gewesen war und mich noch nie jemand verlassen hatte und auch ich noch nie jemanden verlassen hatte, gab meine Stimme die Hoffnungslosigkeit und den Schmerz der Enttäuschung wieder, man wusste, dass nun alles vorbei war, leer und für immer verloren, und obwohl mir noch nie jemand das Herz gebrochen hatte und auch ich noch nie jemandem das Herz gebrochen hatte war dieser Schmerz aus meiner Stimme herauszuhören und auch dass ich mich mit dem Schmerz abgefunden hatte und vergeben würde, aber auch, dass ich niemals würde vergeben können – einfach alles.

Ich stand da, mit geschlossenen Augen, und sang dieses traurige Lied, und es kam mir so schwergewichtig vor, dass ich es nicht würde halten können, dass ich es nicht würde ertragen können, der Schmerz war schwerer als meine Stimme, er würde sie zerbrechen, ich würde verstummen, diese unsägliche Traurigkeit würde mich verstummen lassen, ich war mir sicher, dass ich es nicht würde zu Ende singen können, ich hörte fast, wie meine Stimme wegbrach, da öffnete ich die Augen, blickte wieder ins Licht, hörte die Musik, Schlagzeug, Klavier, Kontrabass, und das tiefe Pulsieren des Kontrabasses war wie das Weinen, das mir in der Kehle saß, und vom Weinen sang ich ja auch gerade, *Cry me a river*, der Klang des Klaviers trug meine Stimme empor, das Pulsieren des Kontrabasses hielt sie und unterstützte sie, und das Schlagzeug unterlegte ihr einen Rhythmus, hob sie aus der hoffnungslosen Starre heraus, und da ließ der Schmerz allmählich nach, ja, genau davon handelte die Musik, davon, dass der Schmerz irgendwann nachließ, und da verstand ich, dass ich nicht allein war, dass ich nicht allein auf der Bühne stand, die Musik war bei mir, hob mich und hielt mich, verlieh dem Schweren eine Leichtigkeit und dem Leichten eine Schwere, sie half zu empfinden und half zu leben, und ich hatte nichts anderes zu tun, als mich ihr zu überlassen, sie zu spüren und das einzubringen, was ich fühlte, und wenn mir das gelänge, so käme alles in Ordnung, wenn mir das gelänge, würde ich wirklich und wahrhaftig Sängerin werden, ich wäre nicht mehr länger nur das aufgeregte Mädchen mit der guten Stimme in einem schlechtgeschnittenen Konzertkleid.

Ich blickte ins Licht, dann langsam hinunter zum Publikum, ich sang und erkannte in dem Glanz die einzelnen Gesichter und wusste, wenn sie mir zuhörten, dann fühlten sie, was ich fühlte, die gleiche gewichtige Erleichterung, und da erblickte ich mich wieder, wie ich strahlend auf der Bühne stand.

## Tönung

Mein erster Gedanke war, das Konzert ausfallen zu lassen. Ich wäre niemals in der Lage zu singen.

Als ich dann endlich begriff, dass mein Mann die Wahrheit gesagt hatte, dass es ihm ernst war, dass er wirklich gesagt hatte, zwischen uns sei es aus, er liebe mich nicht mehr, er liebe eine andere, sein Leben und seine berufliche Zukunft stelle er sich von nun an mit ihr vor, und er wisse, er hätte mir das nicht jetzt, fünf Minuten vor dem Konzert sagen sollen, doch ich müsse verstehen, er hätte sich nicht noch einmal hinter mich auf die Bühne stellen können, ohne dass ich die Wahrheit kannte – als ich all das begriff, musste ich daran denken, dass wir in einer Woche unseren achtzehnten Jahrestag gefeiert hätten.

Ich betrachtete seinen Mund, immer wieder befeuchtete er beim Sprechen nervös die Unterlippe, wischte sich eine Haarsträhne aus der Stirn, ich mochte diese unruhigen, beinah femininen Gesten, ich glaube, es waren seine Hände, in die ich mich gleich bei der ersten Probe verliebt hatte, vielmehr seine Finger, als seine Finger über den Hals des Kontrabasses glitten, spürte ich die Berührung auf meiner Haut, ich stellte mir vor, wie er mir über den Rücken streicht, wie seine Fingern an beiden Seiten meiner Wirbelsäule entlangfahren, mit sanftem Druck auf die angespannten Muskeln, wie er mich an sich zieht, mich fest umarmt, es war so offensichtlich, dass dies geschehen muss, dass ich mich für den Gedanken gar nicht schämte, den Kopf nicht senkte, nicht wegschaute, sondern ihn anlächelte. Später einmal gestand er mir, dass er nie zuvor ein so selbstsicheres, wildes und reines Lächeln gesehen habe wie damals, und als ich dann zu singen begann, dachte ich, dass sei für ihn, allein für ihn, und ich wusste, dass auch er es genau spürte, denn er spielte makellos, legte den Rhythmus unter meine Stimme, um sie zu stützen und zu verstärken, hielt ihr einen Spiegel hin und vervielfältigte ihr Leuchten und ihren Glanz.

Ich sah, wie sich die Falten auf seiner Stirn vertieften, ich hörte ihn sagen, er schäme sich, denn er wisse, unsere Geschichte sei von musikhistorischer Bedeutung, es sei in der Tat eine wunderschöne Geschichte, eine Sängerin und ein Bassist, die sich ineinander verlieben, gemeinsam weltberühmt werden, das sei unglaublich schön gewesen, doch ich müsse verstehen, dass die Liebe, die er nun für jemand anderen empfand, stärker sei als alles andere, er habe keine Wahl, er müsse mich verlassen, müsse gehen, denn das Leben treibe ihn in eine andere Richtung.

Er verstummte, stand auf, sah mich mit leicht verzogenem Mund an, wartete darauf, dass ich etwas sagte. Dass ich zusammenbrach, weinte, dass endlich irgendetwas geschah.

Ich betrachtete sein Gesicht, spürte, dass ich gefroren, dass ich innerlich zu Eis geworden war, ich dachte, Weinen würde helfen, doch selbst weinen konnte ich nicht, das war's, dachte ich, und da sah er mich für einen Moment an, wie er mich nie zuvor angesehen hatte, sein Blick war zugleich voller Mitleid und Hass und Scham, er sah mich an wie einen Gegenstand, und da fiel mir plötzlich ein, dass ich diesen Gesichtsausdruck doch schon einmal bei ihm gesehen hatte, einige Wochen zuvor, da hatte er im Badezimmer gestanden und in den Spiegel geblickt, er hatte sich gerade rasiert und betrachtete nun sein Gesicht, nur einen Augenblick lang war dieser Ausdruck da, denn als er mich hinter sich im Spiegel erblickte, lächelte er bereits, das Ganze war nicht mehr als ein kurzes Aufblitzen gewesen, vielleicht hätte ich es sogar vergessen, wenn ich nicht noch am selben Tag im Mülleimer die Verpackung einer Haartönung gefunden hätte, der reine Zufall, ich suchte nach meinem Armband, ich hatte es vorm Kochen abgelegt und vermutete, dass ich es versehentlich mit den Apfelschalen weggeworfen hatte, ich war äußerst überrascht, denn er war so stolz darauf, dass er immer noch nicht grau wurde, ich wollte die Verpackung nehmen und sie ihm lachend unter die Nase halten, doch dann erinnerte ich mich an den Blick im Spiegel, und ich ließ es sein.

Und nun sah er mich mit dem gleichen Blick an wie damals sein Spiegelbild, und da verstand ich mit einem Mal alles, ich verstand, dass er in mir sich selbst sah, das, wovor er sich am meisten fürchtete, das Älterwerden, soll er doch samt seiner unendlichen Eitelkeit zur Hölle fahren, dachte ich, und gleich dort bleiben, nun würde ich erst recht nicht weinen, keine Szene machen, hier würde es kein *Cry me a river* geben, ich dachte an die Kälte in mir, an das Eis, ich ließ es in meinen gesamten Körper ausströmen, meine Gesichtszüge erstarrten, ich spürte, wie sich meine Lippen öffneten, sich zu einem klirrenden Lächeln verzogen, und dann sagte ich nur, kühl und trocken: »Schade.«

## Ispahan

Ich hätte nicht gedacht, dass er kommen würde. Zu Beginn des Konzerts war er noch nicht da gewesen, das wäre mir aufgefallen, doch dann, gerade vor *Cry me a river*, saß er plötzlich direkt vor mir, dritte Reihe in der Mitte, ich entdeckte ihn trotz der Scheinwerfer. Ich lächelte ihn an und sah sofort, dass mein Blick ihn in Verlegenheit brachte, vielleicht befürchtete er, den anderen Zuschauern würde auffallen, dass ich ihn ansah, dabei fiel es ihnen nicht auf, ich bin schon lange genug im Geschäft, um jeden im Publikum glauben zu machen, ich sänge für ihn allein.

Dabei sah ich nur ihn an, wie er dasaß, die Beine nervös

übereinandergeschlagen, die Hände auf den Knien, verschämt den Blick gesenkt, er rückte auf dem Stuhl hin und her, errötete wohl sogar ein bisschen, wodurch er noch jünger wirkte, beinah wie ein Jugendlicher, die Sommersprossen stachen noch stärker hervor, süß ist er, dachte ich, süß, und umklammerte das Mikrofon mit beiden Händen, wiegte mich in den Hüften zum Rhythmus der Musik, zum Rhythmus meiner eigenen Stimme.

Dabei schließe ich meist die Augen, früher habe ich sie auch beim Küssen geschlossen, doch bei ihm nicht, ihn sah ich auch beim Küssen an, ich hatte ihn zuerst geküsst, hatte bemerkt, dass er es wollte, aber ich wollte es noch mehr, es war mir egal, dass er erst dreiundzwanzig war und ich neununddreißig, natürlich dachte ich daran, wie hätte ich nicht daran denken sollen, doch es war nur eine leise, ferne Melodie, um die ich mich nicht kümmerte, ich umarmte ihn, zog ihn an mich und küsste ihn, sein Kuss war süß. Er erschrak ein wenig, doch küsste er mich auch und umarmte mich, und die Süße seines Kusses öffnete sich und bekam eine Tiefe, sie schmeckte nach Rosen und Himbeeren und nach etwas anderem, das ich nicht kannte, ich schloss die Augen nicht, ich betrachtete sein Gesicht, aus der Nähe waren die Sommersprossen noch größer, wie sehr ich sie liebe, dachte ich, ich liebe diese Sommersprossen, ich bin verliebt, und es ist mir egal, dass er fast mein Sohn sein könnte. Natürlich könnte ich mir, rational betrachtet, sagen, ich habe gerade eine hässliche Trennung hinter mir, mir ist klargeworden, dass auch ich älter werde, kein Wunder, wenn ich mich in den Erstbesten verliebe, der mir über den Weg läuft, und sei es ein junger sommersprossiger Konditor beim Kurs *Die Hohe Schule der französischen Desserts*, doch vielleicht gefällt es mir ja gerade, dass er nicht weiß, wer ich bin, denn er interessiert sich nicht für Jazz, er weiß nicht einmal, was das ist, er sieht in mir nicht die Sängerin, sondern nur die Frau.

Als er mich fragte, was ich sonst so mache, verriet ich es ihm zunächst nicht, ich küsste ihn und sagte, das sei ein Geheimnis, mir gefiel dieses Spiel, es gefiel mir, wie er während des Kurses so tat, als wäre nichts zwischen uns, und wie er den anderen alles genauso bereitwillig erklärte, es gefiel mir, alles so einrichten zu müssen, dass ich als Letzte dablieb, es gefiel mir, dass ich ihn, wenn ich wollte, mit meinem Blick bis über beide Ohren erröten ließ.

Der Kurs dauerte drei Monate. Ich lernte wie eine ordentliche Creme sein musste, wie man Schokolade temperierte, Zuckerfäden zog und Macarons buk. Zur letzten Stunde brachte ich ihm eine Konzertkarte mit, sie war schön bunt, mit meinem Gesicht drauf, mein Name in Goldbuchstaben, er war furchtbar verlegen, als er sie nahm, ich sagte, ich müsse mit ihm sprechen, und da sagte er aufgewühlt und hektisch, er wisse schon, ich wolle sagen, er sei zu jung für mich, und das verstehe er auch, und dann holte er mit fahrigen Bewegungen ein Einweckglas aus seiner Fahrradtasche und gab es mir, ein Abschiedsgeschenk, sagte er, rote Marmelade, ein Einweckglas mit Bügelverschluss, ich betrachtete sein Gesicht, den Tanz seiner Sommersprossen, und wusste, dass ich ihm nun nicht mehr würde sagen können, was ich ihm hatte sagen wollen, ich öffnete den Verschluss und steckte den Finger in die dicke Marmelade, leckte sie ab, mein Mund füllte sich mit dem Geschmack, den ich von unserem ersten Kuss kannte, mir kamen die Tränen, ich drehte den Kopf weg, damit er es nicht sah, wischte mir mit dem Ärmel meiner Seidenbluse die Augen, hörte ihn sagen, schmeckt gut, nicht wahr?, eine Mischung aus Himbeere, Rose und Litschi, die Erfindung eines weltberühmten französischen Konditors, es heißt Ispahan. Ich lächelte ihn an, sagte danke, danke für alles, und wenn er es einrichten könne, solle er doch ins Konzert kommen.

Ich blicke ihn direkt an und singe *Cry me a river*, lasse das Mikrofon los, presse die rechte Hand auf den Bauch, die unregelmäßigen Klänge des Kontrabasses sind wie der Rhythmus eines schnell schlagenden Herzens, und das ist es auch, in mir pulsiert ein neues Leben, eines, das nur mir gehört. Ich sehe ihn an, lächele, denke, ich habe es ihm nicht erzählt, er wird es nie erfahren.

## Peace-Zeichen

Summend steige ich die Treppen hinauf, kein Jazz, ein Volkslied, einfach, ohne Text, in der Hand die Tüte mit Kuchen, ich freue mich, dass die Probe ausgefallen ist, freue mich, dass ich den verloren geglaubten Wochenendtag zurückbekommen habe. Marcell wird sich auch freuen, vielleicht ist er noch gar nicht wach, dann kann ich ihm die Cremeschnitte und den Sahnekakao ans Bett bringen. Ich weiß natürlich, dass er kein Kind mehr ist, er ist fünfzehn, oft sehe ich schon den erwachsenen Mann in ihm, zum Beispiel streift er die Schuhe mit haargenau der gleichen, ungeduldig nachlässigen Bewegung ab, die ich bei seinem Vater gesehen habe, das berührt mich jedes Mal so sehr, dass ich ihn nicht zurechtweisen mag, er solle sie ordentlich hinstellen, denn würde ich ihn zurechtweisen, würde er mit dem Schulterzucken und dem Lächeln reagieren, das ich von klein auf so gut von ihm kenne, ein bisschen linkisch, ein bisschen schelmisch, und dann wäre bei mir erst recht alles vorbei, denn ich müsste daran denken, dass er, als ich dieses Lächeln zum ersten Mal bei ihm sah, gerade laufen lernte und den kleinen Tisch mit dem CD-Stapel umgestoßen hatte, der Lärm erschreckte ihn, und er sah mich ganz verunsichert an, ob ich nun mit ihm schimpfen würde, und als ich lachte, versuchte er es auch, doch vor Schreck gelang ihm nur dieses Lächeln, weshalb ich natürlich nicht anders konnte, als ihn hochzuheben und mit Küssen zu bedecken.

Im dritten Stock angekommen, nehme ich den Laubengang zu unserer Eckwohnung, es ist furchtbar, dass ich schon wieder daran denke, wie er als kleiner Junge war, obwohl er schon fast erwachsen ist, egal, er wird trotzdem immer mein Sohn bleiben, der einzige verlässliche Mann in meinem Leben. Wenn ich ihn nicht allein erziehen würde, wäre meine Liebe zu ihm vielleicht nicht so unerträglich stark. Manchmal denke ich darüber nach, warum kein Mann bei mir geblieben ist, und komme immer wieder zu dem Schluss, dass keiner an dritter Stelle sein wollte, nach meinem Sohn und dem Singen; mit fünf hat er mich einmal gefragt, Mama, kann es sein, dass die Musik mein Vater ist, darauf wusste ich nichts zu erwidern, brauchte aber all meine Kraft, um nicht in Tränen auszubrechen.

Als ich den Laubengang zur Hälfte zurückgelegt habe, höre ich das Pulsieren, vielmehr höre ich es eigentlich nicht, ich spüre es eher, von den Fußsohlen kriecht es mir in den Körper hinauf, zuerst weiß ich gar nicht, was das ist, doch als ich vor der Tür stehe, erkenne ich Marcells Musik, Drum 'n' Bass, er liebt das, ich kann diese Musik leider nicht ertragen, wir haben ausgemacht, dass er sie nur dann laut hören darf, wenn ich nicht zu Hause bin, ich habe ihm gute Kopfhörer gekauft. Das primitive Wummern der Drum Machine strapaziert meine Nerven schon, wenn ich es nur durch die Tür höre, ich drücke die Klinke, die Tür öffnet sich nicht.

Ich habe ja abgeschlossen, als ich losgegangen bin, fällt mir ein, hole den Schlüssel hervor, kriege ihn nicht ins Schloss, durch das Türglas sehe ich, dass Marcells Schlüssel von innen steckt, ich verstehe nicht, warum er ihn hat stecken lassen, ich will klingeln, da entdecke ich an der Garderobe den mir unbekannten roten Mantel.

Ich halte inne, klingele nicht, neben dem Mantel hängt eine Umhängetasche voller Flicken, die pinkfarbenen, blauen, schwarzen und roten Flicken ergeben ein rundes Peace-Zeichen. Mir fällt ein, dass ich diesen Mantel und diese Tasche schon einmal irgendwo gesehen habe, Marcells Bild erscheint vor mir, wie er mit einem dünnen großen rothaarigen Mädchen aus der Bibliothek kommt, sich nicht von ihr verabschiedet, sie nicht einmal ansieht, er kommt zum Auto und setzt sich neben mich, wir fahren los, ich sehe das Mädchen im Rückspiegel, sie steht an der Bordsteinkante, sieht uns nach. Ich denke an ihr Gesicht, sehe ein triumphierendes Lächeln, doch das bilde ich mir sicherlich nur ein, sie ist ein schönes Mädchen, wie alt sie wohl sein mag, fünfzehn, höchstens sechzehn? Ich denke an Marcell, frage mich, warum er es mir nicht erzählt hat.

Ich weiß, dieser Moment musste kommen, ich müsste stolz sein, ich drehe mich weg, lehne mich an die Wand, betrachte die Akazien im Hof, das Wogen der weichen Blätter, die sich erst vor kurzem aus den Knospen herausgearbeitet haben, spüre den Bass im Rücken, ich rutsche in die Hocke, mir scheint, der Rhythmus verändert sich, wird langsamer, das könnte auch das Dröhnen eines Kontrabasses sein, wohl mein Evergreen, *Cry me a river*, doch auch das bilde ich mir nur ein.

Ich greife in die Tüte, reiße das Einschlagpapier auf. Stecke den Finger in die Cremeschnitte, lecke die Masse ab, nehme den Vanillegeruch des Puderzuckers wahr und einen salzigen, bitteren Geschmack, wie von unterdrückten Tränen.

## Glut

Es geht mir nicht gut. Der Eingriff war vor drei Monaten, aber meine Haare sind immer noch nicht wieder richtig nachgewachsen, wenn ich in den Garderobenspiegel blicke, sieht mich immer diese klapperdürre Alte an, ein Anblick, an den ich mich auch nach einem Jahr noch nicht gewöhnt habe, jetzt scheint sie mir ein klein wenig zugelegt zu haben, ihr Gesicht wirkt runder. Ich winke ihr zu, hallo, Liebes, wir leben noch, wer hätte das gedacht, und wie immer erwidert sie meinen Gruß, ich lese es ihr von den Lippen ab.

Das hätten wir nicht gedacht, wiederhole ich, werfe einen Blick auf die Perücke, solange es nicht unbedingt sein muss, setze ich sie nicht auf.

Auf das Make-up trage ich noch etwas Puder auf, mehr aus Gewohnheit und weil ich den Duft mag, dem Silberetui entnehme ich die übliche Zigarette vor dem Auftritt, natürlich finde ich keine Streichhölzer, auch kein Feuerzeug, ich klopfe an der Tür, der Assistent steckt den Kopf herein, auch er hat kein Feuer, er kommt mit dem Theaterdirektor zurück, der hat ein Streichholzbriefchen dabei, er nennt mich Jazz-Königin, macht Scherze, tituliert die Garderobe als Raucherinsel, ich merke, er möchte sich unterhalten, aber ich muss ihn bitten zu gehen, vor dem Auftritt muss ich allein sein, mindestens für die Länge einer Zigarette.

Ich setze mich wieder vor den Spiegel, rolle die Zigarette zwischen den Fingern hin und her, lausche dem Rascheln des Tabaks, stecke sie zwischen die Lippen, die Streichhölzer taugen nichts, sie lassen sich schwer entzünden, der Kopf bricht ab, früher hätte ich mich darüber geärgert, jetzt ist es mir egal, irgendwann klappt es, ich betrachte die gelbe Flamme im Spiegel, halte sie mir vors Gesicht, dann an die Zigarette, atme den Rauch ein, er breitet sich aus, in Mund, Kehle, Lunge.

Ich behalte den Rauch für einen Moment in mir, schließe die Augen, die beißende Bitternis tut gut. Ein kribbelnder Schmerz fährt mir durch die Brust, bewegt sich entlang der Narben über meinen Körper, ich öffne die Augen, atme aus. Der Rauch ist dicht wie Nebel, verdeckt mein Gesicht, ich sehe mich nicht mehr im Spiegel, nur das Licht der Lampen scheint hindurch, ein grelles, gelbes Licht, ich muss an das Neonlicht an der Decke denken, das grelle Neonlicht und das kalte Fußende des metallenen Rollbettes, als ich es mit der Fußsohle berührte, und ich weiß noch genau, mir schoss der Gedanke durch den Kopf, dass man es bestimmt nicht abgewaschen, nicht desinfiziert hatte und es vor mir bestimmt von jemand anderem mit dem Fuß berührt worden war, ich versuchte, den Fuß wegzuziehen, konnte mich jedoch nicht mehr bewegen, diese Hilflosigkeit kam mir plötzlich abgrundtief und hoffnungslos lächerlich vor, ich sagte mir, eigentlich sei es doch egal, ich sei ohnehin am Ende, man würde mich schieben, wohin man wolle, wir würden immer weiter und weiter gehen, ich würde nie mehr im OP-Saal ankommen, und nie mehr von dort herauskommen, es gebe nichts als diese weiße Decke da oben, die weiße Decke und eine grelle Neonlampe nach der anderen, es gebe nichts anderes mehr als diese kalte und beklemmende Stille, das müsse ich akzeptieren, damit müsse ich mich abfinden, alles habe irgendwann ein Ende, und da spürte ich wieder die Kälte am Fuß und wie diese durch meinen gesamten Körper fuhr, und als sie in meiner Kehle ankam, erklang plötzlich ein Ton in mir, er tönte lang und tief, und da dachte ich, ja, das bin ich, dieser Ton, mehr nicht, nur dieser Ton, ich habe keinen Körper, keine Fußsohle, auch keine Knöchel, keine Oberschenkel, keine Beine, keinen Bauch, keine Brust, keinen Rücken, ich bin nur ein klarer körperloser Ton, ich habe keine Zellen, in mir gibt es keine Metastasen, kein bösartiges Wuchern, ich bin ein Ton, der klingen oder verstummen kann, das ist einerlei, das Einzige, was zählt, ist das Licht, und da sah ich einen Spinnenfaden, der von der Ecke einer Neonlampe herunterhing, ein dünner Spinnenfaden, der im Luftzug ganz langsam schaukelte, ich sah auch die Spinne an seinem Ende, sie war durchscheinend weiß, ich dachte, sie würde auf mich fallen, das wollte ich nicht, ich wollte nicht, dass sie auf mich fiel, ich ließ den Faden nicht aus den Augen, er war gespannt und klang wie eine Saite, wie die G-Saite des Kontrabasses, ich wusste, der Faden würde gleich reißen, und ich spürte, dass ich etwas wollte, es gab wieder etwas, das ich wollte, ich wollte, dass er nicht riss, das sollte nicht sein Ende sein, noch nicht, und da begann die Spinne wieder hinaufzuklettern.

Der Rauch löst sich auf, mein Gesicht wird sichtbar, ich betrachte die Zigarette, die Spitze der Zigarette, wie sie glüht, ich höre den Lautsprecher, noch drei Minuten, sagen sie, und dass die Vorstellung restlos ausverkauft sei, ich greife nach der Perücke, na klar, denke ich, alle sind sie gekommen, alle, sie wollen mich noch ein letztes Mal sehen. Noch ein letztes Mal wollen sie mein *Cry me a river* hören.

Ich setze die Perücke auf, zupfe sie zurecht, sehe mich im Spiegel an, mir geht es nicht gut, sage ich, mir geht es nicht gut, doch immerhin lebe ich noch.

Ich drücke die Zigarette aus, der Filter am Ende ist rot, rot wie Glut.

# DER BESEN

Mein Vater griff sich ans Herz, stieß einen hohen Schrei aus, warf sich hin und lag zuckend auf dem Perserteppich. Er verdrehte die Augen, rang pfeifend nach Luft.

»Nicht gut«, sagte ich. »Steh auf und versuch es noch mal.«

Er stellte das Röcheln ab, setzte sich wieder hin.

»Scheiße, was soll das? Was war denn jetzt schon wieder nicht gut?«

»Es war nicht gut, ganz einfach«, sagte ich gnadenlos. »Versuch es noch einmal.«

»Du willst mich bloß fertigmachen«, sagte mein Vater.

»Wer hat zwei Jahre Medizin studiert, du oder ich?«

Er schwieg.

»Siehst du«, sagte ich. »Deshalb hast du mich ja herbestellt. Weil ich mich auskenne. Also mach bitte genau das, was ich sage.«

Mein Vater rappelte sich auf, zog sein Kordsamt-Sakko zurecht und nahm einen Schluck aus dem Wasserglas, das auf dem Tisch stand.

»Alles klar«, sagte er, »sag einfach, wenn's losgehen kann.«

Ich schüttelte den Kopf.

»Lassen wir es besser«, sagte ich, »das bringt's nicht. Mutter nimmt dir das nie im Leben ab. Das sieht ja ein Blinder, dass du keinen Herzinfarkt hast.«

Er nahm noch einen Schluck.

»Ich bin total bescheuert«, sagte er, »dass mir so ein Blödsinn eingefallen ist. Jemand von meinem Kaliber kriegt keinen Herzinfarkt. Dass es den Rhythmus schlägt, das Herz, hier drin, und zwar unfehlbar, das macht den Schlagzeuger aus.«

»Du hast seit fünfzehn Jahren keine Schlägel mehr in der Hand gehabt«, sagte ich.

»Egal, auch daran ist nur deine Mutter schuld. Sie hat mir das Schlagzeug abgefackelt. Grillanzünder, Zippo, das war's. Ausgerechnet das von Wynton. Erinnerst du dich nicht?«

Ich deutete mit dem Kopf auf das Schlagzeug, das in der Ecke stand.

»Aber nach der Scheidung hat sie dir ein neues gekauft. Ein besseres als das alte.«

Mein Vater winkte ab.

»Das zählt nicht«, sagte er, »es war eine Auflage des Gerichts, das ging nicht von ihr aus. Außerdem war es von meinem Geld.«

»Na gut«, sagte ich. »Versuchen wir es noch mal.«

Mein Vater holte tief Luft, wollte sich schon ans Herz greifen, doch ich unterbrach ihn.

»Warte.«

Er ließ die Hand sinken, atmete aus.

»Was ist?«, fragte er.

»Ich sag doch, das bringt's nicht. Wenn es sieben Mal scheiße war, dann ist auch das achte Mal scheiße.«

»Leck mich am Arsch.« Er griff nach dem Glas.

Ich warf einen Blick auf das Schlagzeug.

»Sag mal, im Ernst, du hast das Ding hier seit fünfzehn Jahren vor der Nase stehen und hast dich kein einziges Mal drangesetzt?«

»Lass gut sein. Du verstehst das nicht.«

»Du bist kein Schlagzeuger, nie gewesen«, sagte ich. »Komm mir nicht mehr mit Chick Corea und Wynton Marsalis oder diesem Typen, der dir mal über den Weg gelaufen ist und Charlie Parker kannte. Wer es fünfzehn Jahre ohne aushält, ist kein Schlagzeuger.«

»Alles wegen deiner Mutter. Sie hat mich verflucht, verstehst du? Dass ich tot umfalle, wenn ich je wieder die Schlägel in die Hand nehme.«

»Wenn du es wenigstens mir gegeben hättest«, sagte ich. »Ich brauch noch zehn Jahre, bis ich das Geld für so ein Schlagzeug zusammenhabe.«

»Wozu? Das, was du machst, ist keine Percussion, sondern Müll. Großer lärmender Müll.« Mein Vater machte ein Gesicht, als würde er am liebsten kotzen. »Wenn du wenigstens normale Musik spielen würdest, aber dein Drecksrägi oder wie das heißt, unterstütze ich bestimmt nicht.«

»Reggae«, sagte ich. »Und Müll ist es auch nicht.«

»Und ob. Umza, umza, tamtam, tamtam, tamtam, tamtam, vier Takte, den dritten mit Verzögerung oder etwas mehr Druck, das war's schon. Eine verdammt große musikalische Herausforderung.«

»Im Gegensatz zu gewissen anderen Leuten spiele ich wenigstens. Und es macht mir Spaß. Ich lebe nicht vom Ruhm aus Urzeiten, als ich mal bei Wynton Marsalis eingesprungen bin, weil der Schlagzeuger sich den Knöchel verstaucht hat.«

»Du reißt das Maul auf, aber auch du lebst vom Ruhm aus Urzeiten. Wenn du anders heißen würdest, würde sich keine Sau für dich interessieren.«

»Fick dich!«

Mein Vater hob beschwichtigend die Hände.

»Ganz ruhig«, sagte er. »Deine Mutter kann jeden Moment hier sein, lass es uns noch mal versuchen.«

Ich schüttelte den Kopf. »Wozu? Du bist einfach ein beschissener Schauspieler. Sie wird niemals drauf reinfallen. Aber ich hab die Lösung.«

»Ach ja?«

»Hör zu«, sagte ich. »Krieg keinen Schreck.« Ich zog den Elektroschocker aus meiner Jackentasche und hielt ihn Vater hin.

»Das nenn ich mal 'ne geniale Lösung«, sagte Vater. »Rasierapparate habe ich schon immer gehasst. Und eine glatte Fresse macht den Infarkt auch nicht glaubwürdiger.«

»Das ist kein Rasierapparat«, sagte ich und beugte mich dicht zu ihm. »Das ist ein Elektroschocker.« Noch bevor er etwas erwidern konnte, hielt ich ihm die Elektroden an den Hals und drückte auf den Knopf.

Der Elektroschocker sprühte blaue Funken, mein Vater brüllte, sein Gesicht wurde kreidebleich, er verdrehte die Augen, es war tatsächlich viel glaubwürdiger als die Versuche vorhin, das Gesicht zuckte hinreißend schön.

»Reggae ist keine Drecksmusik«, sagte ich und ließ den Knopf los.

Mein Vater brach zusammen und lag reglos auf dem Boden.

Ich wartete ab, dann stupste ich ihn vorsichtig mit der Stiefelspitze.

»In Ordnung«, sagte ich, »du kannst ruhig wieder aufwachen.«

Mein Vater rührte sich nicht.

»Wach auf, hörst du!«, sagte ich.

Mein Vater rührte sich nicht.

»Komm, lass die Show, es waren nur dreitausend Volt, davon kannst du dir nichts geholt haben.«

Mein Vater rührte sich nicht.

Die Lippen blau, die Augen verdreht, lag er auf dem Perserteppich, und auch sein Brustkorb hob sich nicht.

»Wach endlich auf, hörst du«, wiederholte ich, doch er rührte sich immer noch nicht. Ein eisiger Schauer lief mir über den Rücken. Mein Gott, dachte ich, sprang zum Tisch, nahm das Glas und kippte ihm den Inhalt ins Gesicht. »Papa!«, rief ich, »wach auf, hörst du, wach endlich wieder auf!«

Mit der quecksilbrigen Bewegung eines Zombies aus den hippen Horrorfilmen setzte mein Vater sich auf und brüllte entsprechend, nur artikulierter:

»Zumteufelmitdirdugottverdammterhurensohn! Das war Wodka! Meine Scheißaugen! Bist du total bescheuert!? Bring mir endlich ein Handtuch, du Idiot! Hörst du? Meine Augen! Verdammtescheiße …« Und so weiter.

Er tat mir leid, aber ich konnte nicht anders, ich musste einfach lachen, und natürlich rannte ich ins Bad und holte ihm ein Handtuch.

»Fuck, ich wusste nicht, dass das Wodka ist«, sagte ich, immer noch grinsend.

»Meine Scheißaugen, verdammt! Was gibt's da zu lachen, verdammte Kacke, so ein Idiot, das kann auch nur mein Sohn sein! Gib mir endlich das verfickte Handtuch! Himmelgottverdammt!«

Ich gab es ihm, er drückte es sich ins Gesicht, wischte sich die Augen.

»Scheiße, wie das brennt, ich krepier gleich«, sagte er, »ich kann nicht mal aufstehen. Hilfst du mir vielleicht mal?«

Ich half ihm hoch.

Er rappelte sich auf, tappte ins Bad, ich stützte ihn.

Ich drehte den Hahn auf, er beugte sich über das Waschbecken und schaufelte sich mit beiden Händen Wasser ins Gesicht.

»Fuck«, sagte er. »Das war hart. Ich dachte, das war's jetzt.«

»Hast du nicht gesagt, du trinkst schon seit Jahren nicht mehr?«, fragte ich.

»Versuch mal ohne Wodka einen Infarkt vorzutäuschen«, sagte er und nahm das Handtuch vom Gesicht. »Was zum Teufel hast du mit mir gemacht? Was soll der Scheiß mit dem Rasierer?«

»Ich sag doch, das ist kein Rasierer, das ist ein Elektroschocker. Komm, ich zeig's dir.«

Wir gingen zurück ins Zimmer, mein Vater holte die Wodkaflasche aus der Bodenvase, zog daran und hielt sie mir hin. »Willst du?«

»Nein.« Ich nahm den Elektroschocker vom Couchtisch. »Hier, sieh ihn dir an. Das sind die Elektroden, die werden an den Hals gehalten, mit dem Drehknopf stellst du die Stärke ein, hier drückst du drauf. Hammerhart, oder?«

Mein Vater nahm ihn mir aus der Hand, begutachtete ihn von allen Seiten. »Hammerhart«, sagte er, aber ich sah, wie es in seinen Augen flackerte. Ich packte sein Handgelenk, bevor er mir den Elektroschocker an den Hals drücken konnte.

»Hey«, sagte ich, »ich will keinen Infarkt vortäuschen.«

»Okay, okay«, seufzte mein Vater, er ließ den Arm sinken und sich den Elektroschocker aus der Hand nehmen. »Aber was ist dein Plan? Soll ich deine Mutter damit außer Gefecht setzen? Verdient hätte sie es ja, die alte Schlampe.«

Ich zuckte die Achseln. »Nein. Wir befestigen dir den Elektroschocker mit Isolierband unter der linken Achselhöhle, dann kannst du den Knopf mit dem Ellbogen drücken. Wenn der Infarkt kommen soll, fasst du dir mit der rechten Hand an den linken Oberarm, nicht ans Herz, von der Schulter ausstrahlende Schmerzen sind das typische Symptom, du nimmst den Arm, drückst den Ellbogen gegen den Knopf. Du wirst zappeln wie ein gesalzener Frosch. Der Wahnsinn! Ich weiß nicht, was du damit erreichen willst, aber es wird garantiert gut aussehen.«

Eine Weile starrte mein Vater den Elektroschocker an und schwieg. Dann sagte er nur:

»Fick dich.« Er sah mich an. »Na gut.« Er holte tief Luft und zeigte auf die Wanduhr. »Auf geht's. Deine Mutter kann jeden Moment hier sein.«

»Hast du Isolierband?«, fragte ich.

»In der Küche.«

Wir gingen hinaus.

In der Küche stapelten sich geöffnete Konservendosen und dreckige Töpfe und Teller. Mein Vater ging zum Buffet, zog die Schublade mit Werkzeug heraus, wühlte darin, aber Isolierband fand er keins.

»Warte«, sagte ich, »ich helfe dir.« Ich zog die Schublade heraus, stellte sie auf den Küchentisch und kramte zwischen Schraubenziehern, Drahtknäueln, Beuteln mit Nägeln, Holzleisten und zerknüllten Plastiktüten.

»Ich denke, jetzt wäre der Zeitpunkt, mir mal zu verraten, worüber ihr euch eigentlich zerstritten habt«, sagte ich. »Am Ende stirbst du wirklich, und ich werde die Wahrheit nie erfahren.«

»Sehr witzig«, mein Vater schüttelte den Kopf. »Hat deine Mutter es dir nie erzählt?«

»Nein«, sagte ich und zog unter einer der Plastiktüten eine Rolle verklebtes schwarzbraunes Isolierband hervor.

»Ich war ein Idiot«, sagte mein Vater. »Ich habe deine Mutter betrogen. Mit einer kubanischen Sängerin. Dann habe ich es bereut und ihr alles erzählt. Ich bat sie, mir zu verzeihen. Das hätte sie auch, wenn ich die Geschichte nicht so ausgewalzt hätte. Wäre es einfach nur eine x-beliebige Frau gewesen, wäre sie damit klargekommen. Aber als sie erfuhr, dass es eine Sängerin war, beschloss sie, mir das Leben zur Hölle zu machen. Sie hat ja auch mal Sängerin werden wollen.«

»Ich weiß.«

»Ihre Stimme war nicht gut genug, und sie hatte Angst vor der Bühne.« Er verstummte und starrte vor sich hin.

Er tat mir leid, so traurig, wie er aussah.

»Erzähl weiter, nur zieh schon mal das Hemd aus«, sagte ich. »Damit ich den Elektroschocker dranmachen kann.«

Mein Vater nickte, knöpfte das Hemd auf, ich schnitt Streifen vom Isolierband ab und klebte sie an den Tischrand, schön nebeneinander.

»Deine Mutter beschloss, sich an mir zu rächen. Sie beschloss, mich fertigzumachen.« Während er sprach, hob er den Arm, ich hielt ihm den Elektroschocker unter die Achselhöhle und befestigte ihn mit dem Isolierband an der Haut. »Sie nahm sich einen guten Anwalt, sie rupfte mich total, ich hab ja damals noch gesoffen wie ein Loch, sie hatte leichtes Spiel. Seither zahle ich monatlich Unterhalt für dich und deinen Bruder, das bisschen, was an Tantiemen reinkommt, kriegt sie. Wer zum Henker hätte gedacht, dass ich keine Platten mehr mache. Sie hat drauf bestanden, dass ich das Geld nicht überweise, sondern dass sie es sich abholt. Damit sie sehen kann, wie ich leide. Wie ich eingehe unter ihrem Fluch.«

Ich klebte den fünften Streifen an. »Lass doch endlich diesen blöden Fluch.«

»Du glaubst, ich sag das nur, weil ich besoffen bin. Und was ist mit dem Schlagzeug? Das hat sie wohl auch nicht angezündet, was?«

Das stimmte, ich habe das verbrannte Schlagzeug gesehen.

»Na gut, da hat sie wirklich ein bisschen übertrieben, trotzdem könntest du langsam drüber weg sein.«

»Wäre ich ja auch, wenn sie es einfach nur angezündet hätte. Aber deine Mutter wollte mich fertigmachen, sie wollte, dass ich nie wieder spiele. Sie hat irgendwo einen jungen Kubaner aufgegabelt, einen Medizinstudenten, der war in Wirklichkeit so eine Art kubanischer Voodoo-Priester, oder was weiß ich, der hat deiner Mutter erklärt, wie man das macht. Nicht dass du denkst, sie hätte das Schlagzeug einfach nur in Brand gesteckt. Vorher hat sie einer schwarzen Katze die Augen ausgestochen und die Katze in das Standtom gesperrt, damit sie mit dem Schlagzeug verbrennt und der Fluch sich erfüllt. Sie wollte, dass mein Herz stehenbleibt, wenn ich je wieder Trommelschlägel in die Hand nehme.«

Das Isolierband war alle, der Elektroschocker war unter seinem Arm befestigt, so dass es aussah wie ein hässlicher schwarzer Auswuchs.

Das mit der Katze hatte mein Vater mir noch nie erzählt. »Du machst Witze, oder?«, fragte ich, aber ich sah an seinem Gesicht, dass es kein Witz war.

»Hättest du deiner Mutter nicht zugetraut, was?«

Ich dachte daran, was für einen Affenzirkus meine Mutter gemacht hatte, als ich meine jamaikanische Freundin mit nach Hause brachte, und sagte lieber nichts. Mutter hatte eine schneidende Liebenswürdigkeit an den Tag gelegt, aber beim Abendessen kippte sie ihr Glas absichtlich so um, dass meiner Freundin der Wein über die Bluse lief, sie gingen gemeinsam ins Bad, um den Fleck zu entfernen, und als sie zurückkamen, war meine Freundin aschgrau im Gesicht, sie aß auf, ließ sich von mir nach Hause begleiten, doch küssen wollte sie mich nicht mehr, und am nächsten Tag machte sie per SMS mit mir Schluss, ich habe sie nie wiedergesehen.

Jetzt konnte mein Vater in meinem Gesicht lesen. »Siehst du«, sagte er. »Deine Mutter kommt jeden Monat her, holt sich das Geld, zieht meine geliebten alten Trommelschlägel aus der Tasche, und die Besen, mit denen ich bei Wynton gespielt habe, und hält sie mir hin, ich solle sie anfassen, wenn ich mich traue. Und ich traue mich nie, und sie lacht mich immer aus. Sie sagt, wenn sie wollte, könnte sie den Fluch aufheben, aber sie will nicht. Auf Knien hab ich sie angefleht, aber sie lachte nur noch mehr.«

Mein Vater zog sein Hemd wieder an.

»Warte, wir probieren es erst mal aus«, sagte ich. »Auf der niedrigsten Stufe.«

»Muss das sein?«, fragte mein Vater.

»Besser, wir gehen auf Nummer sicher.«

Mein Vater nickte, griff sich mit der rechten Hand an den Ellbogen, biss die Zähne zusammen und drückte den Oberarm gegen den Elektroschocker.

In der Achselhöhle war ein Knistern zu hören, ich sah, wie der ganze Körper zuckte.

»Nicht schlecht«, sagte ich. »Ich stelle es ein bisschen höher.«

Er nickte traurig. »Mach nur«, sagte er.

Ich stellte viertausendfünfhundert Volt ein und half ihm, das Hemd anzuziehen und zuzuknöpfen. »Aber ich verstehe immer noch nicht ganz, was du damit willst«, sagte ich.

»Hör zu, ich halte es nicht mehr aus«, sagte mein Vater. »Ich träume jede Nacht vom Trommeln, und letztens konnte ich nicht mal mehr im Traum spielen, grauenvoll, ich saß hinter Charlie Parker, auf dem Platz von Max Roach, und meine Hände waren wie aus Blei, ich konnte den Arm nicht mehr bewegen, und Bird warf mir einen Blick zu, dass ich dachte, ich falle tot um. Also hab ich mir überlegt, wie ich deine Mutter dazu bringe, den Fluch aufzuheben. Und wenn ich dabei draufgehe. Wenn sie jetzt wieder kommt, um mich mit den Schlägeln zu provozieren, tue ich so, als würde ich sie berühren, und kriege einen Infarkt. Ich hoffe, dass deine Mutter irgendwo in ihrem Herzen doch noch ein bisschen Liebe für mich übrig hat, warum sonst sollte sie mich so viele Jahre quälen, und wenn sie mich liebt, wird sie mich nicht sterben lassen; wenn sie mich an der Schwelle des Todes sieht, wird sie den Fluch aufheben.« Er verstummte, seufzte tief. »Ich weiß, das ist nicht gerade ein grandioser Plan, aber ein besserer ist mir nicht eingefallen. Und jetzt solltest du verschwinden, ich will nicht, dass sie dich hier sieht.«

Wir gingen zurück ins Wohnzimmer, ich zog meinen Mantel an. Mein Vater trank einen Schluck aus der Wodkaflasche und stellte sie dann in die Bodenvase zurück. Er sah alt aus, alt und zerbrechlich, und plötzlich tat er mir unendlich leid.

»Ich drücke die Daumen«, sagte ich. »Vergiss nicht, du musst laut brüllen, damit es das Knistern übertönt.«

»Ich gebe mir Mühe«, sagte er. »Komm her.«

Ich trat zu ihm, mein Vater drückte mich und ich ihn auch.

»Keine Angst«, sagte ich, »du schaffst das.«

Er ließ mich los und trat einen Schritt zurück.

»Hör zu«, sagte er mit belegter Stimme, »wenn ich doch sterben sollte, gehört das Schlagzeug dir. Und jetzt hau ab!«

Wir waren bereits im Flur, da erstarrte er plötzlich.

»Deine Mutter! Sie kommt«, sagte er, und tatsächlich, auch ich hörte das Klackern ihre Absätze auf der Treppe. »Schnell«, sagte mein Vater, »komm mit.«

Wir gingen wieder ins Wohnzimmer, er schob mich zu dem großen Schrank, öffnete ihn. »Da rein«, sagte er.

Mein Vater schloss mich im Schrank ein. Zwischen den nach Staub und Naphthalin riechenden Kleidern war es nicht ganz dunkel, die mit Bienenwachs polierten Schranktüren hatten sich verzogen, und durch die schmalen Ritzen drang ein wenig Licht. Eine der Ritzen war an einer Stelle so breit, dass ich hinausspähen konnte. Ich drückte mein Auge an den Spalt und sah, wie meine Mutter ins Zimmer gerauscht kam.

Sie trug den schwarzen Hosenanzug, den sie so mochte, die Haare hatte sie hochgesteckt, in dem großen goldgerahmten Spiegel an der Wand konnte ich sogar ihre silberne Haarnadel erkennen. Der Gesichtsausdruck, mit dem sie meinen Vater ansah, war von besonderer Grausamkeit.

»Du trinkst wieder«, sagte sie statt eines Grußes, und ich spürte, wie es mir kalt den Rücken hinunterlief, ihre Stimme war genauso wie damals, als sie den Rotweinfleck auf der Bluse meiner Freundin mit einem Zipfel der Tischdecke abtupfte und sagte: »Mach dir keine Sorgen, Liebes, den hässlichen Fleck bekommen wir im Handumdrehen raus.«

Mein Vater sagte, er trinke nicht, warum sollte er, außerdem gehe es sie nichts an, sie erwiderte, er solle sie nicht anlügen, seine Wodkafahne sei kilometerweit zu riechen, dann wandte sie sich ab und sah sich im Zimmer um, und für einen Augenblick dachte ich, sie hätte mich im Schrank entdeckt, aber nein, ihr Blick blieb an der Bodenvase haften, sie ging und nahm die Wodkaflasche heraus, triumphierend hielt sie sie hoch und fragte, was denn das sei, wenn nicht Wodka, und zwar mindestens siebzigprozentiger, das erkenne sie am Geruch.

Mein Vater sagte nichts, er zog einen Briefumschlag aus der Tasche und gab ihn meiner Mutter und sagte, hier habe sie, was ihr zustehe, und nun solle sie ihn nicht länger quälen, sondern einfach wieder gehen.

Meine Mutter nahm den Umschlag, öffnete ihn und zählte gemächlich die knisternden Geldscheine durch.

Mein Vater sah ihr zu, er schwieg, dann begann er zu reden. Er sagte, wie schon so oft müsse er ihr auch jetzt wieder sagen, wie sehr er alles aus tiefstem Herzen bereute. Sie müsse wissen, dass er auch damals nur sie geliebt habe, das sei die Wahrheit, und daran habe sich seitdem auch nichts geändert, diese Frau habe ihn nur mit ihrer Stimme verzaubert, er schwöre, er habe es zutiefst bereut und er bitte sie inständig, ihn wieder Schlagzeug spielen zu lassen.

Meine Mutter sagte, von ihr aus könne er spielen, so viel er wolle, schließlich habe sie ihm doch so ein schönes und prächtiges Schlagzeug gekauft.

Mein Vater sagte, er halte es nicht länger aus, er habe die Sache mit Inès wirklich zutiefst bereut, er flehe meine Mutter an, sie möge ihm verzeihen.

Meine Mutter sagte, das komme gar nicht in Frage, außerdem wisse sie, dass er sie anlüge, es habe nicht nur diese eine Schlampe gegeben, nein, sie wisse genau, dass er sie fortwährend mit seinen Groupies betrogen habe, es gebe keine Stadt auf der Welt, wo er sie nicht betrogen habe, also geschehe es ihm ganz recht, nun so zu leiden, das sei es, was er verdiene.

Mein Vater brüllte los, sie sei völlig übergeschnappt, was denn für Groupies, dazu hätte er doch zumindest in einer

Rockband spielen müssen, außerdem bekommen Schlagzeuger nur noch die ab, die sonst keiner will, und Jazzmusiker auch von denen nur noch den Ausschuss, Frauen wie meine Mutter zum Beispiel.

Meine Mutter verbat sich das, sie sei niemals Groupie gewesen, und dann brüllte sie, mein Vater wisse ja wohl, dass sie Jazz nie habe ausstehen können, das quäkende Saxophon, das saublöde, unrhythmische Klaviergestocher, das idiotische Gegrummel am Bass, aber am meisten hasse sie das Durcheinanderhämmern auf dem Scheißschlagzeug, an seiner Stelle wäre sie froh, sich damit nicht mehr abplagen zu müssen, aber wenn er unbedingt wolle und sich traue, soll er doch wieder spielen, für all die Schlampen.

Sie griff in ihre Handtasche, holte zwei kleine Jazzbesen heraus, hielt sie meinem Vater hin und sagte, er erkenne sie doch, dass seien seine Lieblingsbesen, mit denen habe er bei seinem geliebten Wynton gespielt, bitte sehr, er solle sie ruhig nehmen, wenn er sich traue, dabei trat sie drohend auf ihn zu, stieß mit den Besen in seine Richtung, die kleinen Metalldrähte zitterten und glänzten böse, und meine Mutter donnerte, er solle sie endlich anfassen, wenn er den Mumm dazu habe.

Da sah ich, dass mein Vater tief einatmete, und ich wusste, dass jetzt der Herzinfarkt einsetzen würde, mein Vater brüllte, sie solle wissen, er habe keine Angst vor ihr, auch vor ihrem Fluch habe er keine Angst, denn er liebe sie immer noch und er wisse, dass auch sie ihn liebe, denn sie beide seien füreinander bestimmt, und als er das sagte, berührte er einen der Besen mit einem Finger, griff sich an den Arm, mein Herz, mein Herz, mein Herz, rief er und ließ sich fallen, kippte um wie ein Sack und röchelte sehr laut, er zuckte, und sein Gesicht war kreidebleich.

Da sah ich auch ihr Gesicht, in dem sich einen Augenblick lang Sorge abzeichnete, aber nur einen Augenblick, denn da fing das Kordsamt-Sakko zu rauchen an, und meine Mutter rief, was zum Teufel denn das sei, und mein Vater brüllte wie vorhin, als ich ihm den Wodka in die Augen geschüttet hatte, er brüllte, er brenne, sein ganzes Hemd brenne, er riss sich Sakko und Hemd vom Leib, doch das Hemd brannte gar nicht mehr, es rauchte nur, der Knopf des Elektroschockers aber musste sich verklemmt haben, es sprühte Funken und knisterte.

Als meine Mutter den Elektroschocker sah, verdunkelte sich ihr Gesicht und sie bekam tiefe Falten vor Zorn, mein Vater sei ein elendes Arschloch, rief sie, ein Arschloch und ein Lügner, schon wieder habe er sie angelogen, dabei habe sie für einen Augenblick tatsächlich geglaubt, er liebe nur sie, und er habe sie auch immer geliebt, doch nun wisse sie, das war eine Lüge, eine Lüge, eine Lüge, und er habe es nur verdient, dass sich sein Schicksal erfülle. Schon war sie mit einem großen Schritt bei ihm und drückte ihm den Jazzbesen in die Hand.

Als er die Handfläche meines Vaters berührte, gab es ein grünes Flackern, grün wie die Augen einer Katze, das Schlagzeug in der Ecke ertönte leise, ein sanfter Klang wie damals, zu seinen Glanzzeiten, wenn mein Vater mit den Besen über die Becken strich, er klappte zusammen, wand sich zuckend am Boden, den Besen in der Hand, und ich wusste, wenn ich nichts unternahm, würde er sterben, und da stieß ich die Schranktür auf, sprang hinaus, ich hörte meine Mutter schluchzen, das habe sie nicht gewollt, sie schien weniger zu weinen als zu singen, eine verzerrte Klage, eine Todesarie.

Als sie mich sah, verstummte sie, sie schnappte nach Luft, doch da wusste ich bereits, was ich zu tun hatte.

Ich nahm die Flasche, rannte zum Schlagzeug, kippte den Wodka über die Tomtoms, das Standtom und die Becken, über das gesamte sündhaft teure Equipment, riss meinem Vater den knisternden, funkensprühenden Elektroschocker von der Haut, legte ihn auf das Standtom, der Wodka entzündete sich, das Schlagzeug fing Feuer, zischte und knackte, und da sah ich meinen Vater sich zum dritten Mal wie ein Zombie aufsetzen, doch diesmal fluchte er nicht, sondern er saß nur da und betrachtete seine Hand, den Besen, und plötzlich brach er in Gelächter aus, meine Mutter fing wieder an zu weinen, mit tiefen Schluchzern, ich beobachtete das lodernde Schlagzeug und konnte mich nicht entscheiden, ob auch ich weinen sollte oder lachen.

# FLEISCHSUPPE

Ich hatte Vater gerade die zweite Portion Suppe aufgetan, er sagte, sie schmecke ausgezeichnet, ich sei wirklich ein tüchtiges Mädchen, dass jemand mit zehn Jahren schon so gut kochen könne, sei eine Seltenheit, da ging die Tür auf, und Tante Olga kam herein, unsere Nachbarin, was mich sehr erstaunte, denn sie hatte uns seit damals, vor über einem Jahr, als sie Vater so fürchterlich beschimpfte, nicht mehr besucht, eine Woche nach dem tragischen Unfall hatte er Mutters sämtliche Tonaufnahmen, Plakate und Bühnenkleider im Kachelofen verbrannt, und dafür, dass er diese Aufnahmen vernichtet hatte, hätte ihm Tante Olga am liebsten die Augen ausgekratzt, er habe doch gewusst, dass das Schätze waren, unersetzlich, die Aufnahmen mit Mutters bezauberndem Gesang und Onkel Misis wunderschönem Klavierspiel, und als sie das sagte, gab Vater ihr eine Ohrfeige und sagte, sie sei schuld daran, was mit Mutter geschehen sei, sie habe ihr die Flausen in den Kopf gesetzt, sie habe Mutter dazu überredet, Chansonsängerin zu werden, alles sei wegen ihr passiert, und dann hatte er sie hinausgejagt und ihr hinterhergebrüllt, dass er sie erschlagen würde, wenn sie sich noch einmal auf unserer Etage blicken lasse, und Tante Olga kam tatsächlich nicht mehr; seitdem begegnete ich ihr nicht einmal im Treppenhaus, dabei war sie vor Mutters Unfall oft bei uns vorbeigekommen, es gab

Wochen, da war sie jeden Tag da und brachte Mutter dies und jenes, Parfüm, Seifen, Haarfärbemittel und Stoffe für Konzertkleider, und für alles nahm sie nur so viel Geld, wie es sie gekostet hatte, sie sagte, das sei ihr Beitrag, um Mutters Talent zu fördern, denn Mutter habe die schönste Stimme auf der ganzen Welt, wie sie Chansons singe, das sei wirklich unvergleichlich, allein Mutters Lachen könnte sie sich tagelang anhören, und zu mir sagte sie immer, sie höre an meinem Lachen, dass ich Mutters Stimme geerbt hätte und dass auch ich singen sollte, doch seitdem Vater sie verjagt hatte, war sie kein einziges Mal bei uns gewesen, und jetzt kam sie doch direkt in die Küche, wünschte uns guten Appetit und sagte, es sei nett von Vater, dass er nun, nach einem Jahr, an sie gedacht habe, und er habe sie doch nicht deshalb hergebeten, damit sie sich unterhielten, sondern weil er etwas bei ihr bestellen wolle, Vater nickte nur, und ich fragte sie, ob sie nicht einen Teller Suppe essen wolle, und Tante Olga sagte, das sei nett von mir, doch sie habe keinen Hunger, und solche faden Suppen seien ohnehin nichts für sie, sie esse lieber Fleisch, dann sah sie Vater an und fragte, was er bestellen wolle, und Vater griff in die Tasche, holte einen zusammengefalteten Geldschein hervor, gab ihn Tante Olga und sagte, er brauche Huhn, für eine anständige Suppe, Tante Olga nickte, faltete den Schein auseinander, sagte, in Ordnung, den Rest könne Vater ihr geben, wenn sie das Huhn bringe, sie fragte noch, bis wann er es bräuchte, er sagte, bis Donnerstag oder spätestens Freitag, Tante Olga steckte das Geld in ihre Rocktasche, dann sagte sie zu Vater, er sei ein kluger Mann und es sei richtig gewesen, seinen Stolz zu überwinden und sich an sie zu wenden, denn sie habe immer noch sehr gute Beziehungen, sogar in diesen schweren Zeiten könne sie ein

Huhn besorgen, und nicht nur Huhn, auch anderes Fleisch, Schwein, Rind, sogar Kalb, wenn es darauf ankomme, nur das Geld müsse man aufbringen, denn dieses Fleisch wandere durch viele Hände, wir wüssten ja, heutzutage sei es ein wahres Kunststück, Fleisch zu besorgen, wir sollten uns aber keine Sorgen machen, sie verfüge über viele Quellen, ihr seien viele etwas schuldig, sie könne sogar Kaffee besorgen, echten Bohnenkaffee, doch Vater sagte nur, danke, er trinke keinen Kaffee mehr, da nickte Tante Olga und sagte, natürlich, und dass sie nun gehe, sie müsse noch zu vielen Leuten, und Vater solle sich keine Sorgen machen, denn sie werde das Huhn spätestens am Freitag bringen, sie ging los, blieb jedoch in der Küchentür stehen, drehte sich um und sagte zu Vater, er tue richtig daran, jetzt nicht zu sparsam zu sein, denn in solchen Momenten sei Hühnersuppe genau das Richtige, nach der Entlassung sei es besonders wichtig, dass man mit einem wirklich nahrhaften Mittagessen empfangen werde, vor allem nach dieser grauenhaften Krankenhauskost, allein der Gedanke, dass die Arme dieses Essen zwölf Monate lang habe ertragen müssen, sei entsetzlich, und wir sollten ganz beruhigt sein, denn es gebe nichts Nahrhafteres als Geflügel, dann sagte sie, sie sei so froh, dass Mutter endlich nach Hause komme, ich erstarrte mit dem Löffel in der Hand, die Suppe lief zurück in den Teller, während ich Tante Olga sagen hörte, sie sei gerne bereit, die Suppe zu kochen, falls Vater das möchte, sie würde sie auch vorbeibringen, für Mutter würde sie alles tun, doch da sagte Vater, er danke ihr, das sei jedoch nicht nötig, ich sei bereits ein großes Mädchen, eine richtige Hausfrau, ich würde kochen, und da sah mich Tante Olga an und sagte, ich sei tatsächlich groß geworden und ich solle mich freuen, denn ich wisse ja gar nicht, was für ein glücklicher Mensch ich sei, damit gesegnet, meine Mutter zurückzubekommen, es sei nicht selbstverständlich, dass man sie aus der Heilanstalt entlasse, und dann sagte sie noch, ich solle schön brav sein und auf meine Mutter aufpassen und zu schätzen wissen, dass meine Eltern lebten, denn in diesem langen Jahr hätte ich gewiss gelernt, wie schlimm es sei, Halbwaise zu sein, nun wisse ich, wie schwer es ihr armer Sohn habe, der seinen Vater nie hatte kennenlernen können, und als sie das sagte, standen ihr bereits die Tränen in den Augen, die sie sich mit dem Zipfel ihres schwarzen Tuches wegwischte, und schon war sie fort, und ich starrte nur auf meine Tomatensuppe und spürte, dass mir sehr warm wurde, als wäre die Suppe heiß und nicht nur lauwarm gewesen, doch ich traute mich nicht, Vater zu fragen, und er blickte nur auf den Topf, der immer noch halbvoll war, eine Weile sagte er gar nichts, dann sprach er doch, er sah mich nicht an, als er sagte, dass es ihm leidtue, er habe nicht gewollt, dass ich es so erfahre, aber Mutter sei damals, bei diesem furchtbaren Unfall gar nicht gestorben, sondern sei nur im Krankenhaus geblieben und lange krank gewesen, nun gehe es ihr jedoch bereits besser, und wenn alles gut gehe, werde sie am Samstag nach Hause kommen, worüber ich mich doch sicherlich freue, ich konnte nichts sagen, also nahm ich noch einen Löffel Suppe, dann musste ich aber doch etwas sagen, ich wollte ihm sagen, dass ich mich freue, sehr freue, doch ich hatte wohl zu schnell reden wollen, denn ich hatte den Mund immer noch voll, und Vater verstand kein Wort, mir lief die Suppe übers Kinn und den Hals hinunter, meine weiße Bluse war voller Tomatenflecken, und da sagte Vater, schon gut, er habe mir ja gesagt, dass es ihm leidtue, und nun solle ich gehen, mir das Gesicht waschen und mich umziehen, und wenn ich wolle, könnten wir später darüber reden, und ich blickte auf meine Hand, die ganz rot war, weil ich mir den Mund hatte abwischen wollen, ich sagte, ich wolle nicht, stand auf und ging ins Bad, sah absichtlich nicht zur Badewanne, denn ich wollte nicht an Mutter denken, ich drehte den Wasserhahn auf, wusch mir Kinn und Hals, und als ich sah, wie das rosa Wasser den Abfluss hinunterlief, fing ich auf einmal an zu weinen, da kam Vater herein und umarmte mich von hinten, nahm die Seife, seifte meine Hände ein und auch seine eigenen, und er wusch meine Hände zusammen mit seinen, genauso wie damals, als wir Mutter gefunden hatten, Vaters Hand war rau und viel größer als meine, und er seifte mir gründlich die Handflächen ein, die Finger, sogar die Handgelenke, und als seine und meine Hände bereits voll weißen Schaums waren, da hielt er unsere Hände unter den heißen Wasserstrahl und sagte, ich solle ihm nicht böse sein, er habe mich nicht anlügen wollen, doch er habe gedacht, so würde es für mich einfacher werden, und ich sah, wie das Wasser uns den weißen Schaum von den Fingern spülte, und da sagte Vater, ich solle nicht weinen, ich würde sehen, nun werde alles gut.

Den ganzen Freitag über warteten wir vergeblich auf Tante Olga, sie kam erst am Samstagmorgen, sie stand noch in der Tür, da sagte sie schon, es tue ihr leid, aber sie habe kein Huhn bekommen, doch wir sollten uns keine Sorgen machen, denn aus dem, was sie uns mitgebracht habe, könne man eine ebenso gute Suppe kochen, und dann schüttelte sie den großen Leinenbeutel, und ein lebender Hahn fiel auf den Küchenboden. Als Vater das sah, wurde er ganz weiß vor Wut und sagte, das hätten sie nicht abgemacht, doch Tante Olga zuckte nur mit den Schultern und sagte, sie dachte, er habe frisches Fleisch haben wollen, doch wenn es ihm nicht passe, sei es auch nicht weiter schlimm, sie verstehe, dass wir plötzlich das, was wir bestellt hätten, nicht mehr haben wollten, manche Kunden seien eben so, es sei ihr egal, sie werde schon einen Abnehmer dafür finden, sie sei auch nicht beleidigt, Vater könne sie, selbst wenn er wolle, nicht mehr beleidigen, und den Hahn werde dann einfach jemand anderes nehmen, da könnten wir ganz beruhigt sein, doch da schüttelte Vater hastig den Kopf, ich sah, wie er zu lächeln versuchte, er sagte, nein, es sei alles in Ordnung, wir würden schon damit zurechtkommen, und da legte Tante Olga den Hahn auf den Tisch und sagte, das wolle sie hoffen, wenn ich nämlich schon ein so großes Mädchen sei, das allein eine Suppe kochen könne, müsse ich auch einen Hahn schlachten können, damit drehte sie sich um und ging hinaus, und Vater sagte kein Wort, starrte nur auf den Hahn, und ich sah, wie sein Mund zuckte.

Dem Hahn hatte man die Beine zusammengebunden, die Flügel waren an den Körper geschnürt und auch den Schnabel hatte man ihm fest umwickelt, ich nehme an, damit er nicht hacken konnte, sein Kamm hing vom Tisch herab, er beobachtete mich, das erkannte ich an seinen Augenbewegungen, und da sagte Vater, ich solle keine Angst haben, ich müsse dem Hahn nichts antun, er wisse, dass ich seit Mutters Unfall kein Blut sehen könne, und außerdem sei ich sowieso noch zu klein für so etwas, und da sagte ich, nein, ich sei schon groß, Vater nickte und sagte, dass man das ja auch schon daran erkennen könne, dass ich einen Zopf trüge, der hinten zusammengeflochten sei, und nicht zwei Zöpfe an der Seite wie die kleinen Mädchen, doch den Hahn werde er zu Onkel Misi hinunterbringen, er werde die Sache in einer Minute erledigen, sie hätten ohnehin etwas miteinander zu besprechen, und ich beobachtete die Sporen des Hahns und fragte ihn, welchen Onkel Misi er meine, den Pianisten, und Vater sagte, ja, aber ich wisse doch genau, er sei kein Pianist, er habe nur Mutter auf dem Klavier begleitet, in Wirklichkeit sei er Arzt, und ich nickte, und mir fiel auf, dass Vater, seitdem Onkel Misi an dem Abend geholfen hatte, Mutter zum Krankenwagen zu bringen, seinen Namen kein einziges Mal ausgesprochen hatte, und ich sah mir nun den Hahn an und dachte, es ist also wahr, Mutter würde tatsächlich nach Hause kommen, und ich blickte zu Vater, um ihn zu fragen, ob es wirklich wahr sei, doch ich musste nichts sagen, Vater wird mir an den Augen abgelesen haben, was ich hatte fragen wollen, denn er sagte, er wisse, wie schwer es für mich sei, monatelang hätte ich vor Trauer und Schmerz kein Wort gesprochen, und nun stehe plötzlich alles auf dem Kopf, doch so sei das Leben, man könne nichts im Voraus wissen, und ihm sei klar, dass wir es besprechen müssten, doch dafür sei jetzt keine Zeit, ich solle schon mal das Gemüse putzen, und er gehe in der Zwischenzeit mit dem Hahn zu Onkel Misi, und da dachte ich an Mutter, was wäre, wenn sie eher ankommt und mich allein in der Wohnung antrifft, und ich spürte, wie sich mir vor Angst der Magen verkrampfte, und ich sagte, ich gehe mit, und da sagte Vater, ich solle damit aufhören, aber ich sagte, dass ich doch gar nichts mache, dass ich nur mitgehen wolle, und da nahm ich den Hahn, er war leicht, ich klemmte ihn mir unter den Arm und spürte, wie sich, soweit es die Schnur zuließ, seine Flügel bewegten, und da sah mich Vater richtig wütend an, ich dachte, nun würde er schreien, doch dann sagte er nur, in Ordnung, soll es so sein, wie ich will, wobei er nicht verstehe, warum ich ausgerechnet heute so dickköpfig sein müsse, aber gut, dann würden wir eben gemeinsam gehen.

Als wir die Treppe hinunterstiegen, zappelte der Hahn unter meinem Arm, er versuchte, die Beine zu befreien, reckte den Hals, spannte die Flügel unter der Schnur, Vater hielt meine Hand ganz fest, und als wir vor Onkel Misis Tür standen, drückte er die Klingel, drinnen hörte ich es läuten, es war dieser neue Ton, bimm-bamm, da schlug mein Herz so heftig, dass es sogar der Hahn spüren musste, denn er wurde plötzlich ganz unruhig, entwand sich beinah meinem Griff und gab dabei ein lautes Glucksen von sich, ich musste ihn noch fester an mich pressen, und ich hörte, wie Onkel Misi laut rief, er komme gleich, da drückte Vater meine Hand noch fester, und ich dachte, ich müsste mich schnell umdrehen und die Treppe hinaufrennen, zurück in den vierten Stock, wo wir wohnten, und Vater würde ich hinter mir herziehen, damit wir nicht mehr vor dieser Tür stehen mussten, und da fiel mir Mutter ein, wie sie in der Wanne lag, und ich wünschte mir, dass sie doch nicht nach Hause käme, und als mir klarwurde, was ich gerade gedacht hatte, spürte ich, wie ich vor Scham errötete, wie hatte ich bloß so etwas denken können, da bewegte sich plötzlich die Klinke, die Tür ging auf, Onkel Misi stand auf der Schwelle, jetzt trug er keinen Anzug wie früher, nur einen Trainingsanzug, auch sein Gesicht war nicht so glatt, er sagte kein Wort, sah uns nur an, Vater, mich, den Hahn, und auch Vater sagte nichts, und da gluckste der Hahn wieder, in der Stille hallte es laut, da redete Onkel Misi endlich, er sah Vater an und fragte ihn, was wir wollten.

Vater nahm den Hahn, hielt ihn mit einer Hand an der Schnur, und sagte, wir wollten nichts, nur ein paar Worte mit ihm reden und dass er diesen Hahn schlachten möge, doch Onkel Misi antwortete, sie hätten nichts zu bereden, und er sei Arzt, kein Metzger, er solle ihn mit dem verdammten Hahn in Ruhe lassen, und da sagte ich, der Hahn sei für Mutter, wir würden ihr eine Suppe daraus kochen, und Vater sagte, ja, Mutter würde nach Hause kommen, aber er sagte nicht Mutter, sondern ihren Vornamen, man würde sie entlassen und bald mit dem Krankenwagen nach Hause bringen, daraufhin wandte sich Onkel Misi um, ging in die Wohnung, sagte über die Schulter hinweg zu uns, wir sollten hereinkommen, und da gingen wir in die Küche, und Onkel Misi holte aus dem oberen Schrank eine Flasche Obstler und zwei Gläser, öffnete die Flasche und sagte, er verstehe wirklich nicht, was es da zu bereden gebe, und da sagte Vater, Onkel Misi wisse genau, was es zu bereden gebe, doch er, Vater, wolle nicht die Vergangenheit aufwühlen, sondern die Lage nur in Bezug auf die Zukunft klären, er wolle wissen, womit er zu rechnen habe, was Onkel Misis Pläne seien, denn er wolle das Ganze nicht noch einmal durchmachen, und da fragte Onkel Misi, wovon er spreche, und Vater sagte, das wisse er genau, doch das, was für ihn nur ein Spiel sei, wie das Klavierspiel zum Beispiel, das sei für andere ihr Leben, und da sagte Onkel Misi, das Leben sei auch nur ein Spiel, in dem manche gewinnen, manche verlieren, und da legte Vater den Hahn auf den Küchentisch und sagte, nein, das stimme nicht, und griff nach der Flasche Obstler, nahm einen Schluck, stellte sie ab, und er fragte Onkel Misi, was er glaube, warum Mutter das gemacht habe, und da sagte Onkel Misi, er habe keine Ahnung, und da sagte Vater, weil sie bereits im vierten Monat gewesen sei, und da sagte Onkel Misi, das stimme nicht, es sei ausgeschlossen, dann nahm er Vater die Flasche aus der Hand, nahm ebenfalls einen kräftigen Schluck und sagte, gut, er habe verstanden, mit der anderen Hand strich er dabei über den Flügel des Hahns, dort, wo die Schnur die Federn gebrochen hatte, da bewegte der Hahn sich wieder, Onkel Misi bückte sich, öffnete die untere Tür der Küchenbuffets, holte eine große Waschschüssel hervor, stellte sie auf einen der Hocker und sagte, wenn es so sei, dann werde er aus diesem Haus ausziehen, er zog die Schublade des Tisches hervor, nahm das Küchenmesser und einen Wetzstein, zog ihn dreimal über die Klinge, er sagte, schon diese Nacht werde er nicht mehr hier schlafen, das sei für alle das Beste, er hob das Messer, glitt mit dem Fingernagel die Klinge entlang, sagte, nun gut, dann nahm er den Hahn, hielt ihn über die Waschschüssel, sagte zu mir, ich solle mich wegdrehen, doch ich drehte mich nicht weg, sondern sah die Augen des Hahns an und die weiß emaillierte Innenwand der Schüssel und dachte, dass nun alles gut werden würde.

## HEAVY METAL

Was glotzt du? Geiles T-Shirt, was? Ich sag dir, das ist nicht irgendein Shirt, das ist ein Judas-Priest-Shirt der Stunde null, bringt garantiert Glück, garantiert. Verdammt großes Glück, ey. Du glaubst mir nicht? Du hast gar nichts gesagt? Dann pass auf, gleich kommt the best story ever.

Judas hätte eigentlich auch bei uns spielen sollen, am Tag des Konzerts kam aber raus, dass sie abgesagt haben. Nicht genug Tickets verkauft, kein Interesse, unsere Arschgeigen, dabei war Judas Priest noch nie hier, verstehst du, Alter, noch nie, jedenfalls, ich hatte eine Karte, hat ne Stange Geld gekostet, danach war ich blank. Ich will die Karte zurücktauschen, sie rücken das Geld nicht raus, sie behaupten, sie überweisen es, angeblich. Ey, was denken die sich eigentlich, die Schwanzlutscher, es war ein Ticket für ganz vorn, vierzehn Scheine hab ich dafür hingeblättert, ich war echt am Boden, sag ich dir. Ich steh auf Judas und wollte sie unbedingt live sehen, vor allem weil Halford wieder dabei war. Als er abgehauen ist vor sechs Jahren, bin ich fast zum Hip-Hop konvergiert, so fertig war ich, okay, so fertig vielleicht doch nicht, auf jeden Fall wollte ich Judas endlich mal mit dem alten Sänger sehen, verstehst du? Was ist los mit dir, Alter? Sag bloß, du kennst Judas nicht.

Du hast noch nie von Judas Priest gehört? Ich fass es nicht. Das n Scherz, oder? Nein? Ey, ich fass es echt nicht, du kennst

Judas Priest nicht. Okay, dann schrauben wir ne Stufe runter. Heavy Metal? Kennst du Heavy Metal? Iron Maiden? Richtig, Iron Maiden, das ist Heavy Metal. Von Iron Maiden hast du also schon gehört.

Ja? Okay, du kennst dich nicht aus, aber das weißt sogar du, dass Iron Maiden die beste Metal Band ist? Iron Maiden? Ey, Alter, verschon mich, ich sag ja nicht, dass sie scheiße sind, scheiße sind sie nicht, nein, echt nicht, es gab Zeiten, da hab ich nichts anderes gehört, Dickinson hat sogar ne ziemlich geile Stimme, das stimmt schon, das Ding ist nur, die haben alles bei Judas geklaut, Number of the Beast, Alter, worum geht's denn da, was denkst du, sechshundertsechsundsechzig, die Zahl des Biests, na und, ich lach mich tot, woher haben die das wohl, von Judas, ganz klar. Weißt du, wie ein Buch über Maiden heißen müsste? Ich sag's dir, Alter: Wie wir die Vorband von Judas geworden sind. Die haben nämlich wirklich als Vorband von Judas angefangen. Dickinson und Halford kann man wirklich nicht in einem Atemzug nennen, es war doch Halford, der den schwarzen Lederlook erfunden hat und das Kreischen, Halford hat den Heavy Metal erfunden, Alter, kein Mensch kreischt wie Halford, echt nicht, electric eye in the sky, electric eye in the sky, oh yes, das ist es, Alter, genau. Judas, das ist doch was, Painkiller, das ist ne Platte, Alter, als ich sie mir zum ersten Mal reingezogen hab, sind die Polster vom Walkman geflogen, verstehst du, Alter, die Dinger sind von den Kopfhörern geflogen, so laut war das, im Ernst, Alter, und als ich sie wieder draufmachen wollte, hab ich gesehen, einer war komplett aufgerissen, verstehst du, der Scream von Halford reißt die Polster auf, das ist doch der Hammer. Deshalb wollte ich ihn live sehen, unbedingt. Aber unsere Arschgeigen haben keine Tickets gekauft. Was für ein Scheiß.

Egal, ich nach Hause, total am Boden, fertig wie nie. Ich hab nur auf dem Bett gesessen, dagehangen wie ein dummer Affe, Kopf zwischen die Beine, stell dir einen Fakir-Affen vor, ich hab fast geheult, ging nicht anders, da bin ich nicht stolz drauf, aber es war so, ich war so fertig, kein Bock mehr auf gar nichts. Sonst, wenn ich scheiße drauf bin, lenk ich mich einfach ab, ich denke über ein bisschen komplexere Dinge nach, zum Beispiel über meine persönliche B-Seiten-Hitliste oder wie ich meine fünfzehn Spitzentitel auf der Best-of-Judas-Priest-CD anordnen würde, aber scheiß drauf, Alter, jetzt hatte ich nicht mal darauf Bock, kein Bock mehr auf gar nichts.

Und wie ich so dasitze, fällt mir der Refrain eines alten Manowar Songs ein, from a battle I've come, to a battle I ride, blazing up to the sky, dabei habe ich sie echt verdammt lange nicht mehr gehört, Manowar, ich hab mitbekommen, dass sie bei ihren Konzerten Ohrenstöpsel tragen, weil sie ihren eigenen Sound nicht aushalten, da hab ich Joey DeMaio abgeschrieben, für immer, den Schisser, Maul aufreißen, von wegen lauteste Band der Welt und sich selber nicht aushalten, was soll das? Scheißegal, ich musste trotzdem an diesen Song vom Kings-of-Metal-Album denken und hab mich plötzlich geschämt, wenn sogar Manowar davon singen, dass sie aus einer Schlacht in die nächste ziehen, wie zur Hölle komme ich dann dazu, einfach aufzugeben?

Also heb ich den Kopf, an der Wand vor mir das Plakat von der Judas-Priest-Tour, Halford auf der verchromten flammenden Harley, Flügelhelm, Armgefieder aus Stahlklingen, british steel, oh yes, mit einem Rad auf der Europakarte, das Motorrad sprüht Funken, schlägt Flammen, die Städte Europas stehen in Flammen, aber nur die, in der Judas Priest spielen, auch unsere Stadt, zur Hölle mit ihr, total unverdient.

Ich habe mir auf der Karte angesehen, wo sie sonst noch spielen, Wien wäre das Nächste gewesen, aber da waren sie schon, blieben Dortmund und Katowice, ich stand auf, verfickt noch mal, nicht aufgeben, high and mighty we are the kings, Pole, Ungar, zwei Brüderlein, auf nach Katowice, in achtzehn Stunden, das müsste ich schaffen, ich hatte null Geld, aber scheiß drauf, ich zog mein geliebtes Judas-Priest-Shirt an, das ich auch jetzt anhabe, eine echte Rarität, es bringt wie gesagt Glück, wird schon werden.

Und wie. Das Trampen war zwar scheißlangweilig, Alter, aber ich hab's trotzdem geschafft, mit drei Autos bis Katowice, echt Schwein gehabt, das dritte war ein Kühlwagen, ich bin noch vor der Grenze eingestiegen, der Fahrer, ein Blumengärtner, der hat mich bis fast nach Katowice mitgenommen. Nur der Rosengeruch war ätzend, hab seither nie wieder Blumen gekauft, Alter, ich dachte, ich krepier gleich, die ganze Zeit in dem Geruch, der Typ sagte, die Kühlzelle sei hermetisch abgeriegelt, einen Dreck war die abgeriegelt, die ganze Zeit kam die Scheißkälte und der Rosengestank zu mir nach vorne, außerdem war es todlangweilig, der Typ textete mich zu, die ganze Zeit, seine Blumen, dass man gut mit ihnen umgehen soll und dass man spürt, wie dankbar sie sind, wenn man gut mit ihnen umgeht, Liebe zahlen sie mit Liebe heim, nur so Scheiß, die ganze Zeit, der Typ hatte echt keine einzige anständige Story auf Lager. Ich frag ihn, was für Musik er hört, da meint er, Schlager und ungarische Volkslieder, ey, Alter, was für ein Glück, dass ihm bei seiner letzten Tour durch Tschechien der Kassettenrekorder geklaut wurde, wenn ich mir die ganze Fahrt irgendeinen Scheiß hätte anhören müssen, Herbstnebel wallen, die heitren Tage sind dahin, ich hätte mich eigenhändig abgestochen.

Aber, wie gesagt, auch so bin ich fast durchgedreht unterwegs, scheißlangweilig war es, ich musste mich ja mit ihm unterhalten, und er hat nur rumgenörgelt, dass der Blumenmarkt den Bach runtergeht, wegen den Holländern, deren gefriergetrockneten Rosen oder was zum Henker, ich musste einfach selbst loslabern, um nicht durchzudrehen. Wenn ich rede, brauch ich mir wenigstens nichts über Knospen und Blumenbörsen anhören, also hab ich ihm, keine Ahnung, warum, aufgetischt, dass ich zu einer Beerdigung unterwegs bin, na ja, eigentlich zum Grab meiner Großmutter, deshalb trage ich nur Schwarz, meine Großmutter ist nämlich in Polen gestorben, ich hab sie nicht gekannt, sie hat meinen Großvater wegen einem polnischen Eisenbahner verlassen, meine Mutter war noch ganz klein, von ihrem Tod habe ich aus der Traueranzeige erfahren. Der Typ hat einfach alles geschluckt, Alter, er fand die Geschichte sehr bewegend, Familienbande seien das Allerwichtigste und so weiter, und ich gab ihm vollkommen recht. Eigentlich hab ich das alles von einem Konzeptalbum von King Diamond, okay, die etwas wilderen Sachen hab ich ausgespart, den Stationsvorsteher, der in Wirklichkeit Voodoo-Magier ist, die Zombie-Weichensteller und die Geisterlokomotive, alles ausgespart, du kannst es dir ja denken, Alter, schließlich wollte ich nicht, dass der Typ gegen einen Baum fährt. King Diamond, der hat sie nicht alle, sein Mikrofonständer ist aus echtem Schienbein. Egal, nicht abschweifen, meine King-Diamond-Story erzähle ich dir ein andermal.

Zurück zum Blumengärtner.

Eigentlich ein echt cooler Typ. Auch wenn er von Heavy Metal keine Peilung hatte, du ja aber auch nicht. Kann ja nicht jeder Ahnung haben, und hart sein kann auch nicht jeder. Egal, Alter, jedenfalls glaube ich, der Typ mochte mich irgendwie, zum Schluss hat er gesagt, er würde mich direkt zum Friedhof fahren, ich soll ihm nur sagen, wo das ist. Aber woher zur Hölle soll ich wissen, wo der Scheißfriedhof ist, ich war ja noch nie in Katowice. Und da sagt der doch tatsächlich, er versteht, dass ich angespannt bin, aber das sei noch kein Grund für solche Kraftausdrücke, dann setzt er mich eben irgendwo raus, das sei auch besser, weil ich dann noch ein bisschen Zeit habe, mich zu sammeln. Das hat er dann auch gemacht, bei der nächsten Ausfahrt haben wir uns verabschiedet. Aber jetzt halt dich fest, Alter, bevor ich ausgestiegen bin, hat er mir noch einen Riesenstrauß Chrysanthemen in den Arm gedrückt, den soll ich meiner Großmutter aufs Grab legen. Der Strauß war in Folie eingewickelt und in so ne Art grünes Butterpapier, erst wollte ich ihn wegschmeißen, aber das Goldband war zu schön, ich hab es nicht übers Herz gebracht, also schleppte ich ihn mit, Alter, wenn ich schon kein Ticket habe, dann wenigstens Triumphgemüse. Ja, ich weiß, das klingt bescheuert, aber am Ende hat's doch was gebracht.

Bis zum Konzert war nicht mehr viel Zeit, ich marschierte los, dachte mir, irgendwie finde ich es schon, im Notfall gehe ich einfach der Menge hinterher. Ich guck mir einen Kirchturm aus und steuere auf ihn zu.

Ey, Alter, zuerst war alles total ausgestorben, aber dann tauchten ein paar Leute auf, bald wurden es mehr, und immer mehr, sie hatten Kerzen dabei, zogen damit durch ihre Scheißstraßen, Alter, alle mit einer Scheißkerze in der Hand, das sah vielleicht geil aus. Na, da sieht man wieder mal, Judas macht keine halben Sachen, sie sagen, sie setzen Europa in Flammen, und Alter, genauso musst du dir Katowice vorstellen, wie eine riesige Kerzenflamme, das Ganze loderte wie die

Hölle. Das ist exakt mein Ort, das Konzert wird anders, als es bei uns in dem Scheißstadion gewesen wäre, Alter, das wird der Hammer, das muss es sein.

Am einfachsten ist es, den anderen zu folgen, denk ich mir und mach es auch ne Weile so, doch irgendwann wird mir klar, das können doch nicht alles Judas-Fans sein, in der Menge die ganzen Mütterchen mit Kopftüchern, aber auch viele Jüngere, die sehen nicht gerade wie astreine Metaller aus, um genau zu sein.

Nach einer Weile denk ich mir, lieber mal fragen, kak wuj Judas oder was weiß ich, wie man wo ist fragt. Na, das verstand kein Schwein, nur ein Mütterchen stammelte was von bardso tragedia oder kack, da sage ich wieder Judas kak oder wuj oder wie das Scheißwort heißt, aber die raffen nichts. Dabei habe ich früher ne ganze Weile Vader-Demokassetten gehört, wegen dem Bassisten, na, das checkst du bestimmt nicht, Alter, Vader ist ne polnische Speed-Metal-Band, die haben es echt drauf, vor allem der Bassist und der erste Schlagzeuger, und auf den Demos haben die noch auf Polnisch gesungen, den Klang der Sprache hatte ich also im Ohr, okay, ich dachte mir, Alter, wenn's drauf ankommt, kann ich Polnisch. Schön wär's, aber ich verstand null, alle kamen mir immer nur mit ihrem bardso und dobsche.

Na, da frag ich einen der fresheren Typen, aber das brachte es auch nicht, ey, Alter, der verstand kein Wort von dem, was ich sagte, dann, denk ich mir, eben Ungarisch: Hör zu Alter, wo steigt die Judas-Party, dort wollt ihr doch auch hin, oder? Als ich das gefragt habe, wusste ich eigentlich schon, dass sie einen Scheißdreck dorthin wollen, aber egal. Der Typ sieht mich an, aber so, als wäre ich der größte Spacko auf Erden, und fragt: Judas? Der fragt das genauso wie du vorhin, als hätte er noch nie was davon gehört, ja, sage ich, Judas, Judas Priest, und da war ich schon so wütend, dass ich die Lederjacke aufzippe und ihm mein T-Shirt zeige, genau wie dir, ich sag ja, das hab ich auch da angehabt, genau das Judas-Glücks-Shirt, Halford kopfüber gekreuzigt am Judas-Priest-Symbol, hast du je was Geileres gesehen?

Na ja, ihm gefällt es auch nicht, der bekreuzigt sich, aber nicht nur einmal, der hört gar nicht mehr auf und murmelt was auf Polnisch, aber frag mich nicht, was, ich verstehe wieder nur bardso und dobsche und was weiß ich, aber da weiß ich schon, ich hau hier besser ab, die Kacke war schon am Dampfen, alle haben uns angestarrt, ich sage, ey, Alter, ganz easy, komm runter, ich finde die Party auch allein, das T-Shirt versteckte ich hinter dem Blumenstrauß, zum Glück hatte ich den noch dabei, dann hab ich ein todtrauriges Gesicht gemacht, damit ich aussehe wie die anderen, und gehe ein bisschen weiter nach vorn.

Am Ende kommen wir zu irgend nem Platz, das war unser Ziel, Alter, dieser beschissene Platz, ey, da waren so viele Leute wie bei einem Konzert, nur war es voll still, na ja, nicht ganz, weil alle irgendwas brabbelten, ununterbrochen, das war der Hammer, Alter.

Und da habe ich dieses verdammt große Foto mitten auf dem Platz gesehen, ein verdammt großes Foto in einem verdammt großen Goldrahmen, von dem Bild lächelte ein netter alter Herr mit grauen Haaren herab, schön beleuchtet, aber das war's dann auch, Alter, das war die ganze Show. Und die Leute haben das Bild angestarrt, alle todtraurig, ich wurde auch gleich ganz depri. Keine Ahnung, was zur Hölle mit mir los war, bestimmt der Stress, das abgesagte Konzert, das Trampen und alles.

Ich dachte, scheiße, warum hab ich bloß den Blumengärtner angelogen, das habe ich jetzt davon, das ist meine Strafe, das ist ne echte Beerdigung oder Totenwache oder was zur Hölle, wo ich da reingeraten bin, das Konzert kann ich vergessen, der ganze Weg umsonst, das war's jetzt, keine Chance, dass da noch was draus wird, vor allem kein Judas-Konzert.

Vor dem Foto war der Boden voller Kerzen und Blumen und knienden Menschen, man sah den Leuten an, dass sie richtig fertig waren, und ich sag dir ja, Alter, so ne Traurigkeit ist ansteckend, ey, mich hat's auch voll erwischt, mir fiel ein, wie ich mir früher, als ich noch AC/DC-Fan war, geschworen habe, nach Australien zu fahren und Bon Scotts Grab auf dem Fremantle-Friedhof zu besuchen, das ist ja jetzt auch sowas in der Art, dachte ich mir, und wenn ich schon hier gelandet bin, muss ich versuchen, das Beste draus zu machen, schließlich verdient jeder den Respekt der anderen.

Also sag ich mir, egal, wie peinlich das jetzt ist, du kniest dich einfach mit hin zu den anderen, hier hilft nur noch Beten, Alter, vielleicht nicht mal das, aber einen Versuch ist es wert, was soll schon passieren, wenn so viele darauf stehen, muss ja was dabei sein, oder? Also gehe ich mit meinen Chrysanthemen nach vorn, knie mich neben die anderen auf den Boden und murmele den Text von Hallowed Be Thy Name, na, das zum Beispiel ist ein guter Iron-Maiden-Song, aber eigentlich ist es ein Gebet, geheiligt werde Dein Name, da ist dieser Typ, den man zum Tode verurteilt hat und der betet, bevor man ihn erhängt, Alter, das ist echt ein hammerharter Song, fast so gut wie von Judas, der einzige Song von Number of the Beast, der was taugt, zehnmal habe ich es aufgesagt, the sands of time for me are running low! Und tatsächlich, der Sand der Zeit rann auch mir verdammt noch mal davon, ich wusste, wenn innerhalb von zwei Minuten nicht irgendetwas passiert, war's das mit dem Konzert, ich hatte nicht nur keine Karte, ich hatte ja nicht einmal rausbekommen, wo sie spielen, Judas, ey, Alter, was für ne Totalpleite. Also hab ich wirklich gebetet, so richtig, hallowed be Thy name, wenn doch nur ein Wunder geschehen würde, ich habe mir sogar geschworen, mich mit meinem Vater zu versöhnen, ihm zu verzeihen, obwohl er daran schuld war, dass ich meine Großmutter nie kennengelernt habe.

Und ey, Alter, du wirst es nicht glauben, Alter, aber da geschah wirklich ein Wunder. Denn plötzlich höre ich eine Harley röhren. So fangen die Konzerte von Judas nämlich immer an, Halford kommt mit einer Harley auf die Bühne gefahren. Ich wusste, das bilde ich mir nur ein, Alter, unmöglich, dass die Harley im Stadion auf die Bühne fährt und man es bis hierher hört, aber dann, Alter, gucke ich hin und denke, ey, ich hab sie echt nicht mehr alle, denn an der einen Ecke vom Platz sehe ich wirklich ein Motorrad und auf dem Motorrad, Alter, sitzt kein anderer als Malcolm, Malcolm Fuckhead Stevens.

Na, von dem hast du bestimmt noch nie gehört, dabei ist er ein echt krasser Typ, der bekannteste Roadie von Judas Priest, er war von Anfang an dabei, er baut die Boxen auf und besorgt ihnen die Frauen, jeder Fan kennt ihn, ne Legende, sag ich dir, einmal hat er sich in Los Angeles mit Ozzy Osbourne geprügelt, weil Ozzy hat angeblich in den Aufzug geschissen und Malcom wollte, dass er es wegmacht, und daraus ist ein Mega-Fight geworden, danach lag das halbe Hotel in Trümmern. Auf jedem verdammten Judas-Plattencover wird er erwähnt, ganz besonderen Dank an Malcolm Fuckhead Stevens.

Na, und dieser blöde Fuckhead kommt mit ner Harley auf den Platz gefahren, fast zwischen die ganzen betenden Leute. Der arme Malcolm, keine Ahnung, was zum Henker der da eigentlich gesucht hat, aber sicher ist, dass er ziemlich einen sitzen hatte, der wäre fast von der Harley gekippt, er beugt sich vor, als müsste er gleich kotzen, und da standen die Leute auf, und du konntest spüren, es wird gleich richtig Stress geben.

Es war klar, dass ich etwas unternehmen musste, also stand ich auf, nahm den Chrysanthemenstrauß, hob ihn hoch, um die Aufmerksamkeit auf mich zu lenken, und fing an, so laut ich nur konnte, die polnische Hymne zu singen, jeschtsche polska nijesgenjila, noch ist Polen nicht verloren, den Text habe ich von Vader gelernt, auf einer der ersten Demos spielen sie ne Speed-Metal-Version davon, aber ey, Alter, dass es mir in dem Moment einfiel, war echt ein Wunder, das kannst du mir glauben, Alter, weil den Song hatte ich seit mindestens zehn Jahren nicht mehr gehört.

Und da sehen mich auf einmal alle an, Alter, die denken bestimmt, ich hab nen Dachschaden, doch dann fängt auf einmal jemand an mitzusingen, dann noch einer und noch einer und irgendwann singen fast alle, und ich steuere unauffällig mit den Chrysanthemen auf die Harley zu.

Malcolm starrt nur in die Menge, kapiert gar nichts, und ich komme bei der Harley an, lege den Strauß auf den Boden, bekreuzige mich, Alter, dann sage ich zu Malcolm faster than a bullet, terrifying scream, das ist die erste Zeile von Painkiller, Alter, ich wusste, davon kommt er wieder zu sich und versteht mich auch, und wirklich Alter, er sah mich an, immer noch keinen blassen Schimmer, was los ist, aber da habe ich mit einer Hand den Reißverschluss runtergezogen und ihm mein T-Shirt gezeigt, ja, Alter, ich sag doch, das hier ist das gleiche Shirt wie das, was ich Malcolm gezeigt habe. Na, Alter, da wusste er gleich, dass ich auf seiner Seite bin, und sagte, come on, asshole, und da sprang ich hinter ihm auf die Harley und wir fuhren los wie Sau, faster than a bullet, Alter, direkt zum Stadion, auf dem Platz sangen sie immer noch die Hymne, aber das war mir egal, in meinem Kopf lief schon Ram it Down, mein Favourite von Judas, und Alter, da wusste ich, jetzt ist alles im Kasten, jetzt wird es richtig geil.

So.

Ja, Alter, das ist die Story in Kürze. Malcolm hat mich hinter die Bühne gebracht, ich hab mir das Konzert von dort angesehen. Backstage, Alter, das war dermaßen der Hammer, dafür gibt's keine Worte. Ja, ja, Alter. Heavy Metal. Und da hab ich dir noch gar nicht erzählt, dass die Harley, auf der ich mit Fuckhead saß, die Harley von Halford höchstpersönlich war, das würdest du mir sowieso nicht glauben. Dabei erzähle ich dir nur die Wahrheit, Alter, nichts als die Wahrheit.

## LIMON CON SAL

Eigentlich müsste ich meine Geschichte eher vorsingen, statt sie zu erzählen, denn meine richtige Stimme ist nicht die, mit der ich spreche, sondern die, mit der ich singe, meine Singstimme ist viel größer als ich, größer, schöner und kräftiger, sie reicht weiter und ist auch schwerer zu vergessen. Ich habe eine heiße, raue, kratzige Stimme, ich spüre, wie sie mir durch die Kehle strömt, sie ist wie Feuer, wärmt mich auf, aber nicht nur mich, sondern jeden, der sie hört. Wenn ich singe, friere ich nie, und auch die, die mir zuhören, frieren nicht.

Egal, am besten beginne ich am Anfang, ich komme aus El Salvador, wissen Sie, wo das liegt? Wenn nicht, ist es auch nicht so schlimm, es kränkt mich schon lange nicht mehr. Als ich hierherkam, hat es mich verletzt, dass bis auf wenige Ausnahmen die meisten keine Ahnung von Südamerika und Mittelamerika haben, sie verwechseln die Länder, Chile oder Panama, Argentinien, Brasilien oder Nicaragua, es ist ihnen völlig gleich, sie kennen unsere Hauptstädte nicht, von unserer Geschichte ganz zu schweigen. Dabei dachte ich, ich würde in ein befreundetes Land kommen, in eines, wo man uns kennt, alles über uns weiß, über meine Heimat und den Bürgerkrieg, aber das interessierte hier niemanden.

Meine Eltern habe ich bereits als junges Mädchen verloren, sie kamen bei einem Autounfall ums Leben, mein Bruder kümmerte sich um mich, doch nachdem er das Jurastudium beendet hatte, wollte er nach Nicaragua und für die Freiheit kämpfen, ich wollte ihn begleiten, aber er sagte, Waffen passten nicht zu Mädchen, ich solle eher was mit meiner Stimme machen, da könne ich den Armen besser helfen, an die Uni gehen, Musiklehrerin werden, ursprünglich hatte er mich in die Sowjetunion schicken wollen, dann wurde es aber doch Ungarn, weil man hier mehr von Musikunterricht versteht.

Ich kam also als Studentin in einem sehr kalten September hier an, natürlich hatte ich warme Sachen dabei, aber es war irgendwie anders kalt als bei uns, die Kälte ging mir bis ins Mark, sogar auf der Kennenlernfahrt der Uni zitterte ich noch vor Kälte, so sehr, dass ich bei der Vorstellungsrunde gar nicht das Lied sang, das ich ursprünglich hatte singen wollen, *Sombrero azul* von Ali Primera, über das Volk, das sich nicht fürchtet, das Volk, das siegen will, sondern eine Ballade, *La Llorona*, ein Lied über eine Frau, die ihres Geliebten wegen ihr Kind getötet hat, *todos me disen el negro, Llorona*, das ist ein sehr trauriges Lied, Chavela Vargas singt es am schönsten, es hat nichts mit Revolution zu tun, und beim Singen schämte ich mich plötzlich, dass ich gerade dieses Lied ausgesucht hatte, als junge Frau ausgerechnet ein so pessimistisches Lied zu singen, vor Scham begann ich wieder zu frieren, ich hatte beim Singen noch nie gefroren und auch seitdem nie wieder, aber in dem Moment schon, und zwar so sehr, dass ich am ganzen Körper zitterte, dabei war ich dick angezogen, ich hatte zwei Blusen und zwei Pullover an, aber keinen Mantel, denn ich wollte nicht, dass die anderen sich darüber lustig machten, doch ich zitterte trotzdem, auch meine Stimme zitterte, während ich *yo soy como el chile verde, Llorona, picante pero sabroso* sang, und da kam einer der Jungen zu mir und legte mir eine Decke über die Schulter, denn er sah, wie ich fror, er allein hatte es bemerkt, da hörte das Zittern auf, und ich konnte das Lied zu Ende singen.

Er hieß Balázs, sprach kein Wort Spanisch, dafür konnte er tanzen, also tanzten wir, und um mir zu verstehen zu geben, dass er sich in mich verliebt hatte, brauchte er keine Worte. Er machte verschiedene Annäherungsversuche, aber ich war nicht so eine, mir musste man den Hof machen, daraufhin begann er Gitarre und Spanisch zu lernen, erzählte mir in holprigen Sätzen von seiner Kindheit, aber mit solcher Begeisterung, dass ich es kaum übers Herz brachte, ihn zu korrigieren. Grammatik lag ihm weniger, aber mit der Gitarre klappte es ziemlich gut, er konnte fast alles nach nur einmal Hören spielen, ich gab ihm meine Kassetten von Víctor Jara, und wir sangen gemeinsam *El derecho de vivir en paz* und *El cigarrito*. Doch am meisten mochte er Tango. Mein Vater hatte als junger Mann vier Jahre in Buenos Aires studiert, von wo er nichts anderes mitbrachte als einen Stapel alter Singles von Carlos Gardel, er liebte die Stimme des Alten, sonntags hat er nie etwas anderes gehört, und mein Bruder hat seine Leidenschaft für den Tango geerbt, er hörte ihn oft, obwohl es keine fortschrittliche Musik ist, und vor meiner Abreise überspielte er mir die meisten Lieder auf Kassette, ich hörte sie gar nicht so oft, aber Balázs konnte nicht genug bekommen von Gardel, eines seiner liebsten Lieder war *El carretero*, das traute er sich sogar zu singen, und die Stelle, wo Gardel pfeift, pfiff Balázs fast haargenau wie er, ich musste immer lachen, wenn ich sah, wie er die Lippen schürzte, doch ich habe immer gedacht, wir würden nur Freunde bleiben.

Aber irgendwann unterhielten wir uns einmal über Obst, und er fragte mich, was mein Lieblingsobst sei, und als ich sagte, Zitrone, lachte er mich aus, das sei doch gar kein Obst, und ich sagte, das sei es sehr wohl, er solle mir eine bringen, dann werde er es schon sehen, und er brachte mir eine und staunte, als ich eine Rasierklinge nahm und sie so schälte, wie ich es als Kind gelernt hatte und wie wir es immer in der Schule unter dem Tisch gemacht hatten, und Balázs wunderte sich, dass man eine Zitrone genauso schälen konnte wie eine Orange, er sagte, er habe sie noch nie ohne Schale und in Spalten geschnitten gesehen, aber am meisten wunderte er sich, als ich eine Spalte anleckte, ins Salzschälchen tunkte und aß, zuerst wollte er nicht, aber dann steckte ich ihm doch eine Zitronenspalte in den Mund, er aß sie, und ich sah, wie der saure, mit nichts auf der Welt zu vergleichende, leicht scharfe, bittere Geschmack sich in seinem Mund ausbreitete, er schnitt Grimassen, doch er musste auch lächeln, Tränen traten ihm in die Augen, und er sagte, wir sollten noch ein Stück essen, und wir aßen noch eins, und ich erzählte ihm, dass es bei uns in der Schule als größter Streich galt, während der Stunde Zitronen zu essen, wer das tat, schnitt nämlich Grimassen, dass alle lachen mussten, sogar der Lehrer lachte, während er uns ermahnte aufzuhören, esst keine gesalzene Zitrone, keine *limon con sal* sagte er, aber wir hielten uns natürlich nie daran, wir aßen sie immer wieder. Und da steckte sich Balázs schon zwei Zitronenspalten in den Mund, schürzte die Lippen und verzog das Gesicht noch viel mehr, wobei er so süß aussah, dass mich ich weiß nicht was überkam und ich ihn einfach küssen musste, und auch sein Kuss war salzig und zitronig und bitter und ein bisschen scharf und doch süß, und während des Kusses dachte ich wieder an die Zeile aus *La Llorona, picante pero saboroso*, denn so war sein Kuss, scharf, aber köstlich, und wie auch er mich küsste, wusste ich, dass das kein Spiel war, das war wirklich Liebe, und im selben Augenblick wusste ich auch, dass ich ihn, hielte er um meine Hand an, heiraten würde, was ich ihm natürlich nicht sagte, aber am nächsten Tag fing ich an, richtig Ungarisch zu lernen.

Die Schwierigkeiten begannen, als wir zum ersten Mal seine Eltern besuchten, ich machte mir vorher Gedanken, kaufte seiner Mutter einen großen Blumenstrauß, doch als sie mich sah, verfinsterte sich ihr Gesicht, sie sah an mir vorbei, verhielt sich fast so, als wäre ich gar nicht da, dabei bin ich ein höflicher Mensch, ich brachte ihr Respekt und Demut entgegen, wie es sich für eine künftige Schwiegertochter gehört, Dios mio, ihr Gesicht war fast schwarz vor Wut, als ich ihr die Blumen überreichte, sie wollte sie kaum annehmen, ich dachte, sie würde mich anschreien, aber nein, sie nahm die Blumen und starrte mich nur mit ihren kalten Augen an. Balázs' Vater war sehr freundlich zu mir, versuchte, sich mit mir auf Latein zu unterhalten, und ich versuchte es auf Ungarisch, aber dadurch wurde alles nur noch schlimmer, denn ich sah, dass die Mutter, die Señora, wie ich sie für mich nannte, ein Glas Weißwein nach dem anderen trank, und je mehr sie trank, desto wütender sah sie mich an, und ich saß nur da, löffelte die Suppe in mich hinein, kaute das Schnitzel und kam nicht dahinter, was ich wohl verbrochen hatte, und dann wurde das Dessert gebracht, Vogelmilch, die Señora wollte mir etwas davon anbieten, und ich war so sehr in Verlegenheit, dass ich ihr helfen wollte, und als ich die Schöpfkelle nahm, berührte ich ihre Hand, sie zog sie weg, mit einer so heftigen Bewegung, dass sich die Kelle in der Porzellanschüssel verhakte, die Schüssel flog vom Tisch, prallte gegen die Anrichte, zerbrach, die Vogelmilch floss die Nussholzintarsien hinunter, und da bekam ich einen solchen Schreck, dass ich fast in Tränen ausbrach und mich auf Spanisch entschuldigte, und die Señora rief, diese Schüssel habe sie von ihrem Großvater geerbt, diese Schüssel und das gesamte Service, ich solle mich schämen, und sie habe ihren Sohn nicht fünfundzwanzig Jahre lang großgezogen, damit er ihr jetzt von einer Zigeunerin weggenommen werde, ja, das hat sie gesagt, und da wurde auch Balázs laut, Mutter, was sagen Sie da?, und der Vater versuchte, die beiden zu beruhigen, sie sollten sich doch nicht streiten, doch die Señora brüllte bereits richtig laut, eine Zigeunerin, sagte sie, sieh sie dir doch an, sie ist eine Zigeunerin, da sprang Balázs auf, nahm seinen Teller und schmetterte ihn zu Boden, dann meinen, den seines Vaters, den seiner Mutter, und dabei brüllte er, sie sollten sich schämen, und er nahm mich an der Hand, zog mich hinter sich her und rief, hier werde man ihn nie wiedersehen, und er betrachte die beiden von nun an nicht mehr als seine Eltern.

Als wir schon im Hausflur waren, hörte ich, wie die Señora uns etwas hinterherrief, ich verstand es nicht, doch ich wusste, dass es sich nur um einen Fluch handeln konnte, einen ganz bösen Fluch, und ich wusste, dass es abergläubisch war, so etwas zu denken, es gibt keine Flüche, und doch spürte ich, wie die Angst bei mir einzog.

Als wir die Treppen hinunterstiegen, bat ich Balázs, zurückzugehen und sich zu entschuldigen, denn das, was seine Mutter gesagt hatte, hatte mich zwar verletzt, doch so einen gewaltigen Streit hatte ich nicht gewollt, aber Balázs sagte, das komme gar nicht in Frage, ich müsse verstehen, dass ich nun einmal das Wichtigste in seinem Leben sei, und wenn seine Eltern nicht in der Lage seien, das zu akzeptieren, dann verdienten sie nicht, ihn jemals wiederzusehen, und nach dem, was seine Mutter uns hinterhergerufen habe, würde er erst recht nicht zurückgehen. Da fragte ich ihn, was sie denn gesagt habe, und bereute es noch im selben Moment, und Balázs war so wütend, dass er mir verriet, seine Mutter habe ihm gewünscht, er solle niemals ein Kind bekommen, ich hätte ihr den Sohn weggenommen, also sollte auch ich mein Kind verlieren, nie, niemals sollten wir Kinder haben. Als Balázs das aussprach, sah ich ihm an, dass auch er es sogleich bereute, denn es war ja klar, dass er es mir nicht hätte sagen sollen, und ich wollte nicht, musste aber doch weinen, er umarmte mich und sagte, es werde nichts Schlimmes passieren, aber ich zitterte fast genauso wie damals, als wir uns kennenlernten.

Eine Woche später war unsere Hochzeit, auf dem Standesamt waren nur wir und die beiden Trauzeugen, zwei Unbekannte, die wir auf der Straße angesprochen hatten, ich sah Balázs an, dass ihn das schmerzte, mich aber kümmerte es nicht, er sagte, so habe er sich seine Hochzeit nicht vorgestellt, ich sagte, mir sei es egal, mich interessiere nur eines, und Balázs sagte, ich solle mir keine Sorgen machen, es werde schon alles gut.

Aber ich wusste, dass das nicht stimmte, und es wurde auch nicht gut, ich wurde zwar sofort schwanger, hatte jedoch nacheinander drei Fehlgeburten, beim ersten Mal nahm Balázs die Sache nicht so ernst und auch ich hatte nicht wirklich Angst, doch nach dem dritten Mal verdüsterte sich seine Stimmung und er hörte wieder die traurigsten Tangos von Gardel, und mir ging die Musik immer mehr auf die Nerven, irgendwann hielt ich es nicht mehr aus und schrie ihn an, er solle sie ausmachen, denn ich hätte die Nase voll, ich hasste diese Musik, ich bekäme Heimweh davon, ich müsse an meinen armen Vater denken und an unser Haus, an den Duft unseres Gartens, den Geruch des Sommers, der ganz anders sei als hier, und dann sagte ich noch, dass wir uns scheiden lassen sollten, weil ich nach Hause gehen wolle, dorthin zurück, woher ich gekommen sei, das sei für uns beide das Beste. Balázs wurde so wütend, dass er den Kassettenrekorder gegen die Wand schleuderte und mich anbrüllte, ich solle den Mund halten, wir stritten uns wie nie zuvor, dann stürmte er aus der Wohnung und kam erst Stunden später zurück, sein Atem roch nach Wodka, und er verriet mir nicht, wo er gewesen war.

Eine Woche später suchte mich die Señora in der Schule auf, wo ich mein pädagogisches Praktikum machte, ich dachte, ich sehe nicht recht oder bilde es mir ein, doch plötzlich stand sie da, auf dem Gehweg, ich weiß nicht, wie sie mich gefunden hatte, einen Augenblick lang dachte ich, sie wolle sich bei mir entschuldigen, doch dann sah ich, wie sie die Lippen zusammenpresste, und da wusste ich, dass sie etwas anderes von mir wollte, und dann kam sie auch schon auf mich zu, holte ein Blatt Papier hervor, von dem sie einen Text ablas, es war auf Spanisch, keine Ahnung, wer ihn für sie übersetzt haben mochte, darin stand, ich solle ihr ihren Sohn zurückgeben, sie glaube mir, dass ich ihn liebte, doch wenn ich ihn wirklich liebte, dann drängte ich mich ihm nicht auf, richtete ihn nicht mit einer solchen Ehe zugrunde, ich solle ihr glauben, dass sie nur das Beste für alle wolle, sie könne es besser einschätzen, ich solle ihren Sohn verlassen und dorthin zurückgehen, von wo ich gekommen sei, ich würde es nicht bereuen, und als sie das sagte, holte sie eine Schatulle aus ihrer Manteltasche, öffnete sie und reichte sie mir, sie sagte, dieses

Armband sei das Einzige, was vom Familienschmuck übriggeblieben sei, sie habe es ihrer Schwiegertochter zugedacht, doch wenn ich wegginge, würde sie es mir geben, ich betrachtete das Armband, es bestand aus kleinen weißen Steinen, ich wusste, es waren Brillanten, sie glänzten kalt wie Eis, und ich wusste, ich würde erfrieren, wenn ich mir das Armband überstreifte, es würde mich umbringen, ich streckte die Hand aus und klappte den Deckel zu, wobei ich auch die Hand der Señora erfasste und gegen das Holz der Schatulle drückte, ich sagte, danke, aber sie solle ihren Schmuck behalten, und ich spürte ihre knochigen Finger in meiner Hand, ich blickte ihr in die Augen und sagte, sie solle sich schämen, und überhaupt, was wisse sie schon über mich, über meine Heimat, was wisse sie denn, woher ich gekommen sei und was ich wolle, was ich zu finden hoffte, sie kenne mich nicht und wolle mich auch gar nicht kennenlernen, wenn sie wüsste, was für eine gute Schwiegertochter ich ihr hätte sein können, Familie spiele bei uns eine große Rolle, ich sagte ihr, dass ich eine Waise sei und sie mir eine zweite Mutter hätte werden können, ich hätte sie sehr geliebt und sie hätte nie so etwas zu mir gesagt, sie solle sich schämen, einfach nur schämen. Sie sagte nichts, sah mich nur an, ihre Hand war so kalt, dass ich das Gefühl hatte, augenblicklich zu erfrieren, da musste ich wieder singen, ich sah sie an und sang, mein Gesicht nah an dem ihren, ich sang wieder dieses Lied, das Lied von Chavela Vargas, *La Llorona*, von Anfang bis Ende, und während ich sang, spürte ich, dass ich sie, wenn ich wollte, jetzt ebenfalls verfluchen könnte, damit sie vertrocknete, verkümmerte, als wäre ich tatsächlich das, als was sie mich beschimpft hatte, und ich wusste auch, was ich singen, wie ich dieses Lied verändern müsste, und das muss sie gespürt haben, denn sie wollte ihre Hand wegziehen, und ich betrachtete ihr gepudertes Gesicht, die harten Züge, und plötzlich erkannte ich, dass sie die gleichen Augen hatte wie Balázs, und da verflog meine Wut, das Ende des Liedes sang ich auch nicht mehr wild, sondern freundlich, *¿Qué más quieres?, quieres … más!*, und da wusste ich, dass ich ihr verzeihen würde, ich war nicht bereit, böse auf sie zu sein, das sagte ich ihr auch auf Ungarisch, damit sie verstand, dass ich sie trotz allem mochte, ich nahm meine Hand weg, beugte mich zu ihrer knochigen Hand, die die Holzschatulle umfasste, und küsste sie, ich spürte, dass sie zuckte, als hätte ich ihr eine Ohrfeige verpasst, da drehte ich mich um und ging, sollte sie doch allein dort stehen bleiben, mit der elenden Holzschatulle in der Hand.

Am nächsten Tag nach dem Mittagessen hatte ich plötzlich Appetit auf Zitrone mit Salz, da wusste ich, ich war wieder schwanger, und ich wusste auch, dass ich eine Tochter haben würde, und ich wusste auch, dass ich sie nicht hergeben würde, sie durfte ich nicht verlieren, und da fiel mir das Gesicht der Señora ein, und ich schwor mir, dass ich bis zur Geburt meiner Tochter jeden Tag hundertmal *La Llorona* singen würde, nicht laut, nur leise, in mir, und das tat ich auch, Tag für Tag, und ich singe es seitdem immer, auch jetzt höre ich es leise in meinem Kopf, *todos me dicen el negro, Llorona, negro pero cariñoso*. Und neun Monate später wurde meine Tochter geboren, Violetta, hier, das ist ein Bild von ihr, stimmt's, sie ist hübsch, sie wird bald sieben, sie kommt in die Schule.

Als Violetta zur Welt kam, sagte ich zu Balázs, er solle seine Eltern anrufen, denn wenn sie sich jetzt nicht versöhnten, dann niemals mehr, zuerst wollte er nicht, doch dann gab er sich einen Ruck, und es stellte sich heraus, dass seine Mutter weggegangen war, eines Tages war sie einfach nicht mehr nach Hause gekommen, man weiß bis heute nicht, wo sie ist, sie hat Balázs' Vater einen einzigen Brief geschrieben, dass sie am Leben sei, man aber nicht nach ihr suchen solle, und ich wusste, dass das an jenem Tag passiert war, sagte Balázs aber nichts. Sein Vater besuchte uns, und er wurde ein wirklich guter Großvater, er liebt seine Enkelin und mich inzwischen auch, glaube ich. Die Señora aber blieb verschwunden, die einzige Nachricht von ihr war ein Päckchen, dass zu Violettas erstem Geburtstag mit der Post kam, natürlich war es die Holzschatulle, mit einem Band zugebunden, ob das Armband darin ist, weiß ich nicht, ich habe mich nicht getraut, sie zu öffnen, das kann ja Violetta machen, wenn sie groß ist, an ihrem fünfzehnten Geburtstag, ihrer Quinceañera. Vielleicht schmeckt ihr bis dann auch Zitrone mit Salz, denn ehrlich gesagt, bisher mag sie es noch überhaupt nicht.

# DIE LAUTSPRECHER

An dem Tag, an dem meine Mutter ihn verlassen hatte, begann mein Vater die Lautsprecher zu bauen. Bis zu seinem Tod arbeitete er daran, mehr als fünfzehn Jahre; soweit ich weiß, hat er kaum noch etwas anderes gemacht, die Lautsprecher füllten sein Leben vollkommen aus.

Ich dachte, er würde sie niemals fertigkriegen, ständig klagte er darüber, dass das, was er auf dem Papier entwarf, nicht funktionierte, er korrespondierte mit deutschen, japanischen und in China ansässigen niederländischen Elektroakustikern und Toningenieuren, gab all sein Geld für Ölpapier-Kondensatoren und handgefertigte Widerstände aus. Selbst auf dem Sterbebett wollte er über nichts anderes reden, er sagte, es brauche Zeit, bis die Leitungen die richtige Klangreife erlangten, vergeblich redete ich ihm zu, er solle den Kampf nicht aufgeben, die Chemotherapie werde ihm helfen, er schüttelte nur wütend den Kopf und sagte, was für eine Ironie des Schicksals, dass gerade ich, der so entsetzlich Unmusikalische, die Anlage ausprobieren muss, ich, so taub, dass mir nicht einmal auffalle, wenn er mir seine Lieblingsplatte mit achtundsiebzig statt dreiunddreißig Umdrehungen pro Minute vorspielte. Daran sei nun nichts mehr zu ändern, doch ich solle ihm versprechen, dass ich das Trauerjahr abwarten würde. So viel Zeit bräuchten die Kondensatoren auf jeden Fall.

Nach der Beerdigung brauchte ich mehrere Wochen, um ihm zu verzeihen, dass er sowohl die Operation als auch die Chemotherapie abgelehnt hatte, und irgendwann beschloss ich, alles wegzuwerfen, den Verstärker, den Plattenspieler und sämtliche Schallplatten.

Ich öffnete Vaters Plattenschrank und griff nach seiner Lieblingsplatte, Wagner-Arien, 1952 in der Sowjetunion herausgekommen, das war einer seiner größten Schätze, eine unglaubliche Rarität, noch bevor sie in die Läden kam, war die gesamte Auflage eingestampft worden und der Sänger spurlos verschwunden, nur die paar Exemplare, die die Arbeiter aus der Fabrik geschmuggelt hatten, blieben erhalten, eine dieser Platten hatte mein Vater gegen einen Trabant getauscht, zu einer Zeit, als man noch sechs Jahre auf ein Auto warten musste.

Ich wusste, dass er die Anlage mit dieser Schallplatte ausprobieren wollte, weshalb ich sie gerne als Erste weggeworfen hätte, doch als ich sie herausnehmen wollte, um sie samt Hülle zu zerbrechen, erblickte ich auf dem obersten Regalbrett Vaters Strohhut, an der Krempe war mit einem Gummi eine viereckige Lupe befestigt, und mir fiel ein, wie er nach dem Mittagessen dagesessen hatte, mit Hut, und wie ihm die schwere Lupe vor dem Gesicht hing und er die Plattenrillen untersuchte, mit Hirschleder wischte er die Schallplatte ab, nie im Kreis oder diagonal, sondern in einer dickbauchigen Acht. Ich sah sein Gesicht wieder vor mir, die von der Linse vergrößerten, hervorgehobenen Bildausschnitte; je nachdem, wie er den Kopf bewegte, waren entweder nur eine Pupille zu sehen oder die Poren der Nase, ein Mundwinkel, das Grübchen am Kinn mit den grauen Bartstoppeln, die Stelle, die sich so schwer rasieren ließ, und als ich daran dachte, verrauchte meine Wut.

Ich berührte den Strohhut, den gezackten Rand des sorgfältig gefalteten Hirschledertuchs, das unter dem Hut hervorsah, mein Vater hatte behauptet, dieses Hirschledertuch sei das weichste Textil der Welt, das einzige, das die Schallplatten nicht beschädige, es war wirklich sehr weich, ich spürte es kaum, als ich es zwischen den Fingern hielt, mit einer einzigen Bewegung könnte ich es unter dem Hut hervorziehen, was ich dann aber doch nicht tat.

Zu Allerseelen ging ich auf den Friedhof und zündete eine Kerze an, dabei hatte ich diesen Zirkus früher gehasst, ich betrachtete den Grabstein und sagte ganz leise, schon gut, du hast gewonnen, wenn das Trauerjahr vorüber ist, werde ich deine bescheuerte Anlage ausprobieren.

Ich bereitete alles für den ersten Jahrestag der Beerdigung vor, kaufte neue Nadeln für den Plattenspieler, den ich zuvor auseinandergebaut und mit Druckluft gereinigt hatte, die Lager hatte ich mit Silikonöl eingesprüht, die Kabel von den Lautsprechern getrennt und die Kontakte gesäubert.

Ich stellte Vaters Lieblingshumpen auf den Tisch, daneben vier Dosen seines Lieblingsbiers und holte die Schallplatte aus dem Schrank. Ich legte sie auf die karierte Tischdecke neben die anderen Sachen. Es war ein Doppelalbum, auf der Hülle sah man ein Porträt des Sängers in Zweifarbdruck, bevor ich es öffnete, betrachtete ich noch eine Weile das Bild, ich dachte, wie kurios es doch war, dass ich die Lieblingsplatte meines Vaters in der Hand hielt, die er selbst noch nie gehört hatte.

Vater hatte seine Schallplatten nämlich so geliebt, sie waren ihm so heilig, dass er sie nie auflegte, er sagte, solange die Anlage nicht fertig sei und die Lautsprecher nicht perfekt funktionierten, sollte man sie nicht unnötig strapazieren, denn selbst wenn man sie nur ein einziges Mal abspielte, würde sich das Material bereits verändern, und außerdem höre er, wenn er mit der Lupe die Rillen betrachtete, die Musik auch so, in seinem Kopf, reiner und vollkommener, als es durch die begrenzte Technik jemals möglich wäre, ja, wenn er die Rillen durch die Lupe betrachte, höre er die Platte genauso, wie sie damals im Studio geklungen habe, als sie aufgenommen wurde, nur sei damals niemand dabei gewesen, der sie sich hätte anhören können, niemand sei da gewesen, der einfach nur zuhörte, alle hätten gearbeitet, die Musiker, der Toningenieur, der Sänger, die Assistenten, alle, und deshalb habe diese Platte noch nie jemand so gehört, wie man sie hören müsse.

Diese Theorie hatte Vater mir mehrfach erläutert; immer wenn er die Reinigung der ersten Platte beendet hatte und eine Pause machte, drehte er den Strohhut um, damit die Lupe ihm beim Trinken nicht im Weg war, schenkte sich ein zweites Glas Bier ein, nahm ein paar Schluck, trug mir dabei seine Theorie vor, und wenn das Bier alle war, nahm er die zweite Schallplatte, legte sie auf den Plattenteller und zog die Lupe wieder nach vorn, er richtete die Taschenlampe auf die Platte, beugte sich darüber und begann langsam und mechanisch den Kopf über der schwarzen Scheibe kreisen zu lassen und brummte falsch dazu.

Während ich die Hülle betrachtete, hörte ich für einen Moment wieder sein Brummen, einen tiefen, vibrierenden Ton, ähnlich wie ihn Bauchredner beim Üben produzieren, und als ich wieder zu meinem Vater gezogen war, um ihn zu pflegen, brauchte ich Monate, um mich daran zu gewöhnen.

Ich hörte es nur für einen Augenblick, dann wurde es still. Ich öffnete die Hülle, über dem Schwarzweißfoto des Orchesters stand eine mit gelbem Wachsmalstift geschriebene Nachricht. Es war die Handschrift meines Vaters, und als ich die dicht untereinandergeschriebenen Zeilen las, war mir, als hörte ich seine Stimme. Er hatte geschrieben, dass er schon immer gewusst habe, wie hoffnungslos unmusikalisch ich sei, ich solle mir gar nicht einbilden, dass ich hören würde, wie rein seine Anlage klinge, doch daran habe er gedacht und eine Methode entwickelt, dank deren sogar ich mich davon würde überzeugen können, wie unübertrefflich seine Lautsprecher seien. Ich müsse lediglich die schön gekühlten vollen Bierdosen auf die Lautsprecher stellen, das dritte Lied der ersten Seite der zweiten Platte auflegen und die Lautstärke möglichst weit aufdrehen. Er wisse, dass das ziemlich bizarr klinge, doch ich solle ihm vertrauen und tun, worum er mich bitte. Dann werde ich den Klang nicht nur hören, sondern ihn auch sehen. Unter den Text hatte er eine kleine Skizze gezeichnet, um zu verdeutlichen, wie die Bierdosen übereinanderzustehen hatten.

Es war nicht ganz einfach, sie auf den beiden Lautsprechern anzuordnen, doch schließlich gelang es mir, alle vier aufzustellen. Ich holte die Schallplatte hervor, wischte sie mit dem Hirschledertuch ab, legte sie auf den Plattenspieler, hob den Tonabnehmer vorsichtig über den Anfang des zweiten Liedes und senkte ihn.

Für einen Moment herrschte völlige Stille, dann begannen die Lautsprecher leise zu knistern, das Knistern wurde immer lauter, bis die übereinandergestellten Bierdosen zu vibrieren begannen; die Musik ertönte, ohrenbetäubend laut und falsch, sie war viel schneller, als sie hätte klingen müssen, ich sah, wie die Verschlüsse der Bierdosen aufsprangen und die gelbe Flüssigkeit heraussprudelte, ich spürte, wie der Klang die gesamte Wohnung in Schwingung versetzte, die Stimme des Sängers war wie das Brummen meines Vaters, nur hundertmal lauter, das Bier strömte aus den Dosen, und ich wusste, gleich würde es in die Lautsprecher sickern und die Widerstände beschädigen und die Kondensatoren zerstören, und dann wäre es endlich wieder still.

# PUERTA DEL SOL

Ferenczi träumte schon wieder davon zu fallen, dass er endlos zwischen grauen Wolken herunterstürzte, sich drehte und überschlug, umsonst versuchte er sich festzuklammern und sich auf die Luft zu legen, er fiel unaufhaltsam weiter, ohne dass er wusste, wo er war, er rief um Hilfe, aber der Wind des Sturzes griff ihm in den Mund, entriss ihm die Stimme und zerfetzte sie so, dass nicht einmal er selbst sein eigenes Gebrüll hören konnte, nur die Luft pfiff kalt und schwer um ihn herum, während er nur fiel und fiel, hinein in die Leere, ins Nichts.

Aus diesem Traum konnte er nie einfach so aufwachen, immer spürte er die Echos des Aufschlagens auf der Erde in der Brust, sein Körper war für Augenblicke vom gallertartigen Schmerz zerschmetterter Organe überflutet. Nach dem Erwachen starrte er benommen ins Dunkel, versuchte, Kraft zu sammeln für die erste Bewegung, sogar als seine Mutter nach ihm rief, dauerte es noch lange Sekunden, bis er sich hinsetzen konnte und etwas sagen, bis er aussprechen konnte: Alles in Ordnung, Mutter, ich bin hier, ich komm schon, ich bringe den Tee.

Der Traum stieß ihn genauso schmerzlich aus sich heraus wie sonst auch, nur sah er, als er die Augen öffnete, diesmal nicht die erstickende Dunkelheit seines Kinderzimmers, sondern Wolken und einen strahlend blauen Himmel, das Licht war so klar und gleißend, dass er, hätte er nicht den scharfen Schmerz des Sturzes zwischen seinen Rippen knacken gespürt, hätte denken können, das Ganze nur zu träumen oder dass der Sturz irgendwie in Fliegen übergegangen war.

Es bedurfte mehrerer Atemzüge Zeit, bis sein Bewusstsein endlich klar war, ihm dröhnte noch immer der Kopf vor Müdigkeit, er begriff nur langsam, dass er nicht träumte, sondern tatsächlich flog, dass er in einem Flugzeug saß, am Fenster, und dass das, was er sah, die Wirklichkeit war, er war wirklich zwischen den Wolken und sah wirklich die Sonne auf ihnen glänzen.

Er war mit der Stirn an das Fenster gelehnt eingeschlafen, nicht lange nachdem das Flugzeug gestartet war. Als das Fahrwerk der Maschine mit einem großen Ruck die Startbahn verließ, brach mit einem Mal die gesammelte Müdigkeit des letzten Jahres über ihn herein, er drückte die Stirn gegen die Fensterscheibe und schaute sich die Stadt an, alles war klar zu sehen, die Neubaugebiete, der Stadtpark, die Innenstadt, er glaubte sogar das Mietshaus zu erkennen, in dem sie gewohnt hatten, dann den Fluss, auf der anderen Seite die Burg, und dann das Krankenhaus und den Allgemeinen Friedhof, mit der Aufbahrungshalle in der Mitte, und die Kastanienallee bis zu der neuen Parzelle und auch die neue Parzelle selbst, und auch das einzige frische Grab, dort, in der letzten Reihe, und auch die auf dem Grab aufgehäuften Kränze, und auch die Schleifen an den Kränzen, und die Aufschriften auf den Schleifen, die goldenen Buchstaben auf dem schwarzen Stoff, die weiße Umrandung der Buchstaben. Die Maschine gewann an Höhe, Wolkenfetzen zerteilten die Ansicht in weiche Stücke, bis das graue Innere der Wolke alles verschluckte. Dieses Grau war das Letzte, woran er sich erinnerte, wie es wirbelnd hinter seine Lider drang und sein Bewusstsein erfüllte und belegte.

Die Maschine war nicht einmal halbvoll, Ferenczi lehnte sich an, kippte die Rückenlehne nach hinten und massierte sich die Schläfen. Sein schwarzer Anzug engte ihn ein, er schlüpfte aus dem Sakko und legte es auf den freien Sitz neben sich. Die Hose war eng, schnitt ihm in die Hüfte, er öffnete den obersten Knopf.

Hinter ihm fingen ein Mann und eine Frau ein Gespräch an, sie stritten sich auf Spanisch, Ferenczi drehte den Kopf zur Seite, um sie besser zu hören, er verstand nur einzelne Wörter, sie sprachen rasant und melodiös, Ferenczi beobachtete ihre S-Laute, den fast ratternd schnellen Rhythmus der Sprache.

Das Spanisch seiner Mutter war anders, viel stockender und gebrochener, mit ungarischen Betonungen, Ferenczi verstand gar nicht immer, wovon sie sprach. Seine Mutter hatte erst in den letzten Monaten wieder angefangen, spanisch zu sprechen; nachdem sie siebenundachtzig von Siebenbürgen nach Ungarn umgesiedelt waren, hatte sie die Sprache kaum mehr benutzt, aber gegen Schluss, als sie nicht mehr genau wusste, wo sie war, redete sie Wochen lang nur über die alte gescheiterte Hochzeitsreise, das Hotel, das sie an der Puerta del Sol reserviert hatten, die versprochenen und dann nicht bekommenen Pässe, vor Wut zitternd wiederholte sie, dass, wenn diese gottverdammten Kommunisten damals die Pässe ausgestellt hätten, alles anders gekommen wäre, sie wären nicht ins Fogarascher Gebirge auf Hochzeitsreise gegangen und Vater wäre nicht in die Schlucht gestürzt, wäre nicht auf der Stelle gestorben und sie wäre nicht allein geblieben mit ihrem ungeborenen Sohn, sie hätte ihn nicht allein großziehen müssen unter so vielen Entbehrungen und Opfern.

Ferenczi wendete das eine oder andere aufgeschnappte Wort im Mund, flüsterte es, sprach es tonlos aus, blies das S sanft von der Zungenspitze, *Raßon*, flüsterte er, Raßon, und dadurch wurde auf einmal alles so real, er *wusste,* dass er *wirklich* in der Maschine saß, dass er wirklich reiste, wirklich nach Madrid flog, ohne alles, ohne Kleidung zum Wechseln, ohne Gepäck, er reiste, wie er es immer schon wollte, mit einem in letzter Sekunde gekauften Flugticket, er hatte sich nicht um den Preis geschert, als ihm die Summe einfiel, erfasste ihn wieder die schweißtreibende, die Wangen rot färbende Aufregung der plötzlichen Entscheidung, er wusste, wenn er könnte, würde er jetzt umkehren, und er wusste auch, dass er nicht umkehren konnte, es gibt kein Zurück mehr, die Maschine trägt ihn, unaufhaltsam.

Er spürte, dass seine Stirn nass war, in dichten Tropfen trat der Schweiß unter seinen Haaren hervor, rann ihm über die Stirn. Er holte ein zerknülltes Papiertaschentuch aus der Sakkotasche, tupfte sich die Stirn, der Geruch des Taschentuchs nach Kampfer und Menthol stieg ihm in die Nase. Das war der Geruch des Zimmers seiner Mutter, der Geruch der Krankheit, der Dunkelheit und des Vergessens.

Ferenczi zerknüllte das Taschentuch zu einer Wurst und steckte es zurück in die Tasche des Sakkos, und ihm fiel der Moment im Taxi ein, als er beschloss, dass er verreisen würde. Er kam aus dem Friedhofstor, setzte sich ins erstbeste Taxi, sagte die Adresse an, Straße, Hausnummer, er hatte nun die Gewissheit, dass die Wohnung leer war, hinter den heruntergelassenen Rollläden herrscht Dunkelheit, es ist still und es riecht nach Kampfer, und dieses Wissen war gewichtiger und endgültiger als das Poltern der Erdklumpen auf den Sarg und das effektive, mechanische Schaufeln der Totengräber, Ferenczi starrte auf das Rot der rotierenden Ziffern auf der Taxiuhr, die letzte Ziffer sprang von sieben zu acht, von acht zu neun, von neun zu null. Ferenczi wusste in dem Augenblick, was geschehen würde, sobald sie angekommen sein würden, er würde das Taxi bezahlen, durch die Toreinfahrt gehen, die Treppe hinauf, er würde die Wohnungstür öffnen und hinter sich schließen, er würde seine Schuhe von sich treten, in die Küche gehen, die Spritze und die Insulinampullen aus dem Kühlschrank nehmen, die Rollläden würde er nicht hochziehen, er würde nur durch das dunkle Wohnzimmer gehen, die Dielen würden genauso quietschen wie immer, aus dem abgewetzten Perser würde unter seinen Schritten genau wie immer der Staub aufgewirbelt, über seinem Kopf würden die von Schmutz blind gewordenen Anhänger des Lüsters mit demselben dumpfen Klirren gegeneinanderschlagen wie immer, alles würde wie immer sein, aber er würde wissen, dass es nicht so ist, dass es überhaupt nicht so ist, er würde geradewegs in Mutters Zimmer gehen, neben ihrem Bett stehen bleiben, die Decke ausschütteln und sich dann so, wie er ist, angezogen, in das ungemachte Bett legen, zu dem nach Krankheit riechenden Laken und der nach Urin riechenden Decke, würde sich die Nadel in den Bauch rammen, den Inhalt der Spritze hineindrücken, sich zur Wand drehen, die Augen schließen und für immer einschlafen. Bewegungslos saß er im Taxi, sah sich die rot leuchtende Null an, sehr lange wurde keine Eins daraus, sehr, sehr lange rührte sich nichts, um ihn herum herrschte tiefe Stille, sie klang in seinen Ohren, und dann, als hätte jemand eine gedrückte Gitarrensaite losgelassen, erklang etwas in ihm, ein tiefer und langer Ton, die Erinnerung an eine gespielte Melodie war noch darin, und Ferenczi verstand plötzlich, dass dieser Moment ihm gehörte, jawohl, ihm, das kann der Moment sein, wenn nach der Null keine Eins mehr kommt und nach der Eins keine Zwei mehr, wenn er sich rühren kann, wenn er sprechen kann, dann wird es vielleicht doch nicht so kommen, vielleicht werden ihn Schmerz und Tod doch nicht niederringen, er muss sich bloß rühren, er muss nur etwas sagen, er dachte an die Melodie, daran, wie sie sich rauschend erhebt, er wusste, die Taxiuhr wird weiterlaufen, sie wird jetzt sofort weiterlaufen, und er wusste, dass er das nicht abwarten wollte, er lehnte sich nach vorne, berührte den Taxifahrer an der Schulter und sprach es aus, dass er es sich überlegt habe, er wolle doch lieber zum Flughafen.

Er sah wieder aus dem Fenster, sie flogen bereits über den Wolken, der Himmel war klar, alles war ungetrübt zu sehen. Ferenczi hatte noch nie so eine Landschaft gesehen. Alles war braun und weiß und schwarz, die Erde streckte sich unter der Maschine aus wie der gescheckte Pelz einer Katze mit Schildkrötenpanzerzeichnung. Ferenczi hätte gerne gewusst, wo sie sich befanden und was er da wohl sah, und da, als würde sein Wunsch in Erfüllung gehen, öffneten sich sirrend die in den Deckenpanelen versenkten Bildschirme, und Europas Landkarte erschien, und die weiße Silhouette des Flugzeugs zeigte an, dass sie sich schon über der Iberischen Halbinsel befanden und bald ihr Ziel erreichen würden.

Er sah sich die Landkarte an, er dachte an die Grenzen, daran, wie viele Grenzen sie überflogen hatten, und er schämte sich auch gleich, dass er schon wieder daran dachte, dass er wie seine Mutter ist, in der Vergangenheit lebt, nur weil sie in seiner Kindheit nicht reisen durften, müsste man nicht ständig daran denken, man sollte endlich darüber hinweg sein, ja, sie durften nicht reisen, weil sie keinen Pass bekommen durften, ja, er war in einer Diktatur aufgewachsen, ja, er hatte sich Atlanten angesehen wie andere in Märchenbüchern lesen, aber nun ist das vorbei, schon lange ist es vorbei, seit er zwanzig ist, hat er einen eigenen Pass, er kann gehen, wohin er will, wann er will, er ist ein freier Mensch, er sollte sich nicht ständig an das Gefängnis erinnern. Er sah sich die Landkarte von Europa an und schämte sich dabei, weil er wieder an die Geschichte dachte, auf der Landkarte zog nur das Flugzeug eine weiße Linie, aber er sah die alten und die neuen Grenzen und die Fronten, als müsste er auf einer Blindkarte einzeichnen, wo die Massengräber und die größeren Schlachtfelder waren, so tragisch kann man nicht denken, so tragisch darf man nicht denken, er warf wieder einen Blick auf die gescheckte Landschaft, er wird jetzt gerade nicht an den Bürgerkrieg denken, er wird an nichts anderes als an das Fliegen denken, daran, dass er losgegangen ist, dass er die Kraft hatte loszugehen, dass eine unbekannte Stadt auf ihn wartete, wo er niemanden kannte, ungebunden war und machen konnte, was er wollte.

Die Maschine begann mit dem Sinkflug, in Ferenczis Magen meldete sich für den Bruchteil einer Sekunde wieder das Herunterstürzen, und mit ihm kehrte die Traurigkeit des unruhigen Bangens in ihn zurück. Ihm fiel die Reklame eines Reisebüros ein, er hatte sie in einem Magazin gesehen, während er in irgendeinem Wartesaal im Krankenhaus herumsaß, in der Reklame ging es darum, dass man während des Fliegens all seine Sorgen, seine Bitterkeiten, seine Traurigkeiten zwischen den Wolken zurücklässt, er blies die Luft aus und dachte daran, vielleicht kommt es ja tatsächlich so, vielleicht passiert es.

Als er aus der Unterführung heraufkam, warfen ihn die Hitze und der Lärm fast um, das Stimmengewirr des Platzes schlug ihm gegen die Stirn, ihn schwindelte, er musste sich dem sich drehenden Platz hinterherdrehen. Eine wirbelnde Menge umgab ihn, als rennten alle irgendwohin, Männer und Frauen und Kinder und Alte und Junge, jemand glitt auf Rollschuhen an ihm vorbei, den Oberkörper nach hinten geneigt, zog er eine Runde um den schottischen Dudelsackspieler herum, der auf einem Schemel stand, Ferenczi sah für den Bruchteil einer Sekunde nur das sommersprossige Gesicht des Dudelsackspielers, dann schleuderte ihn der Platz schon weiter, er hörte Wasserplätschern und das Weinen eines Kindes, am Rande des Springbrunnens stand ein kleiner Junge und wollte sich ins Wasser stürzen, seine Eltern hielten ihn fest, zogen ihn an beiden Armen vom Wasser weg, das Gesicht des kleinen Jungen war zornesrot, Ferenczis Blick wurde vom Geschrei weitergestoßen, zum Reiterstandbild, das in der Mitte des Platzes stand, dann zu den mit goldener und silberner Farbe besprühten Akrobaten, die als Statuen um die Statue herum standen, dann zu den Pantomimen, zur Touristengruppe, die am Ende der Darbietung des Pantomimen gerade anfing zu applaudieren, der Applaus vermischte sich wieder mit Wasserplätschern, am anderen Ende des Platzes stand auch ein Springbrunnen, es war, als wäre er ein Spiegelbild des anderen, nur der weinende kleine Junge fehlte, stattdessen spielte eine Blaskapelle auf, sie standen am Rande des Springbrunnenbeckens und bliesen in ihre Instrumente, ihre Trompeten sogen das Strahlen der Sonne ein und verteilten es wieder, Ferenczi drehte sich blinzelnd, halbblind weiter, er sah Losverkäufer, ihre Stimmen wurden von der Stimme eines mit einem Megafon einsam Demonstrierenden übertönt, mit der einen Hand hielt er ein handgeschriebenes Transparent hoch, im gleißenden Licht verrannen die roten Buchstaben, die Menge teilte sich vor ihm und schloss sich hinter ihm, es schien, dass der Demonstrant immer nur ein Wort rief, *edukaßion-edukaßion-edukaßion*, dann wurden das Gesicht des Demonstranten und das Megafon von Luftballons verdeckt, es waren neuartige Luftballons aus Glanzfolie, auf die man Haie, Comicmäuse, Enten, Eichhörnchen, Tüteneis schleckende Hunde und Stierköpfe gemalt hatte, sie schwebten im Rhythmus der Schreie des Demonstranten, dann löste sich einer von den anderen, ein Luftballon, der eine strahlende Sonne darstellte, man hatte sie auf eine silberblaue Folie gemalt, die Sonne lächelte, aber ihre gewundenen orange- und purpurroten Strahlen schlangen sich umeinander wie die Greifarme einer Krake, Ferenczis Blick folgte dem dicken roten Faden des Luftballons, bis hinunter zu der weißbehandschuhten Hand des Ballonverkäufers, es war ein riesiger weißer Handschuh, unproportional groß, der Ballonverkäufer war als Trickfilmmaus verkleidet, mit einem riesigen, lächelnden Trickfilmmauskopf und einem rosa Kleid, und er überreichte gerade dem kleinen Jungen, der vorhin noch in den Springbrunnen klettern wollte, den Luftballon mit der Sonne darauf, der kleine Junge machte einen Schritt nach hinten, stolperte über seinen eigenen Pantoffel und fiel auf den Po, der Faden des Luftballons rutschte ihm aus den Fingern und die

Sonne machte sich davon, stieg nach oben, der Vater des kleinen Jungen versuchte noch, ihn zu schnappen, er kam auch ran, aber er konnte ihn nicht mehr greifen, er gab ihm nur einen Stoß, der Luftballon fing an sich zu drehen, beschrieb mit seinem Faden eine Spirale, so schwebte er immer höher, unerwartet brach der kleine Junge darüber in schallendes Gelächter aus, Ferenczi sah dem Luftballon nach, ihm war nicht mehr schwindelig, er spürte, dass sich sein Mund fast schon zu einem Lächeln verzog.

Er drehte sich wieder um die eigene Achse, das Gewirr der Stimmen machte ihn nun nicht mehr schwindelig, er suchte das Hotel, es war direkt hinter ihm und es sah genauso aus, wie auf der alten Postkarte, die er unter dem Kissen seiner Mutter gefunden hatte. Ferenczi dachte an die Berührung ihrer knochigen Hand und ging auf das Hotel zu.

Das Zimmer war im vierten Stock, mit Blick auf den Platz. Zuallererst öffnete er die französischen Fenster und die Spaletten und trat auf den Balkon hinaus. Er konnte den ganzen fächerförmigen großen Platz überblicken, von oben war die wirbelnde Bewegung nicht mehr so schwindelerregend, Ferenczi sah sich den Ausgang der Metro an, der einem Walfisch aus Metall ähnelte, den Springbrunnen, das Reiterstandbild, den anderen Springbrunnen, die Menschen, die aus der Metro und der Unterführung auftauchten, das große Gebäude gegenüber, die mit gold-roten Flaggen bestückten Polizeikastenwagen vor dem Gebäude, wieder die Menschen, ob sie flanierten oder sich beeilten, herumstanden, warteten, sich umsahen, sich unterhielten, der Platz vibrierte und pulsierte, die Musik und die Gesprächsfetzen flossen ineinander, verschmolzen zu einer einzigen brausenden, mal leiser, mal lauter werdenden Melodie.

Ferenczi konnte sich nicht rühren, die Melodie nahm ihn gefangen, er musste zuhören, er musste sich den Platz anschauen, die Melodie war alles zugleich, Tanzmusik und Trauermusik und Freudenmusik, plötzlich fühlte er sich ganz leicht, der Klang einer Trompete löste sich von der übrigen Musik, ihm fiel das Begräbnis ein und dass statt seiner Mutter er hier auf dem Balkon stand, statt ihrer er auf diesen Platz hinuntersah, nein, nein, nicht statt ihrer, sondern mit ihr, ja, Mutter war hier mit ihm, sah, was er sah, hörte, was er hörte, und sie war nicht alt und nicht krank, sondern jung, sie hatte gerade geheiratet, sie weiß noch nicht, dass sie schwanger ist, sie weiß noch nicht, dass ihr Ehemann am zweiten Tag ihrer Hochzeitsreise sterben und sie nie wieder am Klavier begleiten wird, sie weiß nicht, dass ihre Karriere als Sängerin zu Ende ist, bevor sie hätte beginnen können, sie weiß noch nicht, dass sie ihren Sohn alleine wird großziehen müssen, sich und ihn mit Putzen durchbringen muss, sie weiß noch nicht, dass sie außer ihrem Sohn niemanden haben wird, sie weiß noch nicht, dass sie ihr ganzes Leben lang mit bitterem Zorn im Herzen leben wird, dass sie immer darüber nachdenkt, wer Schuld hatte und was gewesen wäre, wenn alles anders gekommen wäre. Ferenczi sah auf den Platz und spürte, dass er nicht allein war, nicht nur Mutter war bei ihm, sondern auch Vater, sein Vater, den er nie kennenlernen durfte, weil er bei seinem Junggesellenabschied betrunken war und vor aller Ohren sogenannte Irredenta-Lieder am Klavier vortrug. Danach konnte natürlich keine Rede mehr davon sein, dass sie die versprochenen Touristenpässe bekommen, es konnte keine Rede davon sein, dass sie nach Spanien hätten reisen dürfen, er durfte froh sein, dass er keine größeren Schwierigkeiten bekam.

Ferenczi ließ das Balkongeländer los, und wie er seine Hand sinken ließ, spürte er in der Handfläche Mutters warmen Händedruck, nicht den jetzigen, sondern den von damals, den er in der Kindheit gespürt hatte, für einen Moment stellte er sich vor, dass seine Hand nicht seine Hand war, sondern die seines Vaters, er selbst war jetzt nicht hier, nur seine Eltern waren hier, draußen auf dem Balkon, über der Puerta del Sol, mitten in Spanien, hier sind sie, sie haben eine zweitägige Zugreise hinter sich, quer durch Europa, und jetzt schauen sie sich mit vor Müdigkeit flatternden Augen den Platz an und ihr Herz hämmert vor plötzlichem Glück.

Er hörte das Klopfen ihrer Herzen, sie klopften ratternd, tadam-tadam, er hörte es klar und deutlich, klar und widerhallend, es pochte dort, in die pulsierende Musik des Platzes verwoben, Ferenczi trat vor, fasste wieder das Balkongeländer an, er bildete sich das Pochen nicht ein, es war wirklich dort, es kam von einem der Springbrunnen, es war kein Pochen, sondern ratterndes Klappern, Schuhe klapperten auf dem Stein des Platzes, jemand tanzte auf der Stelle, eine Frau, eine alte Frau in einem schwarzen Rüschenrock, sie stand da und tanzte beinahe hüpfend, mit einer Kraft, dass ihre Absätze beinahe Funken auf dem Stein des Platzes schlugen, hinter der alten Frau saß ein alter Mann mit weißem Haar auf einem kleinen Plastikstuhl, spielte auf einer Harmonika eine wilde, in alle Richtungen strebende Melodie, er schloss die Augen und sang laut, fast brüllend dazu, er hatte eine Stimme wie ein Reibeisen, rau und heiser, sie kam von tief unten, nicht aus seinem Hals und nicht aus der Lunge, sondern aus seinem Magen und seinem Rückgrat, und auch die alte Frau sang mit ihm, ebenso wild, auch ihre Stimme war ganz tief, ihre Stimmen flossen ineinander, verschmolzen zu einem einzigen wehklagenden Schrei, Ferenczi sah, dass ihre Kleidung zerlumpt und schmutzig war, vom ausgestreckten Bein des alten Mannes fiel die zerrissene Badepantoffel fast herunter, unter dem ausgeleierten grünen Pullover hing das Hemd ungeknöpft heraus, aber er wusste auch, dass all das nicht zählte, es zählte nur, dass sie jetzt dort auf dem Platz waren, ihre Gesichter gewärmt von der Nachmittagssonne, sie sind zusammen und singen und leben, und als er daran dachte, veränderte sich die Melodie, sie wurde frischer, ausgreifender und fröhlicher, sie strahlte aus der Mitte des Platzes empor, als wäre sie der einzige feste Punkt im ganzen Gewühl, Ferenczi spürte, dass seine Beine sich bewegten, er spürte, dass dieser unbekannte Rhythmus in seine Fußsohlen einzog, er hielt das Gelände umklammert, beugte sich vor und tanzte dabei, sah sich die Alten an, wie sie sich ihrer Musik, ihrem Tanz hingaben, sie kümmerten sich um nichts und niemanden, und da dachte er, dass diese beiden ebenso gut auch seine Eltern hätten sein können, wenn sie es damals geschafft hätten, hierherzugelangen, vielleicht wären sie nicht zurückgefahren, vielleicht wären sie hier geblieben, sie wären hier geblieben und gemeinsam alt geworden, er selbst wäre hier geboren und aufgewachsen, hier, in dieser fremden Stadt, unter diesem fremden Himmel.

Ferenczi sah sich das Gesicht der alten Frau an, ein altes, in groben Stücken verhärtetes Gesicht, aber die Melodie machte es wieder weich, während sie sang, zogen in Wellen Zorn und Liebe und Hass und Freude über ihr Gesicht, sie tanzte wild hüpfend, der alte Mann bewegte sich zum Rhythmus, wiegte sich, sich an die Harmonika klammernd, auf seinem

Plastikstuhl hin und her. Ferenczi verstand kein Wort vom Text, es gab vielleicht gar keinen, vielleicht bestand das ganze Lied nur aus einem aus der Tiefe kommenden, kehligen Gebrüll, aber Ferenczi wusste auch so, dass sie davon sangen, dass alles vergeht, alles vergeht, die Freude wie die Trauer, er wusste, wenn sie damit aufhören, werden sie wieder zu armen alten Menschen, zwei alte Bettler, die trotz allem irgendwie beieinanderbleiben, vielleicht werden sie sich wieder streiten, vielleicht werden sie sich wieder gegenseitig die Schuld dafür geben, was ihnen geschehen ist, für ihr ganzes verkorkstes Leben, aber solange sie singen, zählt das alles nicht, spielt das alles keine Rolle.

Ferenczi schloss die Augen, er spürte, das Herz in seiner Brust schlug im Rhythmus der Melodie, er spürte, dass sich sein Mund öffnete und aus seiner Kehle ein tonloser Gesang hervorbrach, ein Lied, das ebenso gut auch Weinen hätte sein können, das heruntergeschluckte, unterdrückte Weinen, das er seit dem Begräbnis in sich trug, das er mitgebracht hatte, quer durch Europa, er versuchte nicht, es zurückzuhalten, er ließ zu, dass es sich mit dem Gesang der alten Frau und des alten Mannes vermischte, er stand über der Puerta del Sol, sich mit einer Hand am Balkongeländer festhaltend, in der anderen spürte er Mutters Händedruck, wie ihre bis auf die Knochen abgemagerten Finger ein letztes Mal seine Hand drückten und losließen, Mutter war gegangen und er war hiergeblieben, er fasste auch mit der anderen Hand nach dem Geländer, drückte es, fest, noch fester, und dachte daran, dass alles so geschehen musste, wie es geschehen war, alles ist gut so, wie es ist, es ist trotz allem gut, hier auf dem Balkon zu stehen über dem Platz, es ist doch gut, zu leben.

Er stand mit geschlossenen Augen da, hinter seinen Lidern blitzte auf einmal ein orangegelbes Licht auf, es war, als strahlte die Sonne heller, als leuchtete sie ihm geradewegs ins Gesicht, er öffnete die Augen, es war nicht die Sonne, die Scheinwerfer wurden angemacht, die die Stirnseite des Hotels beleuchteten, einer war genau neben dem Balkon und leuchtete ihm direkt ins Gesicht.

Der Platz hatte sich verändert, die alten Sänger waren nicht mehr da, jenseits der Springbrunnen standen Kastenwagen und Limousinen der Polizei mit Blaulicht, die Masse bewegte sich anders, unruhiger, als würden sie auf etwas warten.

Irgendwoher, aus der Ferne, waren dumpfe Trommelschläge zu hören, immer lauter und lauter, Ferenczi sah, dass Polizisten hinter dem Kordon standen, der vor den Kastenwagen aufgestellt worden war, der einsame Demonstrant mit dem Megafon, den er vorhin gesehen hatte, war wieder da, er hatte sich auf das Dach des Metroaufgangs gestellt und schrie dieselben Slogans, aber jetzt gab es noch andere, die zu ihm zurückriefen, Bildung, Gesundheitswesen, Privatisierung, diese Worte wurden nun von immer mehr Menschen skandiert, während auch das Trommeln immer lauter wurde, ein Lkw kam langsam auf den Platz gefahren, auf seiner Ladefläche standen riesige Lautsprecher, aus denen die Slogans dröhnten, während aus den Seitenstraßen immer mehr Menschen auf den Platz strömten, mehrheitlich Jugendliche, mit Fahnen und Transparenten.

Ferenczi sah zu, wie sie den Platz füllten, eine neue Gruppe kam an, mit roten Hammer-und-Sichel-Fahnen über ihren Köpfen, und daneben eine rot-gelb-blaue rumänische Flagge, Ferenczi spürte, wie sich sein Magen verkrampfte, wie von einem pawlowschen Reflex hervorgeholt, sprangen aus seinem Gehirn die alten Jubelrufe, die den Diktator, das Vaterland und den Frieden hochleben ließen, er hörte die Stimme seiner Mutter, wie sie die Kommunisten verfluchte, einen Augenblick lang dachte er, er würde das Ganze nur träumen, weil es so unwirklich war, das konnte nicht wahr sein, irgendwie war er in der Zeit zurückgereist, es ist wieder neunzehnhundertsiebenundachtzig und er ist mit den anderen Abiturienten hinausgetrieben worden, sie warten auf den Besuch des Genossen Generalsekretär, der Genosse Generalsekretär verspätet sich, eine Regisseurin steht statt seiner auf der Tribüne, sie will, dass sie den Applaus proben, das Skandieren proben, sie hebt den Arm, als wäre sie eine Dirigentin, und winkt, und um Ferenczi herum fangen alle an zu applaudieren und zu brüllen, rhythmisch skandieren sie, was skandiert werden muss, Ferenczi hat sich vorgenommen, nicht zu applaudieren, er hat sich vorgenommen, nicht zu rufen, er will unbewegt und wortlos dastehen, er will in der Masse untergehen, aber die anderen um ihn herum bewegen sich, schubsen ihn, schieben ihn nach vorne, die geordneten Reihen lösen sich auf, und er steht schon ganz vorne, vor sich die Ordner und die Polizisten, und alle um ihn herum brüllen und applaudieren, sie applaudieren dem leeren Podium, dem neben dem Podium aufgestellten hundertfach vergrößerten Porträt des Diktators, das hochgehoben werden wird, sobald er eingetroffen ist, Ferenczi spürt, dass die Polizisten ihn beobachten, er muss auch applaudieren, er kann es sich nicht leisten, nicht zu applaudieren, seine Handflächen klatschen gegeneinander, er spürt in seinem Körper die Schmach, aber auch er applaudiert mit den anderen, er kann seine Handflächen nicht abstellen, er kann sie nicht nicht gegeneinanderschlagen, Scham und Hass brodeln in ihm, alle rufen um ihn herum, er muss auch rufen, er kann nicht schweigen, er könnte rufen, was immer er wollte, er könnte fluchen, den Diktator nennen, wie er wollte, die Wörter verdrehen, statt *Frieden* könnte er *Zwiebel* rufen, keiner würde es hören, und er ruft es auch, aber dann doch nicht, er möchte es nur rufen, aber in Wirklichkeit ruft er dasselbe wie die anderen, das, was man von ihm erwartet, er schaut sich das Gesicht des Diktators an, er weiß noch nicht, dass er dasselbe Gesicht einmal gelb und wächsern auf der Erde liegen sehen wird, er wird ihn in Blut und Schmutz sehen, tot, und er wird denselben Hass wie jetzt verspüren, er wird weder Mitleid noch Vergebung, noch Erleichterung empfinden, ausschließlich nicht zu besänftigenden, wilden Hass.

Ferenczi ließ das Geländer los, schüttelte sich, die roten Fahnen waren wirklich dort auf dem Platz, aber neben ihnen waren keine rot-gelb-blauen, sondern rot-gelb-lila Fahnen, und die Streifen waren nicht senkrecht, sondern waagerecht, Ferenczi wusste, dass das, was er da sah, die alte republikanische Fahne war, nur das Lila war etwas verblasst, in diesem frühabendlichen Lampenschein konnte man es für Blau halten.

Er sah sich die Menge an, sie hatten den Platz ganz gefüllt, aus den Slogans und den Reden verstand er, dass sie kostenlose Bildung forderten, kostenlose Gesundheitsversorgung, Chancengleichheit und Arbeit, ein paar Studenten entrollten ein gelbes Transparent, die Jugend hat keine Angst, stand dort mit schwarzer Farbe geschrieben, Ferenczi wurde für einen Augenblick von Neid erfasst, er versuchte, sich vorzustellen, wie das sein mag, aufzuwachsen, ohne Angst haben zu müssen, und dann dachte er, wenn sie keine Angst hätten, käme es ihnen gar nicht in den Sinn, so etwas hinzuschreiben, dann fiele ihnen gar nicht ein, Angst zu haben.

Ein junger Kerl mit Bart stand auf der Ladefläche des Lkws, er hielt eine flammende Rede, sprach von der Zukunft und dem Kampf, darüber, dass sie es nicht zulassen werden, dass sie es nicht dulden werden, dass sie es nicht mit ansehen werden, dass etwas geschehen wird. Ferenczi sah ihm zu und versuchte sich vorzustellen, wie das sein mag, in so einer großen Masse zu stehen, dort zu sein, weil man freiwillig hingegangen ist, dort zu sein, weil man daran glaubt, dass es etwas ausmacht, dass man da ist, weil man daran glaubt, dass man sich wirklich dazu äußern kann, wie es in Zukunft sein sollte, weil man daran glaubt, dass man seine Stimme erheben kann zu allem, was man will.

Damals, neunzehnhundertsiebenundachtzig, haben sie vergebens auf den Diktator gewartet, er kam nicht am Nachmittag, er kam nicht am Abend, um neun ließ man sie dann nach Hause gehen. Zu Hause angekommen, ging Ferenczi geradewegs ins Badezimmer, wusch sich lange das Gesicht, anschließend sah er sich lange im Spiegel an, er wollte sehen, ob sich etwas an ihm verändert hatte. Er sah keinen Unterschied, aber als Mutter am Abend aus dem Krankenhaus nach Hause kam, sagte er ihr, er habe beschlossen, das Land zu verlassen, er werde über die grüne Grenze fliehen, wenn Mutter wolle, könne sie mit ihm kommen, wenn nicht, werde er allein gehen.

Zwei Wochen später machten sie sich auf den Weg, kamen im Morgengrauen an die Grenze, krochen endlos lange durch den Schlamm, dann über taunasses Gras, dann wieder im Schlamm, dann kamen sie an ein Weizenfeld, hinter dem Weizenfeld war eine Landstraße zu sehen mit einem grünen

Ortsschild, an der Aufschrift erkannten sie, dass sie drüben waren, sie umarmten einander, so standen sie mitten auf der Wiese, dann drehten sie sich um, um noch einmal einen Blick zurückzuwerfen, und da ging hinter ihnen rot und gleißend die Sonne auf, ihr Licht war so stark, dass sie die Augen zusammenkneifen mussten und ihnen die Tränen kamen, sie mussten die Augen schließen, und so standen sie da, in der gleißenden Morgensonne, und Ferenczi hatte nicht das Gefühl, befreit zu sein, sondern spürte, dass er etwas für immer verloren und für immer verlassen hatte, und er wusste, dass seine Mutter genauso empfand.

Ferenczi hörte unten auf dem Platz den Applaus aufbranden, er ging einen Schritt vor, sah in den Scheinwerfer, das Licht brannte rot und grün und lila in seinen Augen, unten applaudierte brausend die Menge, Ferenczi dachte an die beiden alten Musiker, die Melodie, die sie gespielt hatten, konnte er nicht wiedergeben, dennoch pulsierte sie in ihm, er schloss die Augen und dachte an das Sonnenlicht und daran, was die Alten sangen, dass einmal der Tag kommen wird, wenn alle Wunden geheilt sein werden und aller Schmerz vergangen.

## STREICHE
### Die Eisenleiter

Die Eisenleiter ist sehr lang, sie reicht bis zum vierten Stock. Sie ist schwarz lackiert. Ich stehe am Fuß der Leiter, helfe meinem Bruder hinaufzuklettern. Er ist erst vier, viel jünger als ich. Und auch viel leichter. Und kleiner. In seinem Alter war ich schwerer. Größer und schwerer. Ich weiß, dass er es schaffen wird. Keine Angst, sage ich ihm, du schaffst es. Er sagt, er hat keine Angst, aber ich sehe, dass er Angst hat. Er klettert die Eisenleiter hinauf, rutscht mit dem Fuß ab. Ich packe seinen Knöchel, helfe ihm, die Sprosse wiederzufinden. Helfe ihm, höherzuklettern. Er klettert ein paar Sprossen höher, dann noch ein paar. Bleibt stehen. Will nicht weiter. Ich sehe, wie sehr er sich an der Sprosse festklammert, seine Fingerknöchel sind ganz weiß. Ich sage zu ihm, er soll weiterklettern, wenn er nicht weiterklettert, wird es ihm ergehen wie mir, als ich so alt war wie er. Die großen Jungen hatten gesagt, ich soll weiterklettern, doch ich kletterte nicht weiter. Er ruft mir zu, er will nicht. Keine Angst, rufe ich ihm zu, du schaffst es. Er ist leichter als ich damals, er hat leichtere Knochen. Er klettert weiter. Und weiter. Dann bleibt er stehen. Er lässt die Leiter mit einer Hand los, greift hinter sich, dreht sich um, baumelt mit einem Bein in der Luft, findet die Sprosse, die Leiter ist hinter ihm, die Arme hinter sich ausgestreckt, hält er sich fest. Ich hatte es genauso gemacht, nur war ich nicht hoch genug geklettert. Mein Bruder ist mutiger. Leichter und mutiger. Ich sehe, wie er die Knie beugt. Ich weiß, dass er es schaffen wird. Ich rufe ihm zu, er soll sich abstoßen und auf den Wind legen, die Arme ausbreiten und sich auf den Wind legen. Wenn er alles richtig macht, wird es ihm mit Sicherheit gelingen.

## Drei nützliche Rezepte

RAUCHBOMBE Drei kleingeschnittene Tischtennisbälle in einer halben Flasche Aceton auflösen, ein halbes Glas Limo beimischen, aber nur grüne, Sägemehl dazugeben, bis es schön dick wird, dann drei Schachteln Streichhölzer, die Köpfe abbrechen, ebenfalls dazugeben, aus der Masse einen Zylinder formen, in Zeitungspapier wickeln, an einem Ende anzünden und abhauen. Man kann auch Fahrradschlauchstückchen daruntermischen, das macht den Rauch noch schwärzer, nur muss man darauf achten, sie möglichst klein zu schneiden.

VOGELLEIM Beim Drogisten gibt es Sauger für Nuckelflaschen, dunkelbraune und hellbraune. Für Vogelleim eignet sich nur der dunkelbraune. Davon möglichst viele in möglichst wenig Wasser aufkochen, bis es richtig schön stinkt, dann einen Löffel Zucker und eine Tube Zahncreme unterrühren. Warten, bis es lauwarm ist, dann an den Baum schmieren, es klebt auch noch, wenn es abgekühlt ist, lässt sich aber nicht mehr so gut verteilen.

SCHIESSPULVER Schießpulver herzustellen ist schwer, es dauert lange und ist gefährlich: jeden Tag auf ein Stück Teerpappe pinkeln, morgens und abends, mindestens drei Wochen lang, jedes Mal in der Sonne trocknen lassen, nach drei Wochen den Teer abkratzen und mit der gleichen Menge geriebener Waschseife und zerstampften Kohletabletten vermischen.

## Raub

Fric und ich bringen den Karton in die kleine Konditorei, stellen ihn vor die Kuchenvitrine auf den Boden, schauen uns den Kuchen an, es gibt alles, Punschtorte, Dobos-Torte, Ischler Törtchen, Indianerkrapfen. Wir warten. Wir warten, bis alle draußen sind. Dann geht Fric zu der Verkäuferin und sagt, er wolle sein Geld zurück, in der hausgemachten Schokolade, die er gestern gekauft hat, habe er einen verrosteten Nagel gefunden. Er zeigt ihr den Nagel, er ist schön groß, wir haben ihn an der Bushaltestelle gefunden.

Die Verkäuferin nimmt den Nagel, gibt ihn aber gleich wieder zurück. Sie schüttelt den Kopf, sie glaube ihm nicht, sagt sie, und könne ihm das Geld nicht zurückgeben. Sie streiten sich, die Verkäuferin achtet nur auf Fric, sieht nicht, was ich mache. Ich hocke mich hin, als würde ich mir die Schuhe zubinden, öffne den Karton, hole alle vier Rauchbomben heraus und verstecke sie unter der Kuchenvitrine. Fric sagt, ihm sei fast ein Zahn abgebrochen, dafür stehe ihm Schadenersatz zu. Die Verkäuferin sagt, ihm stehe gar nichts zu, außer einer Ohrfeige, denn er sei ein frecher Lügner.

Ich hole das alte Benzinfeuerzeug meines Großvaters hervor und zünde die Rauchbomben. Ich stehe auf und gehe. Der Karton bleibt auf dem Boden stehen. Fric sagt, ihm sei wirklich fast ein Zahn abgebrochen, aber wenn die Verkäuferin ihm nicht glaube, dann glaube sie ihm eben nicht. Er nimmt den Nagel von der Theke und folgt mir nach draußen.

Unter dem Busch holen wir den Beutel mit den Gasmasken hervor. Fric hat sie sich bei seinem Vater besorgt, der arbeitet bei der ABC-Abwehr. Wir setzen die Gasmasken auf. Verstecken uns hinter dem Busch. Warten.

Plötzlich springt die Tür auf, die Verkäuferin stürzt aus der Konditorei, Rauch strömt heraus. Fric und ich rennen in den Laden. Der Rauch ist so dicht, dass wir kaum etwas sehen, doch ich finde den Karton. Wir gehen hinter die Theke, ich halte den Karton auf, Fric nimmt die Tabletts und kippt die Kuchen hinein. Der Rauch wird immer beißender, die Gasmasken sind uns zu groß, der Rauch dringt zu den Seiten ein. Wir rennen los, tragen den Karton zu zweit.

An der Bushaltestelle setzen wir uns auf die Bank. Fric nimmt ein Stück Dobos-Torte heraus, ich einen Indianerkrapfen. Die Sahne im Krapfen ist grau, sie schmeckt bitter und nach Rauch. Ich versuche zu essen.

## Meine sieben schönsten Brüche

Mein linker oberer Schneidezahn, als ich mich in der Zoogaststätte an der Stuhllehne festhielt und auf den Stuhl stellte, um einen Witz zu erzählen, und der Stuhl mit mir umkippte und ich aufs Gesicht fiel.

Mein Schädel, als ich von der Leiter des Doppelstockbettes gegen den Heizkörper fiel.

Mein Eckzahn, als ich auf den verrosteten Nagel in der Cremeschnitte biss, die mir Feri angeboten hatte.

Mein Arm, als Gazsi sich an mir rächte, weil ich gesagt hatte, er könne mich mal, nachdem er mir ein Bein gestellt hatte.

Mein Knöchel, als ich auf der Baustelle über den Graben springen wollte und auf die Betonröhre fiel.

Meine fliehenden Rippen, als ich mir aus zwei Bleirohren und einer Kette ein Nunchaku gebaut hatte, um mich an Dzsika zu rächen, und ihn mir beim Üben so unter den Arm schleudern wollte wie Bruce Lee.

Meine Hüfte, als Zozós älterer Bruder mir auf dem großen Baum hinterherkletterte und mich runterwarf, zwei Tage nachdem ich vom Dach des Blocks Senfwasserbomben auf Zozó und seine Schwester geworfen hatte.

## Der große Schneeball

Der Blockwart wohnt im Erdgeschoss, er lüftet immer mittags. Ausgerechnet dann, wenn ich aus der Schule komme. Ich bin wütend, weil er meinen blauen Ball mit dem Taschenmesser zerschnitten hat und weil er meinen Federballschläger auf seinem Knie zerbrochen hat und weil er den Sitz von der Bank montiert hat, damit wir nicht unter seinem Fenster sitzen und uns unterhalten, er sagt, es störe ihn. Schon lange will ich mich an ihm rächen.

Den ganzen Tag über, während ich in der Schule war, hat es geschneit, auf dem Heimweg liegt der Schnee schon so hoch, dass er mir in die blauen Stiefel rutscht, wenn ich nicht aufpasse. Der Blockwart lüftet wieder, das sehe ich von weitem, die Zugluft weht die Pfauenmuster-Gardinen aus dem

Fenster. Ich bücke mich, forme einen Schneeball. Der Schnee ist nass und klebt gut. Ich spüre durch die Handschuhe, wie hart und feucht er ist. Als ich zu seinem Fenster sehe, kommt mir eine noch bessere Idee.

Ich werfe den Schneeball in den Schnee, er sinkt ein, ich bücke mich, suche ihn, rolle ihn zuerst mit einer Hand, dann mit beiden Händen in Richtung Blockwartfenster. Als wollte ich einen Schneemann bauen.

Als ich beim Fenster bin, ist der Schneeball schon so groß, dass ich ihn kaum heben kann. Ich schaffe es mit Mühe, ihn hochzustemmen, bis über den Kopf. Beim Werfen spüre ich, dass er einen Riss bekommt, fast wäre er zerbrochen, aber er hält.

Er fliegt durchs Fenster, die Gardine flattert, ich erhasche einen Blick ins Zimmer des Blockwarts, sehe die gekämmten Fransen des Perserteppichs, ein rundes lackiertes Tischchen, darauf einen Fußball aus blau-weißem Glas, voller Kleingeld, neben dem Ball einen Fußballspieler aus Porzellan, um seinen Hals hängt ein rotes Band mit einer Bronzemedaille. Der Schneeball fliegt auf den kleinen Tisch zu, aber ob er ihn trifft, sehe ich nicht, denn in diesem Moment fällt die Gardine, ich renne so schnell zum Treppenhaus, dass ich den Aufprall und das Scheppern fast nicht mehr höre.

## Top twelve

Von der dritten Astgabel des Nussbaums, als das Tarzanseil riss.

Von dem Schemel, den ich auf den Stuhl gestellt hatte, als ich die versteckte Kondensmilch vom Küchenbuffet holen wollte.

Vom Treppengeländer auf den unteren Treppenabsatz, als wir mit verbundenen Augen spielten.

Von der verrosteten Rutsche, als sie unter mir einbrach.

Auf dem vereisten Asphalt, als Misu mir ein Bein stellte.

Vom Fahrrad, als ich freihändig fuhr und vom Rahmen auf den Lenker steigen wollte.

Vom dritten Sprungbrett, als ich mir nur das Wasser von oben ansehen wollte.

Vom Zaun der LPG, als wir uns Maiskolben holten.

Von der Leiter des Hochsitzes, als wir ihn besetzen wollten.

In der Schule von der Betonmauer, als wir Burgbelagerung spielten.

In den Bach, als wir Röhrenwürmer sammelten.

Von der zwölften Sprosse der Feuerleiter, als die Großen mir das Fliegen beibrachten.

## Der bärtige Elektriker

Der bärtige Elektriker wohnt im dritten Stock. Man sieht es ihm nicht an, aber er ist ein echter Rockfan, er hat ein Tonbandgerät, auf dem er jeden Nachmittag nach der Arbeit seine geheime Rockmusik hört. Als Einziger im gesamten Block hat er ein Tonband, die anderen haben nur Plattenspieler, auf Plattenspielern kann man aber keine Rockmusik hören, es gibt keine Platten. Rockmusik ist in unserer Stadt verboten. Mein Freund Misi und ich fragen ihn, ob wir mal mit zuhören dürfen bei der tollen Musik, aber er sagt nur, wir sollen verschwinden.

Wir verschwinden nicht, Misi und ich bleiben vor seiner Wohnung stehen, pressen die Ohren an die Tür und lauschen. Die Musik ist nicht besonders gut zu hören, also holen wir unsere alten Spielzeugeimer, Misi schneidet mit dem Taschenmesser ein Loch in den Boden, die Eimer drücken wir mit der Öffnung gegen die Tür und halten die Ohren an die Löcher im Boden, so hört man viel besser. Fast so gut, als wenn wir drinnen bei ihm säßen.

Am meisten mag der Elektriker das Lied, das mit einem Glockenläuten beginnt, er hört es sich immer mindestens fünfzehn Mal nacheinander an.

Wenn es zu Ende ist, klackt das Tonbandgerät, das Band wird zurückgespult, erneutes Klacken und das Ganze beginnt von vorn, mit dem Glockenläuten.

Es ist wirklich ein gutes Lied, auch Misi und ich mögen es sehr. Es gefällt uns so gut, dass wir tanzen müssen. Dabei dürfen wir den Kopf nicht bewegen, dann würden ja die Eimer runterfallen, und wir würden die Musik nicht mehr hören. Wir pressen die Ohren gegen die Eimer und die Eimer gegen die Tür, halten uns an den Schultern fest und springen auf dem Fußabtreter des Elektrikers herum. Die Eimer rutschen ein bisschen hin und her, fallen aber nicht runter, quietschen nur durch die Reibung an der Tür. Das macht die Musik fast noch besser.

Misi tut so, als würde er singen, hält sich die Steinschleuder vor den Mund und singt stumm *hälls bälls, hälls bälls.* Der Gummi der Steinschleuder ist um die Gabel gewickelt, es sieht wirklich fast wie ein echtes Mikro aus.

Ich hole auch meine Steinschleuder hervor, halte sie mir vor den Mund, singe. *Hälls bälls, hälls bälls, hälls bälls.*

Wir halten uns aneinander fest und springen, die Spielzeugeimer füllen uns die Musik in den Kopf wie Trichter. Misi ist kein richtiger Sänger, der richtige Sänger bin ich, er macht mich nur nach, ich singe und springe viel besser als er. Ich schüttele mein Mikro, schüttele den Kopf, unter meinen Füßen bebt der Fußabtreter.

Misi singt mit geschlossenen Augen, hält sich die Steinschleuder dicht vor den Mund, beugt den Kopf vor, schüttelt ihn wild. So wild, dass er mit dem Ellbogen die Türklinke des Elektrikers runterdrückt. Ich will gegenhalten, doch es ist schon zu spät. Die Tür geht auf, wir fallen samt Eimern und Steinschleudern hinein, rutschen auf dem Linoleum aus, stolpern ins Zimmer.

Der bärtige Elektriker ist in Unterhosen, er springt auf dem Bett, unterm Arm einen Tennisschläger, mit dem er Gitarre spielt, während er auf dem Bett springt, neben dem Bett, auf einem kleinen Tisch zwischen lauter Bierflaschen, steht das Tonbandgerät, schwarz dreht sich die Spule.

Bei unserem Anblick hört er auf zu springen, brüllt uns an, was zur Hölle das zu bedeuten habe, wie wir hierhergekommen seien, und ich höre Misi sagen, dass wir gern in seine Band eintreten würden.

Der Elektriker ruft, ihr könnt mich mal, gründet doch selber eine, er schlägt mit dem Tennisschläger nach mir, trifft mich aber nicht, denn ich springe weg, dabei entdecke ich auf einem Kleiderbügel, der am Bücherregal neben dem Bett hängt, ein astreines, echtes Heavy-Metal-T-Shirt, mit einem Monster, dem die Haut abgezogen wurde, aus seinem großen Kopf sprießen gelbe Haare, es hält eine blutige Axt in der Hand, gleich wird es auf jemanden einschlagen, man weiß nicht, auf wen, man sieht nur die Hand, die sich am T-Shirt des Monsters festkrallt, er liegt bestimmt auf dem Boden vor ihm, versucht, den Schlag abzuwehren, aber es ist klar, dass es schon zu spät ist, dass er keine Chance mehr hat. Noch nie habe ich ein so krasses T-Shirt gesehen, sieh dir das an, rufe ich Misi zu, echt krass, sagt er, und woher er das T-Shirt habe, fragt er den Elektriker, aber der Elektriker ruft nur, hast du nicht gehört, was ich gesagt habe, hau ab, du kleine Ratte, und schlägt mit dem Tennisschläger nach ihm.

Misi weicht dem Schlag aus, springt zum Tonbandgerät, ich weiß nicht, was er vorhat, vielleicht will er die Spule herausnehmen, wieder holt der Elektriker aus, er wird ihn treffen, ich erwische den Zipfel der Bettdecke und ziehe kräftig daran, der Elektriker verliert den Halt, fällt, trifft mit dem Tennisschläger nicht Misi, sondern fegt die Bierflaschen und das Tonbandgerät vom Tisch, das Gerät dreht sich weiter, die Musik verstummt nicht, die Gitarren heulen, aus den Bierflaschen läuft Blut auf den Boden, neben den Flaschen sehe ich Pinsel und ein paar offene Tempera-Tuben liegen, schau dir das an, rufe ich Misi zu, das T-Shirt ist gar nicht echt, er hat es mit Tempera bemalt.

Mit einem Satz bin ich beim Bücherregal, will das T-Shirt schnappen, aber der Elektriker steht fluchend auf, holt mit dem Tennisschläger aus, trifft mich an der Schulter, beinah wäre ich wieder gefallen, ich halte mich am Bettrand fest, um ins Gleichgewicht zu kommen, doch im nächsten Moment bin ich an der Tür, der Elektriker hebt noch einmal den Arm, er rutscht in der ausgekippten Farbe aus, der Tennisschläger trifft das T-Shirt, es fällt auf den Boden, auf die Türschwelle, direkt vor meine Füße, ich hebe es auf, renne los und rufe Misi zu, komm, nichts wie weg, ich höre, dass er mir folgt, wir rennen durch den Flur, schon sind wir im Treppenhaus, die Treppen hinunter, aus dem Block, nach hinten, die große Eisenleiter hinauf aufs Dach.

Wir legen uns bäuchlings auf die Plastikfolie, mit der die

Dachpappe abgedeckt ist, das ist unser Geheimversteck, wir wissen, hier wird er uns niemals finden. Das T-Shirt ist ganz zerknittert, vorsichtig streichen wir es glatt, die Farbe ist noch feucht, aber das Gesicht des Monsters ist nicht verschmiert, es sieht nur noch ein bisschen blutiger aus, echt stark. Wir breiten es auf der Folie aus, damit es in der Sonne trocknet, und legen uns links und rechts daneben.

Wir liegen auf dem Rücken, sehen in den Himmel, ich höre, wie Misi *hälls bälls* singt, *hälls bälls*, ich singe mit, nicht stumm, sondern so laut ich nur kann, schlage mit beiden Sohlen den Takt auf der schwarzen Dachpappe, Misi ebenso, wir liegen da, brüllen *hälls bälls*, mit einer Hand fasse ich nach dem Saum des T-Shirts und denke, dass Misi und ich es abwechselnd tragen werden, denn von nun an sind wir beide echte Rockfans, genau wie der bärtige Elektriker.

# EXTRA BRUT

Ich lüge Ildikó an, ich behaupte, ich gehe den Champagner holen. Sie sagt, er sei sicher noch nicht kalt genug, ich solle warten, doch ich tue so, als hätte ich sie nicht gehört, schließlich hätte der von der Straße heraufdrängende Lärm ihre Worte auch verschlucken können, der Kai ist voller Menschen, es ist schon fast dunkel, gleich fängt es an.

Ich erwidere, sie solle nur bleiben, ich komme gleich wieder, dann durchquere ich das Wohnzimmer mit den Hirschgeweihen an der Wand, das dunkle Esszimmer mit seinem knarrenden Parkett, wo Licht nur von dem Porträt von Karesz' Großeltern ausgeht, das die Wandleuchter anstrahlen, Karesz' Großvater auch hier mit Jagdgewehr in der Hand, dann noch ein paar Schritte, und ich bin in der Küche bei dem alten Kühlschrank.

Der Champagner ist nach fünf Minuten bestimmt noch nicht kalt genug, trotzdem öffne ich den Kühlschrank und lasse Kälte ausströmen, die nach Dosenerbsen riecht.

Da steht sie mitten im leeren Kühlschrank, die grüne Flasche mit dem orangeroten Etikett, auf dem sich die feuchten Perlen der Kühle sammeln, ich falle nicht aus der Rolle und greife nach dem Flaschenhals, natürlich ist er warm, na ja, nicht ganz, nur lauwarm, extra brut, ja, so ist es, extra brutal, ich ziehe die Hand zurück, ich weiß, was passieren wird, dass ich nämlich eine Serviette aus dem Serviettenhalter auf dem Kühlschrank nehme und draufschreibe, Entschuldigung, musste schnell weg, habe gerade erfahren, dass es meiner Mutter nicht gut geht, Ildikó solle sich das Feuerwerk allein ansehen und danach einfach die Tür hinter sich zuziehen, die Serviette werde ich auf den Küchentisch legen, ganz leise die Eingangstür öffnen und mich hinausstehlen, ich werde nicht den Aufzug rufen, sie könnte sonst die Geräusche des Aufzugschachts hören, dann trete ich aus dem Tor, kämpfe mich durch die Menge, renne einfach weg, zurück zu Karesz.

Nein. Nicht einmal dazu bin ich fähig. Extra brutal. Ich betrachte die Champagnerflasche, stelle mir vor, wie ich sie schnappe, den Draht und den Deckel abreiße, den Korken herausschießen, den Schaum weiß den Flaschenhals runterlaufen lasse, die Flasche an den Mund hebe, die ganze Flasche auf ex trinke, den Geschmack bekomme ich gar nicht mit, es schmeckt extra gut, extra köstlich, extra brutal gut.

Nein. Ich habe seit sechshundertdreiundsechzig Tagen, also einem Jahr und fast zehn Monaten keinen Schluck mehr getrunken. Damals hat mich Karesz unter seine Fittiche genommen, er hatte mich auf einer Bank im Budapester Volkspark gefunden, schlafend, zum Glück lag ich an seiner Joggingstrecke, wie er mich erkannt hat, weiß ich nicht, er hatte mich ja seit fast zwanzig Jahren nicht mehr gesehen, ich hatte natürlich keine Ahnung, wer er war, ich wurde wach von den Ohrfeigen eines keuchenden, schwitzenden Typen mit Bart, Statur eines Ringkämpfers, der mich bei meinem Spitznamen aus dem Gymnasium rief, ich war so fertig, dass ich nicht mal die Kraft hatte, ihn zum Teufel zu schicken, er packte mich einfach und schleppte mich zu sich nach Hause; erst als er mir aus dem Taxi half, erkannte ich ihn, dabei war er in der Schule mein bester Freund gewesen; er war es auch, mit dem ich zum ersten Mal getrunken habe, Cola rot und Wodka-Orange. Nach dem Abitur ist er mit irgendeinem Sportstipendium nach Amerika gegangen, seitdem hatte ich nichts mehr von ihm gehört, aber er hat mich nie vergessen, er brachte mich zu sich nach Hause, überließ mir ein kleines Zimmer in seiner Wohnung, half mir, mich zu sammeln und aufzurappeln, und brachte mich zu der Gruppe. Er half mir auch, das halbe Jahr zu rekonstruieren, an das ich so gut wie keine Erinnerung hatte, das halbe Jahr zwischen dem Moment, als Enikő mich verließ, und dem Moment, als er mich im Park fand. Er half mir, Arbeit zu finden, und jetzt hat er mir die alte Wohnung seiner Großeltern überlassen, damit ich mir hier mit Ildikó das Feuerwerk ansehen kann.

Ildikó habe ich vor zwei Wochen kennengelernt, im Grunde ist sie die erste Frau, mit der ich mich in den letzten anderthalb Jahren etwas länger zu reden getraut habe, auch dazu hat mich Karesz überredet, er hat gesagt, wenn ich wieder in der Lage bin, mit jemandem eine Beziehung einzugehen, werde ich spüren, dass ich wirklich ein neues Leben angefangen habe.

Ehrlich gesagt hätte ich gar nicht gedacht, dass Ildikó sich auf ein solches Treffen einlässt, bis zum letzten Moment glaubte ich nicht, dass sie kommen würde, erst als sie in ihrem blauschwarz diagonal gestreiften Kleid vor der Tür stand, konnte ich glauben, dass sie tatsächlich hier ist, mein Mund wurde ganz trocken, wie früher, dann sah ich die Champagnerflasche, die sie in der Hand hielt, sie zeigte sie mir und lächelte, das ist echter französischer Champagner, sagte sie, sie habe ihn geschenkt bekommen und bisher immer auf eine passende Gelegenheit gewartet, um ihn aufzumachen, und eine bessere als heute könne es doch gar nicht geben, nicht wahr? Ich sagte, so sei es, und von da an dachte ich nur noch an den Champagner, extra brut, und daran, dass ich es nicht aushalten würde, ich würde alles kaputtmachen.

Ich höre, wie draußen die Musik beginnt, sie ist sehr laut, gleich wird die Menge leiser, gleich geht es los, gleich wird die erste Rakete in den Himmel gejagt.

Ich strecke die Hand nach dem Champagner aus, packe die Flasche am Hals, nehme sie aus dem Kühlschrank, halte sie mit beiden Händen fest und hebe sie ganz langsam über den Kopf. Ich brauche meine ganze Kraft, um sie auf den Boden zu schmettern.

Es ist wie eine Explosion, der Champagner schäumt weiß zwischen den Scherben auf dem Küchenboden, ich hocke mich über die Pfütze und weiß, dass ich Ildikó anlügen werde, ich werde sagen, die Flasche sei mir hingefallen, sie sei mir einfach aus der Hand gerutscht.

## KARCSIKA
### Ratzi

Seit Urgroßmutter ihm einmal aus Langeweile das Lesen beizubringen versucht hatte, wünschte sich Karcsika einen Hund. *Ausbildung und Erziehung von Blindenhunden* hieß das großformatige, reich bebilderte Buch, das sie für ihren Unterricht zu Hilfe nahm. Karcsika wollte anfangs nicht so recht, doch in diesen Dingen verstand Urgroßmutter keinen Spaß, sie sagte ihm, wenn er sich nicht zwei schöne große Backpfeifen fangen wolle, dann werde er sich gefälligst hinsetzen und lesen lernen, denn die Wissenschaft, die habe noch keinem geschadet, und Karcsika erinnerte sich noch gut daran, was geschehen war, als Urgroßmutter ihm das Radfahren beibringen wollte, weshalb er sich schön brav zu ihr an den Tisch setzte.

Als Urgroßmutter eine Woche später das Unterrichten satthatte, weil es ihrer Ansicht nach nichts brachte, konnte Karcsika nur ein Wort lesen und schreiben, HUND, und auch nur mit Großbuchstaben, doch zu dem Zeitpunkt hatte sie ihm das Buch schon mindestens dreimal von A bis Z vorgelesen. Von da an bettelte Karcsika seine Eltern an, sie mögen ihm einen Hund schenken, Geburtstag oder Namenstag, er wünsche sich einzig und allein einen Hund, sagte er immer wieder, doch Vater wurde wütend, was er sich denn dabei denke, fragte er, ein Hund sei nun wirklich das Letzte, was sie in ihrer Wohnung im vierten Stock gebrauchen könnten, und

Mutter sagte dasselbe, und sie schimpften über Urgroßmutter, die an allem schuld sei, doch Karcsika gab nicht auf, sondern zeichnete überall Hunde hin und unter jeden dieser Hunde schrieb er HUND oder eher HUИD, denn den Buchstaben N konnte er sich einfach nicht merken. Außerdem sah er ein dutzendmal am Tag zum Himmel und sagte: »Lieber Engel, bring mir einen Hund, er darf klein sein, aber auch groß, ich verspreche, ich bin ganz brav.«

Schließlich brachte der Weihnachtsengel Karcsika doch noch einen Hund, allerdings nicht persönlich, er gab ihn bei Urgroßmutter ab, leider konnte er nicht selbst kommen, er musste zur Betriebsversammlung, die Engel mussten sich auf die Heiligabend-Schicht vorbereiten, doch er hatte gesehen, wie sehr sich Karcsika einen Hund gewünscht hatte, also hatte er Urgroßmutter den Karton mit dem Hund schon Heiligabendmittag gegeben, und sie hat ihn gleich darauf hergebracht, und jetzt stellte sie den Karton vor Karcsika auf den Teppich und sagte:

»Hier, Karcsika, das schickt dir der Engel, weil du so brav gewesen bist.«

Karcsika öffnete den Karton, und da war ein Hund drin, ein echter, Karcsika erschrak ein bisschen, denn der Welpe knurrte laut, aber Urgroßmutter schmierte Karcsika die Hand mit Speck ein, und der Hund schnüffelte daran und leckte ihm das Fett mit seiner warmen Zunge von den Fingern, die Zunge war etwas rau, wie die Hälfte der Radiergummis, mit denen Karcsika die falschen Stellen wegradierte, also taufte er den Hund Ratzi; Urgroßmutter sagte, das sei kein besonders schöner Name, er solle ihn doch lieber Prinz oder Wolf nennen oder Cäsar oder Kantor, doch Karcsika blieb bei dem Namen.

»Ratzi, sitz!«, sagte er mit erhobenem Zeigefinger, wie er es auf den Bildern im Buch gesehen hatte, und der Hund setzte sich.

»Siehst du, Urgroßmutter«, sagte Karcsika, »er hört auf seinen Namen.«

»Gut«, sagte Urgroßmutter, »dann soll er eben Ratzi heißen, wie du willst, aber du wirst sehen, alle werden dich auslachen.«

Vorsichtig legte Karcsika dem Hund die Hand auf den Kopf, zwischen die Ohren, an die Stelle, wo das Fell am weichsten ist.

»Egal, sollen sie nur«, sagte er und lächelte.

Vater und Mutter kamen gleichzeitig heim, Urgroßmutter war bereits gegangen, sie musste los, um zu sehen, wie weit der Engel mit dem Baum vorangekommen war. Karcsika wartete schon ungeduldig, er hatte alles vorbereitet, aus Vaters altem Gürtel hatte er ein Hundehalsband gebastelt und aus einem Konservendosendeckel und einem Stück Buchpappe eine runde Hundemarke, auf die er mit Mutters Nagellack ein rotes Kreuz malte, er hatte Mutters Ersatzbrille mit Kerzenruß geschwärzt und den Gardinenstab in einen Blindenstock umgewandelt – es war perfekt, alles sah genauso aus wie im Buch.

Als Karcsika hörte, wie Vaters eilige Schritte und der bekannte Rhythmus von Mutters Absätzen durchs Treppenhaus hallten, streifte er Ratzi das Geschirr über, tappte in den Flur hinaus, und als sich die Tür öffnete, rief er:

»Hallo! Ich bin blind! Stellt euch vor, ich bin erblindet!« Er kniff die Augen hinter der Brille so fest zusammen, wie er nur konnte, und unter den Lidern tanzten bunte Kreise.

»Was in aller Welt soll das?«, fragte Vater.

»Woher hast du diesen Hund?«, fragte Mutter. Sie redeten gleichzeitig.

»Vom Engel«, sagte Karcsika und ging stockfuchtelnd auf sie zu. »Er hat gesehen, dass ich blind bin, also hat er ihn mir geschickt, es ist ein sehr braver Hund, er heißt Ratzi.«

»Es ist noch nicht Abend, der Engel kann noch gar nicht hier gewesen sein!«, rief Mutter.

»Was soll der Quatsch mit dem Engel?«, rief Vater.

»Was soll der Quatsch mit dem Blindsein?«, rief Mutter.

»Junge, lass das sofort bleiben, oder es setzt Prügel!«, rief Vater.

»Doch, doch, ich bin wirklich blind«, rief Karcsika. »Ich schwöre, ich bin blind!« Er fuchtelte noch heftiger mit dem Stock und traf versehentlich Ratzi, der losbellte und an der Leine zog. »Ratzi, nein!«, rief Karcsika, nun zog er an der Leine, tat einen Schritt nach vorn und stolperte, er fiel über den Hund, warf das Schuhregal um, die Brille flog ihm von der Nase, Karcsika fiel auf den Teppich und bekam kaum Luft. »Uaaa!«, stöhnte er, dann lag er nur noch da und zwinkerte wie ein Maulwurf.

»Karcsika!«, rief Mutter. »Hast du dich gestoßen?«

»Wie ich sehe, siehst du wieder«, sagte Vater.

Ratzi sagte nichts, ging nur zu Karcsika und leckte ihm mit seiner kleinen rauen Zunge übers Gesicht.

»Darf ich ihn behalten?«, fragte Karcsika. Er streckte den Arm aus, legte die Hand auf Ratzis Hals und versuchte ihn wegzuschieben. »Ist gut, na, ist schon gut«, sagte er.

Vater hockte sich neben den Hund, hob mit zwei Fingern die Brille mit den verrußten Gläsern auf.

»Hast du das mit einer Kerze gemacht?«, fragte er.

Mutter zog den Mantel aus, begann, die Schuhe ins Regal

zurückzupacken, doch dann hielt sie inne und sah ihren Sohn an.

»Karcsika, ich möchte, dass du uns endlich verrätst, woher du diesen Hund hast«, sagte sie streng.

Karcsika warf einen Blick auf die Brille, dann auf Mutter und nickte.

»Der Engel hat ihn mir geschickt«, sagte er. »Weil ich ihn mir so sehr gewünscht habe. Und Urgroßmutter hat ihn mir hergebracht.«

Vater sah Mutter an.

»Wunderbar«, sagte er. »Dann wird sie ihn auch zurückbringen.«

Vater bückte sich und nahm die Blechmarke mit dem roten Kreuz.

»Willst du wirklich blind werden?«, fragte er.

»Lass ihn endlich, das war doch nur ein Spiel, er ist ja erst sechs«, sagte Mutter.

»Misch dich nicht ein«, sagte Vater. »Das ist kein Spiel, also misch dich nicht ein.«

»Lass ihn!«

Karcsika setzte sich auf, kraulte Ratzi am Hals.

»Streitet euch nicht«, sagte er.

»Misch dich nicht ein«, sagten Mutter und Vater gleichzeitig, Mutter musste lächeln und Vater beinahe auch.

»Darf ich ihn also behalten?«, fragte Karcsika. »Er kann in meinem Zimmer wohnen.«

»Das ist nicht so einfach«, sagte Mutter.

»Du bist nicht blind. Wozu brauchst du einen Blindenhund?«, fragte Vater.

»Ich kann jederzeit blind werden«, sagte Karcsika.

»Sag nicht so etwas«, sagte Mutter.

»Gut«, sagte Vater und löste seinen Krawattenknoten. »Wenn du eine Probe bestehst, darfst du ihn behalten.«

»Was?!«, fragte Mutter.

»Misch dich nicht ein«, sagte Vater.

»Misch dich nicht ein«, sagte Karcsika.

»Also«, sagte Vater, »wenn du die Probe bestehst, darfst du den Hund behalten. Was hast du gesagt, wie heißt er?«

»Ratzi«, sagte Karcsika.

»Wenn du die Probe bestehst, darfst du Ratzi behalten.« Vater nahm die Krawatte ab.

»Was für eine Probe?«, fragte Karcsika.

»Komm her«, sagte Vater.

Karcsika stand auf, ging zu Vater und blieb vor ihm stehen.

»Hier bin ich«, sagte er.

Vater strich über die Krawatte. »Du wolltest einen Blindenhund«, sagte er, »ich verbinde dir die Augen mit dieser Krawatte, und wenn du es bis zum Abend aushältst, sie nicht abzunehmen, mit verbundenen Augen ins Bett gehst und sie auch im Schlaf umgebunden lässt, dann darf der Hund hierbleiben.«

»Gut«, sagte Karcsika.

»Das kommt überhaupt nicht in Frage«, sagte Mutter. »Er wird ganz bestimmt nicht den gesamten Heiligabend mit verbundenen Augen herumtappen. Hörst du, was ich sage, Károly?«

Doch Vater hatte Karcsika die Augen bereits mit der Krawatte verbunden, schön fest, sodass er nichts, aber wirklich gar nichts sehen konnte.

»Siehst du was?«, fragte Vater.

»Nein«, sagte Karcsika.

»Dann ist gut«, sagte Vater. »Du kannst gehen. Brauchst du deinen Stock?«

»Nein«, sagte Karcsika. »Komm, Ratzi, führe mich!« Er tastete sich in Richtung seines Zimmers vor.

»Warte«, sagte Vater. »Ist dir klar, was das heißt? Du wirst den Weihnachtsbaum nicht sehen. Du wirst die Wunderkerzen nicht sehen und auch nicht die brennenden Lichter und den Weihnachtsschmuck, und deine Geschenke wirst du auch nicht sehen.«

»Ich weiß«, sagte Karcsika. »Ratzi sieht für mich.«

»Das kannst du nicht machen, Károly«, sagte Mutter. »Das ist schrecklich herzlos. Das erlaube ich nicht.«

»Misch dich nicht ein«, sagte Vater. »Wir haben es schon besprochen.«

Mit einer Hand an der Wand tastete sich Karcsika durch den Flur, mit der anderen hielt er Ratzis Leine. Vaters Krawatte roch nach Rasierwasser und Zigaretten und fühlte sich ein bisschen rau an. Karcsika dachte an das Buch, da stand, wer sein Sehvermögen verliert, bei dem verstärken sich die anderen Sinnesorgane, und er spürte auch schon die Verstärkung, er hörte zum Beispiel viel, viel besser als zuvor, denn er war schon in seinem Zimmer und die Tür war fast schon zu, und trotzdem hörte er klar und deutlich, wie Mutter Vater zuflüsterte, so etwas könne man nicht machen, das sei einfach nur gemein, woraufhin Vater sagte, es sei nicht gemein, sondern nur eine Probe, und überhaupt, ob sie denn allen Ernstes einen Hund in der Wohnung haben wolle? Sie sagte, das fehlte noch, und Vater sagte, sie werde sehen, Karcsika werde es nicht durchhalten. Da schloss Karcsika die Tür und sagte sich, er werde es sehr wohl durchhalten, und ob er es durchhalten werde, er setzte sich vors Bett auf den Teppich und wartete auf den Abend und auf Urgroßmutter und auf den Engel, den Baum und die Geschenke. Ratzi legte sich neben ihn auf den Teppich, Karcsika kraulte ihm den Rücken.

»Alles gut, Ratzi«, sagte er, »du wirst sehen, es wird schon alles klappen.« Er lauschte dem ruhigen Atem des Hundes in der Stille. »Ich schlafe nicht ein«, dachte er noch, und sofort schlief er ein.

Als ihn das laute Klingeln weckte, wusste er zunächst nicht, wo er war, ein bisschen erschrak er sogar, denn er sah nichts, obwohl er die Augen geöffnet hatte. Doch dann leckte ihm Ratzi die Hand, und da fiel ihm alles wieder ein, er betastete die Krawatte, mit der ihm die Augen verbunden waren, und er dachte, vielleicht soll er sie abnehmen oder ein klein bisschen lockern, damit er nach unten schielen kann, doch er nahm sie nicht ab und lockerte sie auch nicht, was eine gute Entscheidung war, denn im nächsten Moment hörte er Vaters Stimme unmittelbar neben sich.

»Der Engel ist gleich da«, sagte er, »komm!« Er half Karcsika aufzustehen. Es klingelte noch einmal und vom Plattenspieler ertönte, wie jeden Heiligabend, *Vom Himmel hoch da komm ich her*, und Karcsika und Vater gingen ins Wohnzimmer, Vater half ihm, Ratzi kam auch mit, Karcsika hörte, wie die Leine über den Boden schleifte.

Sie kamen ins Wohnzimmer, der Geruch von frischen Tannennadeln, Wunderkerzen und heißem Wachs stieg Karcsika in die Nase, Mutter und Urgroßmutter sangen bereits, Karcsika versuchte, sich den Weihnachtsbaum vorzustellen, den Schmuck, das Lametta, den grünlackierten Ständer, die verpackten Geschenke unter dem Baum, ganz oben die Weihnachtsbaumspitze, doch er schaffte es nicht. Er trat dennoch vor und versuchte mitzusingen, er stolperte über den Teppich und wäre fast hingefallen, doch Mutter fing ihn auf. Nein, es war gar nicht Mutter, es war Urgroßmutters strenger Griff.

»Danke, Urgroßmutter«, sagte er.

Urgroßmutter hörte plötzlich auf zu singen.

»Was ist das denn?«, fragte sie. »Karcsika, was ist mit deinen Augen?«

»Eine Probe«, sagte Karcsika. »Vaters Idee. Und ich bestehe die Probe, damit ich Ratzi behalten darf.«

Karcsika spürte, dass Urgroßmutter seinen Arm losließ, und hörte, wie sie rief:

»Eine Probe! Károly, schämst du dich nicht? Ich werde dir gleich beibringen, was eine Probe ist!« Es klatschte und klatschte gleich noch mal. Eine Hand riss Karcsika die Krawatte von den Augen, es war Urgroßmutters Hand, er erkannte sie an dem Lavendelseifenduft, nun stand er da, blinzelte, betrachtete den Weihnachtsbaum, die Wunderkerzen und die in buntem Stanniol verpackten Geschenke unter dem Baum, den glänzenden, verchromten Maulkorb auf einem der Pakete, das schöne schwarze Halsband, die aus feinen Lederbändern geflochtene Leine und den roten Plastiknapf, auf dem mit großen schwarzen Buchstaben HUND stand, und Ratzi, der gerade einen Schokoladenschmuck aus dem goldenen Papier herausfraß, und da sah Karcsika Vater an, Vater, dessen beide Wangen ganz rot waren.

»Ja!«, sagte Vater. »Ja, du darfst ihn behalten.« Und da lachte er bereits, fasste sich mit einer Hand ans Gesicht und sagte:

»Liebe Großmama, Sie verstehen wirklich keinen Spaß.«

# Glasherz

Die Arme hinter dem Rücken verschränkt, stand Karcsika vor seinen Eltern, holte tief Luft und sagte ihnen das Gedicht auf, frei und fehlerlos, ohne Stocken.

Seit über einer Woche lernten sie es in der Schule, dieses wunderschöne Gedicht über Dankbarkeit und das von Dankbarkeit erfüllte Herz, Karcsika war es sehr schwergefallen, er mochte Gedichte ohnehin nicht sonderlich, und dieses war noch dazu besonders lang und schwierig, der Verfasser war für so ziemlich alles dankbar, was ihm seit seiner Geburt passiert war, ein ziemlicher Schwachmatikus, dieser Verfasser, vier Strophen lang war er nur krank, Diphtherie, Lungenentzündung und was nicht sonst noch alles, und dann bedankte er sich bei seiner Mutter, dass sie ihn gepflegt, bei ihm gesessen, ihm die Stirn gekühlt und auf ihn aufgepasst habe.

Am meisten hasste Karcsika an Gedichten, dass man sie Wort für Wort lernen musste, dass alle Wörter an ihrem Platz bleiben mussten, man konnte nicht einfach sagen, als ich Fieber hatte, sondern musste sagen, als die Fieberrosen auf meinen Wangen blühten, doch schließlich lernte er es doch und sagte es der Lehrerin zweimal hintereinander fehlerfrei auf, und da bekam er von ihr das rote Glasherz, das sie in der Woche zuvor mit Nagellack angemalt hatten und das sie alle, kaum dass sie fertig waren, der Lehrerin hatten geben müssen, die es im Schrank aufbewahrte, damit es bloß nicht kaputtging; er hatte sein Herz als Letzter zurückbekommen, denn alle anderen konnten das Gedicht schon, von Anfang bis Ende, samt kleinem Herzen, samt Tränen der Dankbarkeit, mit allem Drum und Dran.

Während er das Gedicht aufsagte, sah Karcsika seine Eltern gar nicht an, er blickte an ihnen vorbei zu der Skulptur auf dem Nussbaumschrank, die Vater in seiner Jugend geschnitzt hatte, ein Affengesicht oder was, seit Vater nicht mehr rauchte, steckte immer eine Zigarette in dem offenen Maul, auch jetzt, damit er wusste, wo er eine fand, wenn er sich über irgendetwas sehr aufgeregt hatte.

Karcsika war bereits bei der vorletzten Strophe angelangt, nun wickelte er das Herz ganz vorsichtig hinter seinem Rücken aus, damit er es seinen Eltern gleich überreichen konnte, wenn er mit dem Gedicht fertig war, um ihnen zu danken, dass sie ihn gemeinsam aufgezogen hatten, dass sie so gut zu ihm waren, weil sie sich Tag und Nacht um ihn kümmerten und dass sie nun zu dritt mit von Dankbarkeit erfüllten Herzen das Weihnachtsfest erwarteten, auch diesen Spruch hatten sie lernen müssen, als wäre er ein Teil des Gedichts, und als er die ersten Worte sprach, holte er schon das Herz hinter dem Rücken hervor und hielt es ihnen hin, und erst da sah er sie an, Mutter liefen wirklich die Tränen übers Gesicht, genau wie die Lehrerin es vorausgesagt hatte, doch Vaters Gesicht war anders, er sah wütend aus, so wütend, dass Karcsika glaubte, er würde ihm gleich das Glasherz aus der Hand reißen und es zerbrechen, doch er schniefte nur kurz, schüttelte den Kopf, und Karcsika sah, wie er schluckte, dann nahm er ihm das Herz aus der Hand, hielt es in beiden Händen, betrachtete es eine Weile und sagte, er sei sehr stolz auf ihn, dass er diesen ungeheuren Schwachsinn so perfekt gelernt habe, doch er müsse wissen, das menschliche Herz sei mitnichten so spitz und dreieckig wie dieses hier, das er so schön angemalt habe, man habe es dem Herzen eines Krokodils nachgebildet, die hätten solche Herzen, und Karcsika müsse auch wissen, dass die Krokodile die selbstsüchtigsten und herzlosesten unter allen Tieren seien, das solle er sich merken, und dann werde er für immer wissen, was Heuchelei bedeute, jetzt verstehe er es vielleicht noch nicht, doch wenn er größer sei, werde er verstehen, dass das menschliche Herz, obwohl es nicht aus Glas sei, auch zerbrechen könne. Und dafür, dass sie ihn bisher aufgezogen hätten, müsse er sich nicht bedanken, denn es sei das Selbstverständlichste auf der Welt, höchstens später könne er ihnen mal dafür danken, indem er seine eigenen Kinder in Liebe großziehe, und Dankbarkeit sei ohnehin etwas, das man zwar fühle, aber darüber zu sprechen sei beinah unmöglich, auf jeden Fall sei er der Lehrerin sehr dankbar dafür, dass sie ihm dieses wunderschöne Gedicht so einwandfrei beigebracht habe, und nicht nur das, sondern gleichzeitig auch noch eine andere wichtige und schöne und schwere Lektion. So müsse wenigstens nicht er Karcsika das Schwierigste im Leben beibringen: Er müsse ihm nicht beibringen, wie man lügt.

## ВЫ ВЫЕЗЖАЕТЕ ИЗ АМЕРИКАНСКОГО СЕКТОРА

Um den Stand sind Sandsäcke gestapelt, der Mann steht davor und betrachtet eine grüne Geldbörse, auf der in schwarzer Schrift in mehreren Sprachen etwas geschrieben steht, YOU ARE LEAVING THE AMERICAN SECTOR, er nimmt sie in die Hand, befühlt sie, ein geschmackloses, billiges Massenprodukt, das er nicht gebrauchen kann, trotzdem kommt ihm der Gedanke, er könnte die Geldbörse eigentlich in seinem Jackett verschwinden lassen, sich umdrehen, weggehen, keiner würde es bemerken, und in zwei Minuten wäre er bereits in der U-Bahn. Er steht da, seine Finger gleiten über den militärgrünen Stoff, es wäre nur eine einfache, nicht zu schnelle Bewegung. Der Wunsch, diese Geldbörse zu besitzen, wird immer stärker, er hält sie fest in der Hand, die Fingerknöchel werden weiß, das hat er schon lange nicht mehr gespürt, vor Aufregung bekommt er Gänsehaut, ihm brennt das Gesicht, als hätte er sich gerade rasiert und die Wangen mit Aftershave betupft.

Er steht da, mitten im Touristengewimmel, betrachtet die Geldbörse, er spürt auf einmal seinen Herzschlag, als wäre er gerannt, für einen Moment gibt er sich diesem Gefühl hin, dann atmet er geräuschvoll aus, legt die Geldbörse zögernd zurück, lässt sie los, VOUS SORTEZ DU SECTEUR AMÉRICAIN, nein, er wird nicht stehlen. Er will den Stand bereits verlassen, greift dann doch nach der Geldbörse, spürt sie zwischen den Fingern, sie verschwindet in seiner Hand, der Stadtplan, den er in der anderen Hand hält, sorgt für Deckung, und schon steckt die Geldbörse in seiner Tasche.

Er dreht sich um, geht in Richtung U-Bahn, ich verlasse den amerikanischen Sektor, sagt er sich, er will nicht länger an die Geldbörse denken. Sie ist gar nicht in seiner Tasche. Er faltet den Stadtplan zusammen, die Orte, die er bereits besucht hat, sind rot eingekreist. Nach der ganztägigen Stadtbesichtigung ist er erschöpft, so etwas hat er schon seit Jahren nicht mehr gemacht. Dieser Tag ist eine Belohnung, die er sich nach der zweitägigen Konferenz gegönnt hat, das Hotelzimmer für diese Nacht bezahlt er selbst, nicht der Veranstalter, ein Tag, an dem er keinen Vortrag halten und auch nicht den Vorträgen anderer zuhören muss. Ein Tag, an dem er allein sein und machen kann, was er will, und im Grunde will er überhaupt nichts machen, nur spazieren gehen und sich ausruhen, damit sich seine Gedanken endlich mal nicht um Fragen der Strömungsmechanik drehen. Seit seiner Scheidung vor drei Jahren gab es in seinem Leben keinen einzigen solchen Tag, seitdem seine Ehe gescheitert ist, wohnt er praktisch im Institut, seine Kollegen sagen, er habe sich mit krankhaftem Eifer in die Arbeit gestürzt.

Er sitzt in der U-Bahn, diese leere Erschöpfung tut gut, er denkt, vielleicht haben seine Kollegen ja sogar recht. Er betrachtet die vorbeiziehenden Plakate, die Ein- und Aussteigenden, denkt an nichts. An der Endstation fährt er mit der Rolltreppe hinauf, er hat keine Ahnung, wo er ist, will es auch gar nicht wissen, geht auf gut Glück in eine Richtung los.

Er geht eine von Kastanien gesäumte Allee entlang, vorbei an einem Friedhof, und kommt zu einem Park, einem überraschend großen Park, mit gepflegten Pflanzen, Wegen, einem Teich, kleinen Hügeln, einer Kindereisenbahn und einem Rosengarten.

Überall im Park stehen weiße Skulpturen, ein mannshoher Schwertgriff, der aus der Erde ragt, ein kniendes Pferd ohne Gesicht, ein riesiger Reiher, Hals und Kopf aus meterlangen Quadern, die mit Kugelgelenken aneinander befestigt sind, es muss ein leichtes Material sein, im Wind bewegt sich die Konstruktion hin und her, der Winkel der einzelnen Elemente zueinander verändert sich fortwährend, als würde der Vogel seinen Kopf neugierig mal in die eine, mal in die andere Richtung drehen, es sieht majestätisch aus, zugleich aber auch ein wenig bedrohlich.

Der Parkweg führt am Fuß eines Hügels entlang, die ganze Stadt sei eigentlich flach, hat er irgendwo gelesen, hier gebe es gar keine echten Hügel, alle Erhebungen seien aus Kriegstrümmern errichtet, der Mann betrachtet die dichten Rasenstreifen, die durch das Mähen entstanden sind, er versucht sich die aufgehäuften Ziegel, Säulen und Balken im Inneren des Hügels vorzustellen, all die eingestürzten Treppen und Gewölbe.

Er kommt zu einer Wiese, bleibt stehen, plötzlich weht ihm Wind ins Gesicht, bisher ist er im Windschatten eines Hügels gegangen. Musik mischt sich hinein, eine langgezogene, zerfließende Melodie, gar keine richtige Musik, es ist eher, als würde eine Geige oder ein Cello gestimmt, nur lauter, dissonanter und zerstreuter, die Luft ist ganz erfüllt davon und doch kommt es ihm so vor, als bilde er es sich nur ein, als hallte das Rattern der U-Bahn mit einiger Verzögerung in seinen Ohren nach. Er hält die Hände in den Wind, die Kühle tut ihm gut, dann drückt er sie gegen die Ohren, das Rauschen wird leiser, er bildet es sich also doch nicht ein, er hört es tatsächlich, ihm scheint, es geht von der Skulptur aus, die auf dem Hügel steht. Er geht auf sie zu, kann nicht erkennen, was sie darstellt, es wirkt wie ein diagonal durchgeschnittener menschlicher Torso, er sieht die Vertiefung des Bauchnabels, die Wölbungen der Bauchmuskeln, die Rippen. Der Klang verstärkt sich, er kommt aus der Skulptur, nun ist es gewiss, als er bei ihr ankommt, berührt er sie, der Körper ist von einer Seite geöffnet, innen sind Metallsaiten gespannt, auf denen der Wind spielt. Er legt die gesamte Handfläche auf die Skulptur, die von den Saiten übertragene Vibration ist kaum spürbar, er fragt sich, ob er sie sich nicht nur einbildet. Es ist eine Äolsharfe, gelesen hat er schon darüber, doch gesehen hat er so etwas noch nie, ein strömungsmechanisches Phänomen, ihm kommt der Gedanke, dass es interessant sein könnte, die Simulation einer Äolsharfe zu programmieren, das System könnte man unter unterschiedlichen Gesichtspunkten optimieren, so dass der Klang bereits bei schwacher Brise gut hörbar ist, oder man könnte den Aspekt der wechselnden Windrichtung einbeziehen, oder auch beides zugleich, er schüttelt den Kopf, er will sich nicht schon wieder in fachlichen Fragen verstricken. Er liest die Inschrift im Sockel der Skulptur, Μαρσύας, Marsyas, nimmt die Hand von der Skulptur, Apollon hat ihm bei lebendigem Leib die Haut abgezogen, denkt er und kehrt der Skulptur den Rücken, ihm fällt das Mauerstück ein, das auf einem der großen Plätze ausgestellt war, wahrscheinlich hatte man mit einem Hammer hineingeschlagen, durch das große, viereckige Loch verliefen verrostete Stahlstäbe, der Wind wehte hindurch.

Er geht zum Teich, der zwischen den Bäumen hervorschimmert, kommt an einem geschlossenen Imbiss vorbei, die heruntergelassenen und abgeschlossenen Aluminiumrollläden klappern im Wind.

Der Parkweg wurde am Ufer an mehreren Stellen aufgerissen, hier sieht man, wie sich schwarze Erde mit gelbem Sand vermischt, die Basaltwürfel liegen in Stapeln neben den Löchern, vermutlich werden sie wieder eingesetzt. Vorbei an den Löchern und Steinhaufen geht er zu einer Bank, setzt sich und betrachtet das Wasser.

Auch aus dem Wasser ragt eine große weiße Skulptur, sie ist aus Marmor, das Gesicht ist nicht zu sehen, zwei große weiße Hände verdecken es, als steckte ein weinender Riese den Kopf aus dem Teich. Als hätte er den gesamten Teich mit seinen Tränen gefüllt. Der Mann betrachtet ihn, die tiefe Traurigkeit, die von der Skulptur ausgeht, überträgt sich auf ihn.

Nach einer Weile bemerkt er einen Karton, nein, eine Bananenkiste, die neben ihm auf der Bank steht. Damals, nach der Trennung von seiner Frau, hatte er zum Auszug eine Menge solcher Kisten besorgen müssen, nur dass statt der wütend eingepackten Bücher jetzt Schokoladenriegel darin liegen, in schwarzer Verpackung und Goldpapier, ausgesprochen edel. Seit Jahren hat er keine Schokolade mehr gegessen, er sieht, es ist Mandelschokolade, ihm läuft das Wasser im Mund zusammen, schwarze Schokolade mit Mandeln hat er früher immer am liebsten gegessen. Er ist drauf und dran, sich eine der kleinen Tafeln zu nehmen, doch dann fällt ihm ein, dass sie nicht ihm, sondern jemand anderem gehören, und überhaupt, wie kommen sie hierher, als er sich hinsetzte, stand die Kiste mit Sicherheit noch nicht hier.

Er blickt auf und sieht, dass auf der anderen Seite der Kiste ein Kind sitzt, ein Mädchen von ungefähr zehn Jahren, im hellblonden Haar trägt es ein weißes Band, das Gesicht ist sehr blass, es betrachtet das Wasser, die Skulptur des weinenden Kopfes. Bestimmt gehört die Kiste mit der Schokolade dem Mädchen, doch er versteht nicht, weshalb er es nicht bemerkt hat, als es sich neben ihn auf die Bank setzte, es wird die Kiste wohl kaum ganz geräuschlos hingestellt haben.

Das Mädchen wendet sich ihm zu, sieht ihn an, seine Augen sind grau, wasserfarben. Es deutet auf die Schokolade und sagt, kauf dir eine, sie kostet nicht viel und schmeckt wirklich gut.

Die Gesichtsmuskeln des Mannes zucken leicht, Wut steigt in ihm auf, es kann doch nicht wahr sein, dass diese verfluchten Straßenverkäufer einen nicht mal hier in Ruhe lassen, man sollte ihnen einen Parkverweis erteilen, sie sind schlimmer als Bettler, Bettler versuchen wenigstens gar nicht erst, so zu tun, als würden sie einem im Tausch fürs Geld auch etwas geben, doch so schnell wie das Gefühl in ihm aufgekommen ist, verfliegt es wieder, eine stille Traurigkeit überkommt ihn, es ist schon bitter, dass in dieser neuen freien Welt ein zehnjähriges Kind gezwungen ist, Schokolade an Fremde zu verkaufen, statt zu lernen oder zu spielen, das ist unmenschlich, Kinder dürften nie und nirgends arbeiten.

Dann denkt er, egal, heute ist eben ein besonderer Tag, und einmal im Leben kann er seine Prinzipien ruhig über Bord werfen, schon greift er nach seinem Geld und fragt das Mädchen, wie viel die Schokolade koste.

Es sieht ihn an, schüttelt den Kopf. Ich will kein Geld, ich bitte dich um etwas anderes, ich möchte, dass du mir ein Geheimnis verrätst, ein Geheimnis, das du noch niemandem verraten hast.

Der Mann hält inne, fragt sich, ob das nicht bloß ein dummer Scherz ist, er sieht das Mädchen an, dessen Gesicht ihm jetzt vollkommen weiß erscheint, weiß wie Marmor, ja, es ist aus Marmor, auch die Augen sind aus Marmor, die Haare, er sitzt neben einer Skulptur, es ist gar kein echtes Kind, nun spürt er auch die Kälte des Steins. Der Mann lächelt, lächelt über sich selbst, darüber, dass ihm die Erschöpfung einen solchen Streich gespielt und er nicht bemerkt hat, dass er sich gar nicht auf eine richtige Bank gesetzt hat, sondern auf den Teil einer Skulptur, doch die Kiste mit den Schokoladentafeln steht immer noch da, das Goldpapier blinkt in der Sonne. Er denkt, er nimmt sich doch eine Tafel, wem auch immer sie gehören mag, eine wird ihm gewiss nicht fehlen, und er legt ja auch ein bisschen Geld in die Kiste.

Er streckt die Hand aus, da hört er, wie hinter dem Hügel die Harfe leise, aber mit schneidendem Ton erklingt, er spürt, wie etwas Kaltes seine Hand berührt, und als er hinschaut, sieht er weiße Finger, die sein Handgelenk umfassen, wieder sagt das Mädchen, du musst mir ein Geheimnis erzählen, das ist der Preis, ich habe es dir schon gesagt und will es nicht noch einmal sagen. Die Stimme des Mädchens klingt hart und streng, der Mann weiß, dass er es sich einbildet, vielleicht müsste er sich trotzdem fürchten, doch er fürchtet sich nicht, kein bisschen, er spürt lediglich ein leichtes kühles Kribbeln im Gesicht. Was willst du mit meinem Geheimnis?, fragt er. Nervös befeuchtet das Mädchen die Lippen mit der Zunge und sagt, ich sammle Geheimnisse, ich will sie hüten. Der Harfenklang ist immer noch zu hören, leise, schleppend, während das Mädchen spricht, wird seine Haut zunehmend transparent, sollte es eine Skulptur sein, so ist sie nicht aus Marmor, sondern aus Glas, man kann durch sie hindurchsehen.

Das Mädchen greift in die Kiste, es knistert, sie nimmt eine Tafel heraus, gibt sie dem Mann, lässt sie jedoch nicht los, dabei berühren ihre Finger seine Haut, jetzt empfindet er sie als weich, aber so kalt, dass ihm davon ein wenig übel wird. Die eine Hälfte der Schokoladentafel ist in seiner Hand, die andere in der des Mädchens, er könnte sie ihm einfach aus der Hand reißen, denkt er, doch das tut er nicht, inzwischen ist er sich sicher, dass wirklich jemand neben ihm sitzt, jemand, der kein Kind mehr ist, aber einst eines war.

Ich erzähle dir meine Geschichte, sagt das Mädchen mit wütender Stimme, hör sie dir an und lern was draus. Ich war ein Spitzel, seit meinem sechsten Lebensjahr, ein Spitzel der Stasi, ich habe dafür Schokolade bekommen, ich habe die Geheimnisse gegen Schokolade getauscht, die meiner Freunde und die aller anderen, nie habe ich eines für mich behalten, ganz gleich, ob das Geheimnis klein oder groß war, immer gab es Schokolade dafür, auch für das größte: Wann und wo mein Vater über die Mauer klettern wollte. Er wurde erschossen, und als ich unter Tränen meiner Mutter erzählte, dass das Ganze nur meine Schuld war, nahm sie mich nicht in den Arm und verzieh mir nicht, sie sagte, ich sei ein Ungeheuer, sie sagte, sie werde mir niemals verzeihen, und dann öffnete sie das Fenster und sprang hinaus, zehn Stockwerke tief, auf den Asphalt, sie sind meinetwegen gestorben, allein meinetwegen, und ich habe nichts mehr tun können, vergeblich habe ich meine Taschen mit Steinen vollgestopft und bin in den Teich gesprungen, das hat sie nicht mehr zurückgebracht, und nun wandere ich in diesem Park umher, sammle Geheimnisse, trage sie mit mir herum und hüte, was man mir anvertraut hat, so lange, bis die Kiste leer ist.

Das Mädchen redet und redet, zornig, es schreit beinah,

der Mann hört die Worte, achtet jedoch nicht auf sie, er betrachtet die Bananenkiste, denkt an seine Frau, ihr Gesicht, als sie die unterste Schublade der Kommode versehentlich ganz herauszieht und darunter all das Diebesgut entdeckt, Haarspangen, Ringe, Geldbörsen, Anstecker, Kämme, Schals, Fächer, Broschen, Uhren, Kartoffelschäler, Sonnenbrillen, an den meisten Sachen klebt sogar noch das Preisschild, er erinnert sich, wie seine Frau loskreischte, das könne doch nicht wahr sein, das sei ja nicht normal, seit wann er das mache, und wie er ihr mit gedämpfter Stimme sagte, sie solle still sein, das sei gar nicht er gewesen, und wie sie sagte, er solle sie nicht anlügen, und wie sie vor ihm stand und darüber sprach, dass sie offensichtlich Hilfe bräuchten, und wie er sie anschrie, sie solle still sein, die Schnauze halten, und wie sie immer noch nicht schweigt, seine Hand Schwung holt, seine Faust ihr Gesicht trifft und er *halt's Maul* ruft und dabei spürt, wie hart ihre Knochen sind unter der Haut und den Gesichtsmuskeln, wie er an den Bewegungen, die ihr Kopf in der Luft beschreibt, die Kraft seiner Schläge erkennt. Sei still, du Schlampe, sei still, sonst schlag ich dich tot, ruft er, halt dein dreckiges Maul, dabei betrachtet er ihr Gesicht, wünscht sich, sie möge nicht schweigen, sondern weiterheulen und kreischen, denn er will wieder zuschlagen, und er will, dass sie es verdient, nein, sie schweigt nicht, also darf er wieder zuschlagen, immer aufs Neue, sie fällt, sie fällt auf den ganzen Klunker, die Geldbörsen, die Zahnbürsten, sie liegt da wie ein Lumpenhaufen, schluchzt, doch sie ist immer noch nicht still, und da brüllt er sie an, nun sei es aber wirklich besser, wenn sie das Maul halte, sonst werde er sie treten, gleich werde er ihr einen gewaltigen Tritt verpassen, doch die blöde Kuh kann einfach nicht die Fresse halten, sie heult weiter, da brüllt er, nun gut, du hast es so gewollt, und er spürt den Tritt, den er ihr verpassen wird, schon im Bein.

Der Mann schüttelt sich, will nicht daran denken, er blickt auf die Schokolade in seiner Hand, eine kleine Tafel Mandelschokolade in Goldpapier, gierig packt er sie aus, wirft das Papier weg, beißt ein großes Stück ab, stopft sich das Ganze in den Mund, kaut und schluckt, kaut und schluckt.

Im Park ist es still, er isst Schokolade, betrachtet das Wasser, hält einen größeren, länglichen Pflasterstein in der Hand, steckt ihn zerstreut in die Jacketttasche, bückt sich, hebt von dem Haufen neben der Bank einen zweiten auf, wegen der Geldbörse passt er kaum in die andere Tasche, doch schließlich gelingt es ihm, er hört, wie die Naht aufplatzt, kümmert sich nicht darum, steht auf, SIE VERLASSEN DEN AMERIKANISCHEN SEKTOR, denkt er und geht aufs Wasser zu.

## EIS

Khalid kommt aus Syrien, seit vier Tagen ist er hier, in diesen vier Tagen war er bei zwei Konzerten der Überraschungsgast, morgen fliegt er zurück. Er ist ein gedrungener Mann mit breitem Gesicht, aber vielleicht entsteht dieser Eindruck nur, weil er fast ununterbrochen lächelt, ohne dieses Lächeln sieht man ihn so gut wie nie. Die Frau des japanischen Klarinettisten, eine Schweizerin, gibt einen Empfang zu seinen Ehren, es ist sein Abschiedsabend. Man stellt ihn immer neuen Gästen vor, mit allen unterhält er sich freundlich, ja, auch den Markt, ja, er weiß, heute waren es zweihundert, und gestern waren es auch sehr viele, nein, das wisse er nicht, er zähle nicht mehr mit, das könne man gar nicht, bei zehntausend habe er aufgehört, ja, auch aus seiner Familie. Nein, keine Chemiewaffen, bis jetzt jedenfalls, vielleicht komme das noch, das könne jetzt noch niemand sagen. Wer weiß, was noch kommt. Er geht mit einer Weinflasche herum, schenkt nach, reicht den Pralinenkorb der Gastgeberin herum, bietet ihn jedem an, nimm zwei, du bist mein Freund, sagt er, nein, nimm gleich drei, wann fliegst du heim, Khalid, morgen, am Abend bin ich schon zu Hause, er lächelt breit, nein, er wisse auch nicht, wie lange das noch so weitergeht, niemand wisse es. Nein, er weiß auch nicht, wann und wo er das nächste Mal spielen wird.

Es ist nachts um zwei, der Empfang ist vorüber, Khalid ist mit den anderen in der Kneipe, sie stehen am Tresen, der Barmann mixt jeden einzelnen Gin-Tonic mit vollkommener Hingabe, unten das Eis, darauf gießt er Gin, Tanqueray, das und nichts anderes, nur das Beste für unseren lieben syrischen Freund, er wirft eine Zitronenscheibe hinein, fährt mit einem Stück Orange am Rand des Glases entlang und öffnet mit einer raschen Bewegung die Flasche Tonic, gießt die sprudelnde Flüssigkeit ins Glas, wartet, bis sich der weiße Schaum legt, aber er ist noch nicht fertig, zum krönenden Abschluss noch einen Tropfen Limettensaft, jetzt, ja, jetzt ist er fertig, der Barmann lächelt, schiebt Khalid das Getränk hin, das Eis klirrt, Khalid nimmt das Glas, er betrachtet die durchscheinenden Eiszylinder, dann schiebt er das Glas weg, gebt mir was Stärkeres, sagt er, gebt mir das Stärkste, was ihr habt, sagt er und lächelt.

## ARMDRÜCKEN, PARIS, NACKTE FRAU

### Der Onkel mit der Weste

Der Onkel mit der Weste kommt jeden Nachmittag, immer zur gleichen Zeit. Er hat quietschende Schuhe, riecht nach Tabak, Gesichtswasser und Magenbitter, ich muss ihm keinen Kuss auf die Wange geben zur Begrüßung, er aber gibt mir immer die Hand und zieht seine Taschenuhr mit dem Sprungdeckel hervor, er hält sie mir hin und sagt, ich solle pusten, damit sie sich öffnet, aber ich weiß, dass sie sich eigentlich nicht deshalb öffnet, sondern weil er einen Knopf an der Seite drückt, aber ich puste trotzdem, damit er sich freut. Der Onkel mit der Weste kommt zu Großvater, sie spielen Karten, aber wenn Großvater hinausgeht, um Walnusslikör zu holen, legt er die Karten hin und betrachtet das Foto von Großmutter im goldenen Rahmen, sie steht vor einem Mikrofon und singt, ein schwarzes Band im blonden Haar. Er prüft mich in Geographie, will wissen, ob ich auch alle Hauptstädte kenne, und das Einfachste, nämlich Frankreich, fragte er immer zuletzt, und wenn ich sage, Paris, nickt er und fängt an zu husten und holt sein großes kariertes Taschentuch hervor, das sich flatternd entfaltet, da hustet er hinein, aber ich sehe, dass er sich in Wirklichkeit die Augen wischt, ich frage nicht warum, weder ihn noch Großvater.

## Eisentoni

Eisentoni kommt immer montags. Er kommt mit einem großen schwarzen Koffer, um Großvater zu massieren. Der Koffer ist sehr schwer, doch Eisentoni hebt ihn mit einem Arm hoch, das ist ein Klacks für ihn. Er ist sehr stark. Wenn er mich sieht, sagt er: Hallo, mein Freund, dann beugt er sich herunter, nimmt meine Armmuskeln zwischen zwei Finger, um zu sehen, ob ich seit letzter Woche stärker geworden bin. Er drückt fest zu, aber ich mache keinen Mucks. Nicht schlecht, sagt er dann. Und: Wie wär's mit Armdrücken? Er zieht sein Jackett aus, krempelt die Hemdsärmel hoch, fast bis zu den Schultern, stellt den Koffer hin, kniet sich davor. Ich stelle mich auf die andere Seite des Koffers, stütze den Ellbogen ab. Er stützt seinen ab. Wir verschränken die Hände. Seine Hand ist weich, aber sehr stark. Ich kann sie kein bisschen bewegen. Er tut so, als würde er sich unheimlich anstrengen. Lässt mich seine Hand ein wenig hinunterdrücken. Dabei spricht er wie ein Sportreporter im Radio, der Schlachthofchampion hat einen neuen Herausforderer, sagt er, man sieht es nicht auf den ersten Blick, doch der schmächtige junge Mann verfügt über eine unsagbare Kraft, er bringt Eisenanton, den bisher unbesiegten Champion, gehörig ins Schwitzen, für den Champion sieht es ziemlich schlecht aus. Dabei lässt mich Eisentoni seine Hand fast ganz runterdrücken, sie ist nur noch einen Zentimeter vom Koffer entfernt, ich drücke mit aller Kraft, aber weiter geht es nicht – los, Genosse Eisenanton, geben Sie alles, ruft Eisentoni, dabei drückt er meine Hand langsam nach oben, gut so, weiter so, Eisenanton, ja, und plötzlich drückt er meine Hand hinunter, lässt sie los, springt auf, streckt die Arme in die Luft, Sieg, Sieg, ruft er, wieder hat der Schlachthofchampion gesiegt, er ist einfach unbesiegbar. Währenddessen zieht sich Großvater aus, und als er nur noch eine Unterhose anhat, holt Eisentoni einen faltbaren Massagetisch aus dem Koffer, und sie gehen ins Wohnzimmer. Bei der Massage darf ich nicht zusehen, aber durchs Schlüsselloch sehe ich doch etwas. Großvater liegt auf dem Tisch. Seine Haut ist weiß und voller Falten, Eisentoni bestäubt ihn mit Puder aus einem Einweckglas mit Löchern im Deckel. Dann beginnt er, an Großvater herumzukneten. Großvater stöhnt. Ich sehe, wie Eisentoni sich in der Glasscheibe des Bücherschranks betrachtet. Und wie er lächelt.

## Hexenwerk

Tante Ica steht vor der Schule und wartet auf mich. Sie wartet auf mich, damit ich ihr Großvaters Lieblingskuchen verrate. Wenn ich es ihr sage, bekomme ich eine Tüte Marzipankartoffeln.

Tante Ica ist Großmutters Halbschwester. Seitdem Großmutter nicht mehr bei uns ist, kümmert sie sich um Großvaters Wäsche. Sie kommt einmal in der Woche. In letzter Zeit bringt sie immer etwas Süßes mit, getrocknete Pflaumen, gedeckten Apfelkuchen, gebrannte Walnüsse mit Mohn und Honig oder Nusskipferl. Großvater isst nie etwas davon. Mir erlaubt er auch nicht, davon zu essen, und zu Tante Ica sagt er, wir würden es später essen, doch das tun wir nie, Großvater stellt alles auf den Küchenschrank, bringt es nachts in den Garten und vergräbt es neben dem Zwetschgenbaum. Ich weiß es, denn ich habe ihn einmal dabei beobachtet. Er hat Angst, dass Tante Ica ihn verhexen könnte, damit er Großmutter vergisst und von da an nur noch an sie denkt.

Ich gehe zu ihr, sie holt eine Tüte aus ihrem Korb. Fragt mich, ob ich es herausbekommen habe. Ich nicke. Sie gibt mir die Tüte, ich spüre, wie schwer sie ist. Ich bedeute ihr, sich zu mir herunterzubeugen. Sie beugt sich zu mir, ihr Ohr riecht nach Parfüm. Ihre Haare sind ganz weiß, blauweiß, sie berühren mein Gesicht, es kitzelt. Ich flüstere es ihr zu. Sie umarmt mich, gibt mir einen Kuss auf die Wange.

Als ich zu Hause ankomme, habe ich Bauchschmerzen von dem vielen Marzipan.

Am nächsten Tag kommt Tante Ica ein bisschen zeitiger als sonst. Großvater sitzt am Tisch und liest die Sportzeitung. Sie holt eine große, mit Alufolie abgedeckte Jenaer Schüssel aus dem Wäschekorb, und noch bevor sie die Folie abgenommen hat, duftet die Küche schon nach Vanillezucker. In der Schüssel ist warmer Kirschstrudel.

Großvater blickt auf die Schüssel, seine Nasenflügel zucken leicht, er atmet den Duft des Strudels tief ein. Ohne ein Wort zu sagen, schiebt Tante Ica ihm die Schüssel hin. Er legt die Zeitung weg, sein Blick wandert zu Tante Ica, dann zum Strudel. Dann streckt er doch die Hand aus, nimmt sich ein Stück und stopft es sich in den Mund. Während er noch kaut, greift er bereits nach dem nächsten. Er hält es in der Hand, zwischen den Kirschstücken fallen gemahlene Walnuss und Mandelblätter heraus, er beißt hinein, und ich sehe, dass aus der Füllung ein blauweißes Haar heraushängt.

## Die nackte Frau

Wenn das Wetter so richtig schön ist, sonnt sich die nackte Frau im Nachbarsgarten. Sie glaubt, niemand könne sie sehen, denn die Mauern sind sehr hoch, aber ich kenne die Stelle, von wo aus man sie beobachten kann.

Zuerst muss man auf den Nussbaum klettern, bis zur zweiten Astgabel. Dann auf Großvaters Garagendach springen und zur Brandmauer gehen. Dabei möglichst nicht auf die zerbrochenen Dachziegel treten und die morschen Balken meiden. Bei der Brandmauer muss man sich auf Zehenspitzen stellen, die obere Mauerkante fassen, einen Fuß in den Spalt zwischen die lockeren Ziegel stecken und sich hochziehen. Auf allen vieren bis zum Schornstein kriechen, sich aufrichten, den Schornstein umklammern, auf die andere Seite kommen, auf dem Dachfirst zur Dachrinne robben, und dann sieht man unten die Bretterliege, auf der sich manchmal die Frau zum Sonnen ausstreckt.

Ich habe sie schon oft beobachtet. Sie hat einen dicken roten Zopf, aber das Haar zwischen ihren Beinen ist nicht rot, sondern ganz schwarz. Sie hat braune Haut, die sie sich oft mit Öl einreibt.

Wegen des Rucksacks ist heute alles etwas umständlicher. Schon auf den Nussbaum hinaufzuklettern fällt mir schwerer als sonst, und der Sprung aufs Garagendach wäre beinah danebengegangen. Aber am Ende hat doch alles geklappt, ich bin oben, gehe auf die andere Seite des Schornsteins, bis zur Dachrinne und sehe hinunter.

Die nackte Frau liegt da, ihr Gesicht ist von einem Sonnenhut verdeckt. Das Hutband ist gelb. Ich betrachte sie eine Weile, dann setze ich den Rucksack ab. Zuerst hole ich die

Papiertüten hervor, dann Großvaters Flasche mit der Sauermilch. Ich lege die Tüten aufs Dach, gieße in jede ein bisschen von der Sauermilch. Wenn ich schnell bin, weichen die Tüten nicht auf. Ich verkorke die Flasche, stopfe sie in den Rucksack und setze ihn auf. Ich werfe noch einen letzten Blick auf die Frau, zwirble die Tüten zu und werfe alle vier nacheinander hinunter. Ich höre die Frau aufkreischen, sie schimpft, und wie gerne würde ich die weiße Sauermilch auf ihrer braunen Haut sehen, aber ich traue mich nicht hinunterzublicken.

Ich liege auf dem Dach, stütze die Füße gegen den Schneefang, die Dachziegel unter mir glühen, mein Herz klopft schnell und laut, die Frau schimpft immer noch, sie ist unheimlich wütend. Ich rühre mich nicht, denn ich weiß, so wird sie mich nicht entdecken.

## Bier, Wein, Schnaps

Eisentoni, der Schlachthofchampion in Armdrücken, steht vor der Gaststätte *Szuper* und raucht. Früher hat er immer Großvater massiert. Doch seit einer Weile kommt er nicht mehr.

Das Gesicht von Eisentoni ist ganz rot, seine Kleidung zerknittert. Je mehr ich mich ihm nähere, desto stärker nehme ich seinen Geruch wahr, ein Gemisch aus Schweiß und Schnaps. Neben ihm auf dem Boden stehen zwei Koffer, nicht nur der große schwarze, in dem er die Massagebank und das Puderglas aufbewahrt, sondern noch ein anderer.

Nun stehe ich direkt vor ihm, begrüße ihn. Zuerst sieht er mich nur mit zusammengekniffenen Augen an, dann erkennt er mich. Er lächelt, bleib mal kurz stehen, sagt er.

Ich bleibe stehen, betrachte die Koffer, Großvaters Rückenschmerzen sind schlimmer geworden, seit Sie nicht mehr kommen, sage ich. Eisentoni sieht mich an, nickt, grüß ihn von mir, sagt er.

Ich nicke, möchte weitergehen. Plötzlich bewegt er sich, fasst mich mit einer Hand am Nacken, zieht mich zu sich, weißt du, Kleiner, das Problem ist, dass man den Schlachthofchampion besiegt hat, flüstert er mir ins Gesicht, der Alkohol hat mich k. o. geschlagen, das Bier, der Wein und der Schnaps. Fang niemals das Trinken an. Versprich mir, dass du niemals trinken wirst. Das flüstert er nicht mehr, er sagt es laut, hält meinen Kopf zwischen den beiden Händen, versprich es, wiederholt er.

Ich verspreche es. Eisentoni lässt mich los, greift in seine Tasche, holt einen Kaugummi hervor, drückt ihn mir in die Hand. Kaugummi, sagt er und klopft mir auf den Rücken. Ich nicke und bedanke mich. Er beachtet mich nicht mehr. Ich wende mich ab und gehe.

Das Aluminiumpapier vom Kaugummi ist in Eisentonis Tasche ganz matt geworden, der Kaugummi eingetrocknet; als ich draufbeiße, zerbricht er in kleine Stücke. Er schmeckt mehlig und süß. Ich sehe mich um, Eisentoni sitzt auf dem größeren Koffer, den Fuß auf dem Knie abgestützt, jetzt erst fällt mir auf, dass er barfuß ist, seine Sohle ist ganz schwarz.

# BÄRENTANZ

Matei war schon früh um fünf in Klausenburg, er stand vor dem Box-Club Forţă Clujana, der Lastwagen, der ihn mitgenommen hatte, belieferte eine der Gaststätten mit Gemüse. Er hätte auch mit dem Auto kommen können, doch Onkel Gigi war gegen Verschwendung und wenn er sagte, der BMW müsse geschont werden, dann war das so. Außerdem schadete es nicht, sich ab und zu unters Volk zu mischen.

Es war noch fast dunkel, Matei stand auf der Straße, gegenüber vom Box-Club, rauchte eine Zigarette nach der anderen und betrachtete die heruntergelassenen Metallrollläden mit den halb abgerissenen alten Plakaten und der Ausschreibung, die mit Tesafilm befestigt war. Manche Kämpfer kannte er von früher, doch die meisten Namen sagten ihm nichts, er atmete den Rauch tief ein und konnte den Blick nicht abwenden von diesen Gestalten, die so selbstbewusst, mit hoch erhobener Faust in die Kamera grinsten.

Gegen sechs Uhr kamen allmählich auch die anderen, manche zu Fuß, manche auf dem Fahrrad oder im Taxi, und um acht Uhr war bereits eine schöne Menschenmenge vor dem Gebäude versammelt, sicher an die sechzig Leute, viele hielten die Ausschreibung in der Hand. Die Anzeige war nicht nur auf fightdotcom und ähnlichen Seiten erschienen, sondern auch in den Boxer-Foren, sie hing in den Box-Clubs aus, überall sprach man davon, selbst in Kiew und Kischinau wusste man davon, auch aus dem Mutterland waren ziemlich viele angereist, und seitdem sich die Nachricht verbreitet hatte, dass es nicht nur ein Gerücht war, Igor Nekrassow hatte sich tatsächlich übertrainiert, sein Oberschenkelmuskel war gerissen, was bedeutete, dass er nicht an der Europameisterschaft teilnehmen würde, konnte man sich schon eher vorstellen, dass bei einem Laienkampf mit blanken Fäusten und ohne Preisgeld entschieden werden sollte, wer an seine Stelle treten würde. Bei der Europameisterschaft dabei zu sein, das wär's, dort geht es nicht mehr um den Sieg, es reichen paar schöne Treffer, ein Tornado-Kick oder ein Würgegriff, und schon hat man eine Chance, nach Japan eingeladen zu werden, und dort bekommt man das Preisgeld in einem schönen Umschlag überreicht, und zwar nicht wenig, und in guter Währung, nach Japan wären alle gern gefahren.

Manche unterhielten sich, aber die meisten standen nur nervös herum und warteten, dass die Zeit verging. Matei sprach mit niemandem, und auch die anderen ließen ihn in Ruhe, seine Zigarettenschachtel war inzwischen leer, die letzte Zigarette hatte er nicht angezündet, sondern rollte sie zwischen den Fingern hin und her und lauschte dem leisen Knistern des Tabaks.

Halb zehn kam plötzlich Leben in die Menge, ein schwarzer Toyota Land Cruiser bog laut hupend in die Straße ein, aus stiegen Árpád Bíró, der Inhaber des Box-Clubs, und dessen Halbbruder, Alex, genannt Goldkehle. Sie begrüßten niemanden persönlich. Árpád nahm das Schloss von den Metallrollläden, schob sie mit einer Hand hoch, während Alex ein Megafon hervorholte, bună ziua, jó napot, welcome rief er, wir freuen uns sehr, bei dem heutigen Wettkampf so viele Teilnehmer begrüßen zu dürfen, und wünschen allen gute Gesundheit und viel Erfolg, die Tore werden um vier Uhr geöffnet, dann kommt das Publikum, bis dahin kann frei trainiert werden, drinnen kann man sich ausruhen und aufwärmen, jeder, der die Teilnahmegebühr bezahlt hat, kann rein, die Gebühr beträgt nur fünfzig Euro, aber wir nehmen auch neue Lei und Forint. Die Männer protestierten lautstark, in der Ausschreibung sei von keiner Teilnahmegebühr die Rede gewesen, aber Alex sagte gleich, falls jemand kein Geld habe, müsse er sich keine Sorgen machen, es werde sich schon eine Lösung finden, außerdem wünsche er allen viel Glück und gute Gesundheit, er bitte die Anwesenden, das Fluchen möglichst zu unterlassen, denn Eurosport nehme alles auf, das Team komme am Mittag mit drei Kameras, man wolle eine einstündige Sendung über den Wettkampf der Chancenlosen machen, das soll bloß keiner persönlich nehmen, okay?, das meinen die nicht so, aber ihr wisst ja, wie die Medien sind, ohne Sensation geht bei denen nichts.

Während Alex sprach, stellte Árpád einen Campingtisch auf, setzte sich, holte ein dickes Heft hervor und sagte etwas zu seinem Halbbruder. Daraufhin forderte Alex diejenigen, die mit Geld bezahlen wollten, durch das Megafon auf, an den Tisch zu kommen, fünf Männer folgten der Aufforderung, und während Árpád das Geld kassierte, wies Alex die anderen an, sich in einer Reihe aufzustellen. Matei kam fast ans Ende der Reihe. Dann ging Árpád zu ihnen, schrieb auf, wie die Männer hießen und woher sie kamen, Matei hörte nicht bei allen zu, doch er hatte den Eindruck, er sei der Einzige aus Hunyad. Alles andere wäre ja auch seltsam gewesen.

Als alle Namen notiert waren, nahm Alex erneut das Megafon in die Hand und rief in einer Art Singsang, ein jeder solle ihm folgen, ihm nach, ihm nach, ihm nach, und er tänzelte die Straße entlang, Seite an Seite mit Árpád. Matei betrachtete die anderen, wie sie losgingen, einer nach dem anderen, und schloss sich ihnen an.

Sie zogen eine kopfsteingepflasterte Straße entlang und kamen schließlich zu einem kleinen zweistöckigen Haus mit einer Gedenktafel an der Wand; direkt unter ihr lagen ungefähr dreißig Steinhämmer auf der Erde.

Árpád nahm einen der Hämmer, schlug gegen die Wand, der Putz bröckelte ab, nach diesem einen Schlag warf er den Hammer einem der Männer zu, der fing ihn auf, trat an die Wand und schlug zu, dabei skandierte Alex durchs Megafon, gut so, weiter so, gut so, weiter so, gut so, gut so, gut so, weiter so.

Der Rhythmus packte die Männer, einer nach dem anderen nahmen sie einen Hammer in die Hand und schlugen auf die Wand ein, die einzelnen Hammerschläge verschmolzen miteinander, es entstand eine gewaltige Staubwolke, man hörte, wie der abgeschlagene Putz auf den Boden rieselte, wie die Ziegel zerbrachen.

Matei rührte sich nicht, stand nur da und sah ihnen zu. Es vergingen mindestens zwei Minuten, bis Árpád ihn bemerkte. Er ging zu ihm.

»Was ist los?«, fragte er. »Arbeit stinkt dir wohl? Wenn du nicht arbeitest, wirst du auch nicht boxen.«

Matei rührte sich immer noch nicht.

»Das muss ich gar nicht«, sagte er. »Ich siege sowieso.«

»Was?«, fragte Árpád, »was faselst du?« Er winkte Alex zu sich. »Er sagt, er wird der Champion.«

»Ach ja?«, fragte Alex. »Und warum? Du kannst ja nicht mal einen Hammer halten.«

»Trotzdem werde ich Champion«, sagte Matei.

»Heilige Scheiße«, sagte Árpád und schlug auch schon zu, doch Matei packte Árpáds Handgelenk, noch bevor dieser sein Gesicht berührte, nur die kalte Luft des Schlags streifte ihn.

»Der Junge ist schnell«, sagte Alex.

»Da haben wir wohl einen Kung-Fu-Meister«, sagte Árpád.

»Nur ist das hier kein Film«, sagte Alex, steckte zwei Finger in den Mund und stieß einen lauten Pfiff aus.

Alle ließen die Hämmer sinken, es wurde still, ein großes Stück Putz fiel krachend zu Boden.

»Jungs, dieser Wichser will ohne Arbeit Champion werden«, rief Árpád. »Er wollte sich mit uns hinter eurem Rücken einigen. Er will nicht gegen euch kämpfen.«

»Aber er wird kämpfen, und zwar jetzt gleich und nicht mit Handschuhen, sondern mit dem Hammer«, sagte Alex.

»Na, was sagst du dazu, du kleine Ratte?«, fragte Árpád und deutete mit dem Kopf auf die anderen. »Gebt ihm einen Hammer. Wir werden ja sehen, wie schnell er ist.«

»Gut«, sagte Matei. Er zog den Mantel aus, die Männer bildeten einen Kreis um ihn, die Hämmer in den Händen, und warteten darauf, dass er auch einen in die Hand nahm, doch das tat er nicht, er schob ihn mit dem Stiefel beiseite. »Jetzt ziehe ich mein Hemd aus, und dann könnt ihr alle kommen, meinetwegen alle auf einmal. Wenn ihr euch traut«, sagte er und knöpfte sein Jeanshemd auf, zog die Arme aus den Ärmeln und band sich das Hemd um die Hüfte.

Die anderen kamen näher, sogen überrascht die Luft zwischen den Zähnen ein, er hob langsam beide Arme über den Kopf, damit sie die Zeichnungen auf seiner Brust und seinem Rücken besser erkennen konnten.

Im Laufe der Jahre waren die Tattoos etwas verblasst, doch der riesige schwarze Rabe, der das linke Auge eines abgeschnittenen Kopfes mit Krone aushackte, war noch deutlich zu erkennen, nur den lateinischen Schriftzug darunter konnte man nicht mehr lesen, er wurde von zu vielen weißen Narben durchzogen, auch über den Flügel des Raben verlief schräg eine hellrot-weiß verheilte dicke Schnittwunde, Matei wusste genau, wo, denn an der Stelle war er kälteunempfindlich.

»Wisst ihr, wer ich bin?«, fragte er mit lauter Stimme, wobei er sich langsam einmal um die eigene Achse drehte, doch es bedurfte keiner Antwort, die Männer ließen die Hämmer sinken, natürlich wussten sie, wer er war. Von der schwarzen Armee und vor allem von Onkel Gigi hatten alle gehört, sogar die, die noch nie im Gefängnis gewesen waren.

»Gut, dann erkläre ich euch mal die Lage. Vater Gigi aus Hunyad lässt euch sein Bedauern ausrichten, dass ihr ihn nicht um Rat gefragt habt, bevor ihr hier einen Kampf organisiert. Solange ihr hier nur euer Fitnessprogramm gemacht habt, wollte er nichts sagen, sein Motto ist: In seinem eigenen Sandkasten spielt jeder, was er will. Aber von internationalen Wettkämpfen und Ähnlichem war nie die Rede. Dafür hättet ihr seine Erlaubnis einholen müssen. Ohne die Erlaubnis von Vater Gigi wird so etwas einfach nicht veranstaltet, von niemandem. Verstanden?«

Árpáds Gesicht war kreidebleich, er nickte, Alex wollte etwas sagen, doch Árpád legte ihm die Hand auf die Schulter, und Alex schwieg, umklammerte nervös den Griff des Megafons.

»Das freut mich, und jetzt verrate ich euch eure Strafe. Denn es ist nicht gerecht, dass ihr diese Männer umsonst arbeiten lasst. Alex, soweit ich weiß, singst du doch gerne, oder? Du willst doch Volksmusik machen, ein Manelist werden, nicht wahr?«

Alex nickte, und Matei fuhr fort.

»Gut, dann bleibst du hier schön mit deinem Megafon stehen und singst uns was Schmissiges, als wärst du auf einer Hochzeit, und Árpád stellt sich hierher, an meinen Platz, in die Mitte, und tanzt. Und damit er nicht auf die Idee kommt, faul herumzustehen, und auch die Hämmer was zu tun kriegen, versucht ihr, Jungs, ihm mit dem Hammer auf den Fuß zu schlagen. Wer ihn trifft, wird Champion, der darf zu den Europameisterschaften. Dafür bürge ich. Verstanden?«

Während er sprach, hatte er das Hemd wieder angezogen, nun trat er aus dem Kreis der Männer heraus und besah sich das Haus. Den Putz hatten sie schon fast überall abgeschlagen, die meisten Ziegel waren noch an ihrem Platz. Die Gedenktafel hatten sie bereits entfernt, sie lag auf dem Gehweg. Sie sah ziemlich schwer aus, am oberen Rand saßen Engelchen mit Kronen, eine hübsche Tafel.

Matei ging hin, bückte sich, ergriff sie mit beiden Händen, hob sie an, sie war schwer, aber er wusste, dass er es schaffen würde, sie zu tragen, also hob er sie mit einer Hand auf die Schulter.

»Und das nehme ich für Vater Gigi mit. Er mag solche alten Sachen«, sagte er, drehte sich um und ging zurück in Richtung Box-Club.

Er sah sich nicht um, denn er wusste, dass sie seine Anweisungen befolgen würden. Als er an der Ecke ankam, hörte er Alex ein Lied anstimmen und kurz danach den Knall unzähliger Hämmer auf dem Pflaster. Die Tafel rückte er ein bisschen zurecht, damit sie ihm nicht so gegen die Schulter drückte, griff mit der anderen Hand in die Tasche, holte das Telefon heraus, drückte eine Kurzwahltaste, es klingelte kein einziges Mal, schon hob am anderen Ende jemand ab.

»Nun, tataie, ich habe für Gerechtigkeit gesorgt«, sagte Matei und legte auf.

## WALZER

Ich werde von einem Rütteln an der Schulter geweckt, jemand wünscht mir mehrmals ein frohes neues Jahr, Sárilein, du musst jetzt aufstehen, zieh dich an und beeil dich, gleich ist es so weit.

Mir dröhnt der Kopf und mir ist schwindelig, ich weiß nicht, wo ich bin, dann fällt mir ein, ich bin bei Tante Ilonka, meine Eltern haben mich hergebracht, damit ich Silvester hier verbringe und bei dem großen Fest zu Hause nicht störe. Es ist Tante Ilonka, die mich weckt und mir ein frohes neues Jahr wünscht, sie hält mir einen Becher unter die Nase, sagt, ich solle ihn austrinken, es sei Sauerkrautsaft, das werde mich wieder auf die Beine bringen, wie es aussehe, habe mir der Eierlikör, den wir zum Andenken an den armen Onkel Virdzsil getrunken haben, ein bisschen zugesetzt, das fünfte Gläschen hätte sie mir wirklich nicht mehr erlauben dürfen, aber mir hätte es offensichtlich so geschmeckt, dass sie nicht das Herz gehabt habe, es mir abzuschlagen.

Ich setze mich auf, nehme den Becher, der Sauerkrautsaft ist kalt und sprudelt wie Sodawasser, zuerst will ich ihn wegschieben, dann trinke ich doch einen Schluck und noch einen und merke, wie durstig ich bin, der Saft löscht den Durst.

Ich trinke und mir fällt der Abend ein, wie Tante Ilonka und ich gefeiert haben, wie sie mir ihre Kleider und Schuhe und Pelze und Strumpfhosen von früher gezeigt hat und die Alben mit den Fotografien, die Onkel Virdzsil von ihr und sich gemacht hat.

Ich setze den Becher ab, Tante Ilonka verlässt das Zimmer, sieht sich noch einmal um und sagt, ich solle mich rasch anziehen, denn gleich beginne das Konzert, wir müssten uns beeilen, damit wir bloß nicht zu spät kommen. Was für ein Konzert, frage ich, und sie antwortet, ich würde schon sehen, es sei eine Überraschung, nur solle ich mich jetzt rasch anziehen.

Meine Kleider liegen am Fußende des Bettes, die Strumpfhose, die gestickte Bluse; der Fleck auf dem schwarzen Rock ist kaum noch zu sehen, gestern Abend habe ich so lachen müssen, dass mir der Eierlikör auf den Rock schwappte, aber Tante Ilonka hat sofort Natron draufgestreut und gesagt, ich solle mir keine Sorgen machen, der Fleck werde verschwinden, und tatsächlich sieht man ihn kaum noch, ich werde ihn zu Hause gar nicht erwähnen müssen. Ich binde das Lederhalsband mit dem Blumenmuster um, setze den schimmernden Haarreif auf, ziehe die Lackschuhe an und gehe zu Tante Ilonka ins Wohnzimmer.

Auch sie hat sich fein gemacht, sie trägt nicht mehr das geblümte Kleid von gestern Abend, sondern Bluse und Kostüm, dazu dunkelgrüne Spangenschuhe und um den Hals eine Silberkette aus Blättern. Sie sieht mich an und sagt, meine Eltern kämen erst am Nachmittag, nach dem Konzert.

Ich frage, ob ich meinen Mantel anziehen solle, aber sie sagt, das sei nicht nötig, das Konzert werde hier im Wohnzimmer stattfinden, ich solle kommen und ihr helfen, die Schonbezüge von den Sesseln zu nehmen. Ich weiß schon, wie man das macht, als ich angekommen bin, haben wir sie auch abgenommen, und Tante Ilonka sagte, sie nehme sie zu meinen Ehren ab, ich solle mich ihrer würdig erweisen und mich anständig benehmen. Die Bezüge sind aus grünem glänzenden Kunststoff, sie rascheln beim Herunterziehen, ich verstehe nicht, warum Tante Ilonka sie zurückgetan hat, wenn wir sie jetzt wieder abnehmen müssen. Ich betrachte den bestickten Sesselbezug, er ist voller Blumen und Vögel, Tante Ilonka sagt, die Sessel müssten immer wenn niemand darinsitzt, zugedeckt werden, deshalb blieben sie so schön, ich solle mir ansehen, wie schön die Sessel seien, wie neu, als könnte die Zeit ihnen überhaupt nichts anhaben.

Ich warte, dass sie sich hinsetzt, aber sie setzt sich nicht, ich solle ihr helfen, sagt sie. Sie geht zu der Kommode, auf der der abgedeckte Fernseher steht, sagt, von dem sollten wir den Schonbezug ebenfalls abnehmen. Vorsichtig, denn er sei sehr eng genäht. Gestern Abend habe ich sie vergeblich angebettelt, mir die Silvestersendung ansehen zu dürfen, sie hat gesagt, das sei nicht möglich, der Fernseher sei kaputt. Sie sagte, sie wisse einen viel besseren Zeitvertreib für uns, und holte die Schachtel mit den Fotografien aus der Kammer und das große Einweckglas mit dem Eierlikör.

Wir ziehen den Schoner langsam vom Fernseher. Ich vermute, dass die Bildröhre zerbrochen ist, doch dann sehe ich, dass das nicht stimmt, der Bildschirm ist heil, nur fehlt neben dem Einschaltknopf an einer Stelle die Holzverkleidung, und dort steckt ein mit Pflaster umwickelter Schraubenziehergriff in dem Gerät.

Tante Ilonka faltet die Decke zusammen, legt sie neben den Fernseher, zieht die oberste Schublade der Kommode heraus, holt ein Tuch mit Zackenrand hervor, haucht darauf, wischt über den Bildschirm. Sie sagt, es sei ein Hirschledertuch, es habe Onkel Virdzsil gehört, ich solle mir merken, dass es nichts Besseres gebe, es hinterlasse keinerlei Kratzer oder andere Spuren.

Im Bildschirm erkenne ich mein Spiegelbild, ich sehe mich und das ganze Zimmer, das Sofa, den kleinen Tisch, die Sessel, das Fenster. Mein Gesicht sieht sehr blass aus, die Krümmung des Bildschirms lässt es länglicher und älter erscheinen. Ich frage Tante Ilonka, was wir uns ansehen werden. Sie sagt, das Schönste auf der ganzen Welt, ich werde sehen, wie wunderbar es sei.

Draußen in der Küche schlägt die Uhr die volle Stunde, Tante Ilonka drückt den Knopf, der Fernseher rauscht, sonst geschieht nichts.

Sie schlägt gegen die Seite des Fernsehers, ihr Ring klopft laut gegen die Verkleidung, in der Mitte des Bildschirms erscheint ein kleiner heller Punkt, sie schlägt erneut dagegen, der Punkt wird zu einem Streifen, rutscht nach unten, verschwindet, erscheint dann wieder am oberen Bildrand, rutscht nach unten, sie schlägt zum dritten Mal dagegen und sagt, ich solle auf meiner Seite das Gleiche tun. Ich schlage dagegen, es knallt, doch sonst geschieht nichts. Sie sagt, ich solle hinter den Fernseher greifen und das Antennenkabel suchen, es sei das mit der geriffelten Ummantelung. Ich greife nach hinten, taste mit der Hand hinter den Fernseher, finde ein Kabel, nehme es, Tante Ilonka sagt, ich solle die Stelle suchen, wo die Ummantelung zerschlissen sei, ich müsse keine Angst haben, ich werde keinen Schlag bekommen, ich taste das Kabel ab, spüre, wie verstaubt es ist, dann kommt eine klebrige Stelle, als wäre auch das mit Pflasterband umwickelt, und dann merke ich, dass ich nur noch einen Strang nackter Kabel in der Hand halte. Es sticht ein bisschen, ich bekomme eine

Gänsehaut. Der Streifen, der bisher über den Bildschirm gewandert ist, bleibt stehen, wird breiter, das Bild besteht aus lauter kleinen bunten Punkten, als siebe man farbigen Sand aus, hinter dem Sand erkenne ich weiße Blumen, Rosen und Lilien und andere, die ich noch nie gesehen habe, mit herzförmigen Blüten, aus denen in der Mitte ein langer weißer Rüssel ragt.

Tante Ilonka sagt, so sei es gut, ich solle nicht loslassen, sie schlägt erneut gegen den Fernseher, das Bild wackelt nicht mehr, ist aber immer noch sehr körnig. Sie sagt, dieser arme Fernseher habe noch nie richtig funktioniert, nur Onkel Virdzsil habe gewusst, wie man ihn repariere, aber egal, das eigentlich Wichtige sei ja der Ton, ich solle das Kabel halten und ja nicht loslassen, sonst hätten wir keinen Empfang mehr. Sie nimmt den Schraubenzieher, dreht ihn herum, das Zimmer wird mit einem Mal von rauschender, knisternder, fiepender Musik erfüllt, es ist ohrenbetäubend, Tante Ilonka schnalzt ärgerlich mit der Zunge, dreht den Schraubenzieher, die Musik verstummt, ich sehe hinter dem bunten Sand einen großen Konzertsaal, auf der Bühne sitzt ein richtig großes Orchester, in der Mitte der Dirigent, dann wird der ganze Saal gezeigt, er ist riesig, ich habe noch nie einen so großen Saal gesehen. Tante Ilonka zieht den Schraubenzieher aus dem Fernseher, steckt ihn wieder hinein, drückt ihn tiefer, ich höre, wie im Inneren des Fernsehers etwas knackt, die Musik wird lauter, der Ton klingt jetzt viel sauberer.

Tante Ilonka hält den Schraubenzieher in spitzem Winkel, sie sagt, ich solle vorsichtig auf ihre Seite kommen, aber bloß nicht das Antennenkabel loslassen.

Ich muss mich strecken, um hinter ihr vorbeizukommen, meine Brust berührt ihren Rücken, ich rieche ihr starkes Parfüm, es ist ein anderes als das, das sie sonst benutzt. Sie sagt, mit meiner freien Hand solle ich den Schraubenzieher nehmen, ganz vorsichtig, der Kontakt dürfe nicht verrutschen.

Ich nehme den Schraubenzieher, jetzt rieche ich den Naphthalingeruch, mit dem sich ihr Parfüm vermischt, am Ärmel ist das dicke Wollkostüm zerschlissen, die heraushängenden Fäden berühren meine Haut.

So zu stehen ist sehr unbequem, mit einem Arm greife ich über die Kommode, als wollte ich gleichzeitig den Fernseher und Tante Ilonka umarmen.

Sie sagt, das sei das Neujahrskonzert, eine Direktübertragung aus Wien, sie habe sie sich mit Onkel Virdzsil jedes Jahr angesehen, ich müsse wissen, Onkel Virdzsil sei ein begnadeter Walzertänzer gewesen, der beste in der ganzen Stadt, selbst mit den ungeschicktesten jungen Frauen konnte er so tanzen, dass sie das Gefühl bekamen, richtige Tänzerinnen zu sein, er wusste, wie man sie um die Taille nahm und führte.

Tante Ilonka dreht sich halb zu mir um, gleich werde sie den Schraubenzieher loslassen, sagt sie, ich solle ihn so halten, dass er nicht verrutscht, mit Gefühl.

Ich halte ihn, sie lässt ihn los, nun halte nur noch ich ihn.

Sie sagt, so sei es gut, sie geht in die Hocke, klettert unter meinem Arm hindurch. Sie geht einen Schritt nach hinten, gut machst du das, sagt sie, nur solle ich den Schraubenzieher richtig festhalten und auch die Antenne, sie dreht an dem Knopf ganz oben, soweit sie nur kann, die Musik wird wieder sehr laut, dröhnt mir ins Ohr.

In der Spiegelung des Fernsehers sehe ich, wie sie zu einem der Sessel geht, sich hineinfallen lässt, in den vibrierenden Punkten zerfällt ihr Gesicht, mir wird schwindelig, für einen Moment schließe ich die Augen.

Die Musik ist laut und klar, das Vibrieren des Bildschirms dringt durch meine Lider, ich spüre, dass ich Kopfschmerzen bekomme, an meinem Nacken, unter der Haut, an den Haarwurzeln kribbelt und juckt es.

Tante Ilonka sagt etwas, zuerst verstehe ich es nicht, die Musik ist zu laut, dann aber doch, sie spricht vom Walzer, das sei die schönste Musik, eine, deren man niemals überdrüssig werde, es gebe einfach nichts Vergleichbares.

Ich öffne die Augen, das Bild ist immer noch sehr körnig, hier, von der Seite, ist kaum etwas zu erkennen, ich sehe einen Geigenbogen, dann den Hals einer Geige, einen Dirigierstab, Hörner, das gesamte Orchester auf der Bühne von weitem, in der Mitte den Dirigenten, wie er das Orchester leitet, dann wieder die Blumen, schließlich den ganzen Saal.

Tante Ilonka sagt, sie wäre so gerne einmal nach Wien gefahren, um sich das Neujahrskonzert anzusehen. Wie wunderbar es doch wäre, einmal tatsächlich dabei zu sein, dort zu sitzen und zu applaudieren, in diesem zauberhaften, blumengeschmückten Saal.

Als sie das sagt, wird gerade die erste Reihe des Publikums gezeigt, Tante Ilonkas Spiegelbild legt sich über die Gesichter.

Ich sehe sie lächeln, in meinen Ohren dröhnt der Walzer, tam-tam-tam-ta, ich weiß, dass ich am Ende des Konzerts nicht nur schlimme Kopfschmerzen haben werde, sondern mir auch der Rücken und beide Arme schrecklich wehtun werden. Ich schließe die Augen, halte das Kabel und den Schraubenzieher fest, und hinter mir erklärt Tante Ilonka den Tanz.

## DAS SYSTEM UND SEINE FEINDE

Die Stadt N., aus der C. Ogilvy, der nach Paris emigrierte und unter diesem Künstlernamen erfolgreiche Bildhauer stammte, war noch grauer und größer, als Erika es sich vorgestellt hatte.

Als der Zug am Hauptbahnhof ankam, dachte sie, die anderen Emigranten könnten doch recht gehabt haben mit ihrem Vorwurf, dass sie eine Monographie über C. Ogilvys Betonperiode schrieb, ohne jemals in der Stadt N. gewesen zu sein, geschweige denn die inzwischen für lebensgefährlich und unbewohnbar erklärte Wohnsiedlung gesehen zu haben, in der C. Ogilvy die ersten elf Jahre seines Lebens verbracht hatte.

Während sie den Rollkoffer durch den riesigen Wartesaal zog, fragte sie sich, ob es nicht ein Fehler gewesen war, das Labyrinth aus Beton und quietschender Mechanik als Spiel zu deuten.

Am Haupteingang trug sie den Koffer die Treppe hinunter und merkte, wie es zu nieseln begann. Sie blieb stehen, schlug den Mantelkragen hoch, ließ aber den Schirm in der Tasche. Sie sah sich um. Vor dem Bahnhof standen Busse mit vergitterten Fenstern, der große Platz war von zwei Seiten abgesperrt, neben den Bussen saßen in Zweierreihen Bereitschaftspolizisten in schwarzer Uniform, sie hielten lange Gummiknüppel mit geripptem Griff in den Händen und starrten gleichgültig vor sich hin. Zuerst dachte Erika, sie säßen auf niedrigen Bänken, doch als sie näher kam, erkannte sie, dass sie auf ihren Schilden saßen, die sie über die Helme gelegt hatten. Wie praktisch, dachte sie und musste lächeln. Da spürte sie, wie jemand sie am Arm ergriff, und sie drehte sich um.

Vor ihr stand ein junger Polizist mit Schutzbrille, aus den Taschen der beiden schwarzen Gurte, die sich über der Brust kreuzten, sahen Antennen hervor, Erika zählte sie nicht, aber es mussten mindestens sechs Funkgeräte sein, sie piepten und rauschten, aus einem war eine unverständliche, ratternde, leise Stimme zu vernehmen, auch die Worte des Polizisten verstand Erika nicht, dabei hatte er sie höflich, beinah freundlich etwas gefragt, sie zuckte mit den Schultern, schüttelte den Kopf, lächelte.

»Taxi?«, fragte sie dann.

Der Polizist nickte.

»Taxi«, sagte er und machte eine so schwungvolle Geste zur anderen Seite des Platzes hin, dass Erika dachte, er wolle eines der Autos heranwinken, die unter den zerzausten Linden warteten, aber nein, der Polizist zeigte ihr nur die Richtung, mit einer Kopfbewegung forderte er sie auf, endlich weiterzugehen.

Der Regen wurde stärker, Erika zog den Griff ihres Koffers heraus und sah, dass die Brille des Polizisten von Regentropfen beschlagen war, er würde sie abnehmen und trocknen müssen. Sie drehte sich um und ging an den leeren Blumenkübeln aus Beton entlang zu den Taxis.

Es goss in Strömen. Sie ging zum ersten Wagen, und als der Fahrer die Tür öffnete, fiel ihr eine der bekanntesten Skulpturen von C. Ogilvy ein, *Das System und seine Feinde* –

in einer spiralförmig gewundenen, schreibmaschinenartigen Konstruktion schlagen dreihundert kleine Spielzeughämmer auf einen anderthalb mal anderthalb Meter großen, abbröckelnden Stahlbetonkubus ein –, Erika hatte dieses Werk nie gemocht, es kam ihr zu banal, zu simpel vor, und doch hatte sie den unregelmäßigen Rhythmus der vielen kleinen Spielzeughämmer in diesem Moment deutlich im Ohr, die Erinnerung war so intensiv, dass sie den verwitterten Beton sogar riechen, die gesamte Skulptur bis ins kleinste Detail vor sich sehen konnte: die geriffelten, von rotbraunem Rost überzogenen Stahlstäbe, die an manchen Stellen aus dem Kubus ragten, die Verdrahtung der Metallarme, an denen die Hämmer befestigt waren, alles, alles.

Der Taxifahrer fragte sie bereits zum zweiten Mal, wohin die Fahrt gehen solle, trotz des Akzents war sein Französisch verständlich, Erika holte das zerknitterte Fax mit den verschwommenen, unglaublichen Fotos von den plötzlich aufgetauchten frühen Werken C. Ogilvys hervor und nannte ihm die Adresse der Galerie.

Der Taxifahrer nickte.

»In der Richtung wird es Stau geben, wegen der Demonstrationen sind fast alle Straßen gesperrt«, sagte er und fuhr mit gedämpfter Stimme fort. »Die wollten schon wieder die Wahlen manipulieren«, er beugte sich zu Erika und flüsterte beinah, »aber diesmal lassen wir es nicht zu.«

Erika betrachtete das Gesicht des Fahrers, seine Haut erschien ihr für einen Augenblick ganz grau, betongrau, sie wusste, sie bildete sich das nur ein, sie lehnte sich zurück.

»Ja, ja«, sagte sie, »ganz recht, Sie dürfen das nicht mit sich machen lassen.«

Sie wollte nicht unhöflich sein, aber sie spürte, dass sie

gleich wieder Kopfschmerzen bekommen würde, sie hatte keine Lust auf ein Gespräch über Politik, vor ein paar Tagen hatte sie einen kurzen Artikel über die Wahlen gesehen, aber nicht gelesen, da hatte sie noch nicht gewusst, dass sie hierherreisen würde.

Bald trafen sie auf die erste Polizeikette, auf der Allee war Stau, selbst im Schritttempo kam man kaum voran, im Taxi herrschte eine unerträgliche Hitze, der nasse Mantel, den Erika neben sich auf den Sitz gelegt hatte, dünstete einen säuerlichen Geruch aus, ihre Brille beschlug, sie wollte sie mit einem Papiertaschentuch putzen, verschmierte aber nur die Regentropfen, den Staub und den Dampf. Sie steckte die Brille ein, lehnte sich zurück, wischte an der Fensterscheibe ein Quadrat frei und versuchte etwas zu erkennen. Trotz des starken Regens waren die Gehwege voller Menschen, sie stemmten sich mit großen Regenschirmen gegen den Wind, versuchten den Pfützen auszuweichen, das Wasser strömte grau die Rinnsteine entlang in die Abflüsse. Erika sah auf die Uhr, seit mindestens fünf Minuten war es kein Stück vorangegangen, hinter ihnen drückte jemand im Takt auf die Hupe, der Taxifahrer drehte sich plötzlich um.

»Nichts zu machen, ich habe Ihnen gesagt, dass es lange dauern wird«, sagte er.

Erika winkte ab.

»Sie können ja nichts dafür.«

Sie öffnete ihre Handtasche, holte ein schmales verchromtes Telefon heraus, klappte es auf, das Telefon schaltete sich nicht ein, Erika schüttelte es, nichts geschah, sie klappte es zu, wieder auf, da piepte es kurz, die Anzeige wurde für einen Augenblick hell, dann wieder dunkel, Erika drückte verschiedene Knöpfe, vergebens, sie fluchte in ihrer Muttersprache, klappte es zu, steckte es aber nicht weg, sie sah auf die Uhr, bereits vor einer halben Stunde hätte sie bei dem Termin sein müssen. Sie seufzte, lehnte sich zurück, den Kopf gegen die plüschbezogene Nackenstütze, die Haarspange drückte sich in die Kopfhaut, sie nahm sie aus dem Haar, schüttelte den Kopf, der Dutt löste sich, sie lehnte sich wieder zurück, schloss die Augen.

Ab und zu fuhr der Wagen ein Stück vor, um ein paar Meter weiter wieder stehen zu bleiben, der Regen wurde stärker, er trommelte so laut aufs Wagendach, dass es ihr vorkam, als schlügen die Regentropfen hinter ihren Augenhöhlen ein, unmittelbar im Gehirn, sie wusste, gleich würden die dröhnenden Kopfschmerzen einsetzen, die sie bereits im Zug gequält hatten, sie beugte sich vor, sah wieder auf die Uhr.

»Das ist aussichtslos«, sagte sie, im selben Augenblick brüllte der Taxifahrer los, schlug mit beiden Händen auf die Hupe, dabei musste er Gas gegeben haben, denn der Wagen machte einen Satz, Erika prallte gegen den Vordersitz, sie hatte sich gerade noch abstützen können, sie hielt sich an der Lehne fest, und als sie zwischen den beiden Sitzen nach vorn blickte, sah sie eine kleine Gestalt in schwarzem Kapuzenmantel, die auf die Motorhaube kletterte und den Mercedes-Stern abzubrechen versuchte, und als es schließlich gelang, hob sie den Kopf, lächelte Erika durch die Windschutzscheibe zu, und Erika erkannte, dass es ein Kind war, höchstens zehn Jahre alt, der Taxifahrer stieß brüllend die Autotür auf, sprang hinaus in den Regen, doch der Junge flitzte bereits mit gesenktem Kopf im Zickzack zwischen den Autos hindurch, der Fahrer folgte ihm vielleicht bis zum dritten Wagen, dann gab er es auf, blieb stehen, schlug wütend auf eines der Autodächer und ging zurück zu seinem Taxi.

Er schüttelte sich, um seinen Mantel und die Haare ein wenig zu trocknen, aber es goss wie aus Eimern, er setzte sich in den Wagen, knallte die Tür zu, sah zu Erika.

»Seien Sie mir nicht böse«, sagte er, aus dem feuchten Haar rann ihm das Wasser in Bächen übers Gesicht, es sah aus, als weinte er vor Wut. Er drückte einen Knopf, das Fahrzeug füllte sich mit dem unverständlich hallenden und rauschenden Gewirr von Taxifahrerstimmen, rhythmisiert vom unmelodischen Piepen der Funkgeräte, der Fahrer brüllte ins Gerät, schlug mehrmals gegen das Armaturenbrett, Erika spürte ein Pochen in beiden Schläfen, sie wusste, gleich würde sie entsetzliche Kopfschmerzen bekommen, dazu Atemnot und Übelkeit, die feuchte Lederjacke des Taxifahrers roch nach ranzigem Fett, der Dunst im Wagen drückte sie förmlich nieder, mit einem Mal verstummte das Funkgerät, der Taxifahrer wandte sich um, beugte sich über die Sitzlehne, sah Erika in die Augen und deutete auf die Motorhaube:

»Der kleine Scheißkerl hat den Stern abgebrochen.« Er schrie fast.

Erika spürte den Atem des Fahrers im Gesicht, und nun setzten sie tatsächlich ein, die Kopfschmerzen, pulsierende Schmerzen, die ihr das Blut aus dem Gesicht trieben, so stark, dass ihr schwindelig wurde.

»Es reicht«, sagte sie, ihre Stimme war vor Schmerzen tief und rau geworden, sie ergriff Tasche und Mantel.

»Ich steige aus«, sagte sie, die Schmerzen trübten ihr den Blick, das Gesicht des Fahrers erschien ihr wieder unwahrscheinlich grau, und die Augen funkelten gelb, als er nach Erikas Tasche griff.

»Meinetwegen«, erwiderte er, »aber zuerst müssen Sie zahlen.«

Erika spürte, wie ihre Wangen glühten.

»Verzeihung«, sagte sie, holte ihre Geldbörse aus der Tasche, ihre Hand zitterte leicht, doch sie schaffte es, alles herauszunehmen, was sie am Bahnhof getauscht hatte, sie streckte dem Fahrer die gefalteten graubraunen Geldscheine hin.

»Nehmen Sie sich bitte, was ich Ihnen schulde«, sagte sie.

Der Fahrer warf einen angewiderten Blick auf das Geld.

»Nicht gut«, sagte er. »Ich will Euro.« Und griff nach der Geldbörse.

Erika zog sie weg, aber nicht schnell genug, der Fahrer hatte bereits einen Zwanzig-Euro-Schein herausgezogen und öffnete ihr die Tür.

»Bitte«, sagte er. »Sie können gehen, wenn Sie wollen.« Der Regen war wie eine graue Glaswand, seine klare Kälte war zugleich anziehend und beängstigend, Erika wusste, dass sie es bereuen würde, trotzdem stieg sie aus, drückte ihre Tasche und den Mantel fest an sich und schlug die Tür hinter sich zu. Haar und Kleidung waren sofort durchnässt, sie spürte, wie ihr der Regen über die Kopfhaut, das Gesicht, den Hals und zwischen die Brüste lief, die Bluse klebte ihr am Rücken wie eine feuchte Plastiktüte – *Lungenentzündung* schoss ihr durch den Kopf, sie war schon fast auf dem Gehweg, als sie das Taxi hupen hörte, Erika wandte sich um, sah durch die regennassen, beschlagenen Fensterscheiben, wie der Fahrer auf den Kofferraum deutete, die Klappe sprang auf, Erika sah den Fahrer an, las ihm von den Lippen, Sie haben Ihren Koffer vergessen!, sie spürte, wie sie rot wurde, verstand nicht, wie ihr das hatte passieren können. »Danke«, sagte sie, dabei wusste sie, dass der Fahrer sie durch das geschlossene Fenster nicht hören konnte, ging zum Kofferraum, trat in eine Pfütze, das kalte Regenwasser lief ihr in den linken Schuh, der Kofferraum war tief, sie schaffte es kaum, ihr Gepäck herauszuheben, sie musste beide Arme darunterschieben, schließlich gelang es ihr, sie stellte den Koffer neben sich, zog den Griff heraus, die Räder drehten sich nicht, Erika zerrte das Gepäck hinter sich her, sie trat auf den Gehweg, zog den Koffer hinauf, blieb stehen, legte sich den nassen Mantel über die Schulter, schlug auf gut Glück eine Richtung ein, hörte, wie der Taxifahrer lange auf die Hupe drückte, sie blickte nicht zurück, sie wusste, der Regen würde alle ihre Sachen aufweichen, das zweite Kostüm, den Pullover, ihre Notizen, den Laptop, die Faxausdrucke, die Fotos, aber es interessierte sie nicht, dabei wusste sie, dass es sie interessieren sollte, aber selbst das interessierte sie nicht, sie ging immer weiter, bis zur ersten Querstraße. Sie fror nicht, dabei wusste sie, dass sie frieren müsste, sie befeuchtete die Lippen mit der Zunge, spürte den leicht rauchigen Geschmack des Regens auf der Zungenspitze, strich sich das lange, nasse Haar zurück und hielt das Gesicht in den Regen, sie ließ die Schminke zerlaufen, die sie noch in der Zugtoilette vor dem trüben, gesprungenen Spiegel aufgelegt hatte.

Ungefähr zehn Minuten hielt dieser Schwung an, Erika sah sich kaum um, sie lief immer weiter, zerrte an dem Koffer, wenn er in den Unebenheiten des aufgeplatzten Asphalts hängenblieb, nur um die größeren Pfützen machte sie einen Bogen, die kleinen ignorierte sie, sie spürte, wie die Freude an der Bewegung ihren Körper erfüllte, die Kopfschmerzen waren zu einem kaum wahrnehmbaren Pulsieren im Nacken geschrumpft.

Die Straße stieg ein wenig an, Erika spürte, vom Gewicht des Koffers würden Arm und Schulter zu schmerzen beginnen, sie wusste, gleich würde sie stehen bleiben, sich umsehen, und dann würde die Verzweiflung über sie hereinbrechen, sie würde laut mit sich schimpfen, wie sie nur so blöd hatte sein können, wie sie sich so hysterisch, so furchtbar hatte benehmen können. Sie umklammerte den Griff des Koffers, nein, dachte sie, nein, sie atmete tief die Regenluft ein, beschloss, nicht stehen zu bleiben, sondern noch bis zur nächsten Kreuzung zu gehen, ja, das würde sie tun.

An der Ecke spürte sie Schmerzen im Arm, ihr kam der Gedanke, sie könne sich wenigstens für einen Augenblick auf den Koffer setzen, sich umsehen, ein Straßenschild suchen, den Stadtplan hervorholen, aber sie bremste nicht ihre Schritte, sie zog den Koffer vom Gehweg, hatte die Straße schon zur Hälfte überquert, als ihr bewusst wurde, dass sie nicht nach links und rechts gesehen hatte, gleich würde man sie überfahren, sie hielt inne, blickte sich um. Die Straße war vollkommen leer, die Allee fiel ab und machte eine Kurve, in der Ferne war eine große weiße Kuppel, Erika sah keinen einzigen Passanten, am Straßenrand standen keine Autos, auch in den Fenstern der drei- und vierstöckigen Betongebäude zu beiden Seiten der Straße entdeckte sie niemanden. Für einen Augenblick dachte sie, sie bilde sich alles nur ein, dass sie hier mitten in einer fremden Stadt stand, vollkommen allein auf einer menschenleeren Allee, und dann vernahm sie den Gesang, er kam aus der Richtung der weißen Kuppel, es war eine stetig anschwellende laute Klage, der Gesang hallte zwischen den Betongebäuden, wurde vom dichten Regen gedämpft, Worte waren nicht zu verstehen, doch es mussten sehr viele sein, die da sangen, erhaben und bedrohlich zugleich, eine Hymne oder ein Marsch, Erika spürte, wie sich die Melodie in sie hineinbohrte, es fühlte sich kalt an, sie merkte plötzlich, wie schwer ihre tropfnasse Kleidung war. Der Rhythmus wurde schneller, der Gesang lauter, und da waren aus der anderen Richtung, irgendwo aus der Ferne, zwischen den Betongebäuden jenseits des Endes der Allee, donnernde Geräusche zu hören, die sich in einem viel langsameren Tempo durch die Stadt bewegten als der Gesang, jedes Donnern hallte für sich, es wurde für einige Augenblicke still, dann donnerte und dröhnte es wieder.

Plötzlich kam jemand aus einer der Seitenstraßen gerannt, mit gesenktem Kopf preschte er an Erika vorbei, die Allee entlang, das Wasser aus den Pfützen spritzte bis über seinen Kopf, so schnell rannte er. Erika zog ihren Koffer näher an sich heran, sah der rennenden Gestalt hinterher, die kurz danach auf der abschüssigen Straße verschwunden war. Währenddessen kamen weitere Personen aus der Seitenstraße, zunächst nur zwei oder drei, dann immer mehr.

Alle rannten sie in dieselbe Richtung, vorbei an Erika, die Allee entlang, Männer und Frauen, sogar einige größere Kinder, sie keuchten und schrien, Erika verstand kein Wort, aber es war auch so nicht zu übersehen, dass sie in Panik waren, Erika spürte, wie sich diese gleich auf sie übertragen würde, gleich würde sie mit ihnen rennen, rennen, bis ihr die Oberschenkel schmerzten und sie um Atem rang, ich sollte besser ein wenig zur Seite gehen, dachte sie, ihnen nicht im Weg stehen, sie konnte sich aber nicht einmal entscheiden, ob sie sich nach links oder nach rechts wenden sollte, also blieb sie mitten auf der Straße stehen, den Koffer dicht neben sich, sie sah den Rennenden hinterher, betrachtete die verblichenen neonfarbenen Windjacken, die abgewetzten Jeans, die gleichen grauen Konfektionsanzüge, die offensichtlich selbstgestrickten Pullover, die unter den braunen Trenchcoats der Frauen hervorschauten, die dunkelblauen Jacketts und Hosen der Kinder, die Kleidung der Kinder kam ihr sehr bekannt vor, sie dachte an die einzige Fotografie aus C. Ogilvys Kindheit, eine Aufnahme für den Personalausweis, als er ungefähr dreizehn Jahre alt war, er trug eine Schuluniform und war noch nicht C. Ogilvy, sondern Iván Lakatos, doch sein Blick war schon damals so entschlossen und flackernd gewesen wie auf allen späteren Bildern, Erika erinnerte er stets an einen Raubvogel, man musste ihn nur einmal gesehen haben, um ihn nie zu vergessen – jemand stieß gegen sie, riss sie ein paar Schritte mit, rannte weiter, Erika hatte nicht einmal sehen können, wer es war, sie rutschte auf dem nassen Asphalt aus, versuchte, das Gleichgewicht zu halten, »der Absatz bricht ab«, dachte sie, es war ein grüner Halbschuh mit kleinem Absatz, sie mochte ihn sehr, weil er farblich zu ihren Augen passte, für den Bruchteil einer Sekunde war sie sich sicher, dass sie stürzen würde, aber nein, der Absatz brach nicht ab, und sie kam wieder ins Gleichgewicht, doch ihr Koffer war umgekippt, lag quer auf der Straße, das Bild des Koffers wurde für einen Augenblick scharf, der ergonomisch geformte schwarze Plastikgriff am Ende der herausgezogenen verchromten Stangen spiegelte sich in einer Pfütze, sie sah, wie jemand über den Koffer stolperte, ein junger Mann, er stürzte, für einen kurzen Moment sah Erika sein Gesicht mit dem Dreitagebart, die erschrockenen braunen Augen, der Mann machte eine Rolle vorwärts, die grüne Baseballkappe fiel ihm vom Kopf, er drehte sich auf die Seite, stöhnte, aus der Hosentasche rollte ihm eine Handvoll Kleingeld auf die Straße, Erika wollte ihm sagen, dass es ihr leidtue, es sei keine Absicht gewesen, sie glaubte, der Mann werde sich gleich zu ihr wenden, sie ansehen, anbrüllen, aber nein, der Mann hockte nun auf allen vieren, griff sich mit einer Hand an die Seite, er musste sich die Rippen geprellt haben, Erika hörte, wie er ächzte, etwas zischte, vielleicht ein Fluch, er stand auf, hob die nasse Kappe auf, Erika sah das gestickte schwarze Zahnrad über dem Schirm, ihr fiel ein, dass es auch im Wappen von N. ein Zahnrad gab, sie hatte es aus dem Zugfenster gesehen, an die Wand eines Fabrikgebäudes gemalt. Der Mann hatte sich inzwischen umgedreht, rannte hinkend weiter mit den anderen, Erika blickte ihm nach und spürte, wie eine brennende Unruhe sich in ihr ausbreitete, nein, das war keine Überspanntheit mehr, vielmehr Angst, sie presste die Lippen zusammen, »nein« und »dafür gibt es keinen Grund« versuchte sie zu denken, es regnete kaum noch, der pulsierende Gesang wurde immer stärker, Worte waren immer noch nicht zu verstehen, Erika wollte ihren Koffer aufheben und ihn zurück auf den Gehweg ziehen, da entdeckte sie in der Pfütze, zwischen den Münzen, die dem Mann aus der Tasche gefallen waren, ein kleines buntes Foto mit Büttenrand von dem Mann und einem Baby, der Mann sah das Baby an, das wiederum direkt in die Kamera starrte, es musste ein Neugeborenes sein, einige Tage, höchstens einige Wochen alt, es hatte das faltige Gesicht eines alten Mannes, es sah dem Vater sehr ähnlich, Erika kam es so vor, als blickte das Baby aus dem Bild, als richtete es seine riesigen schwarzen Augen direkt auf sie. Ein stechender Schmerz im Oberschenkel fuhr ihr durch den Körper, sie spürte ihn überall, schärfer als die Kälte, schlimmer als die Angst, er war in der Brust, in der Wirbelsäule, sie ließ das Bild, soll es doch liegenbleiben, aufweichen, dachte sie, sie richtete sich auf, als hebe sie etwas Schweres, Gewichtiges an, das Dröhnen pulsierte schneller, wie Donner sprang es zwischen den Betonwänden hin und her, wieder kam eine große Menschenwelle auf sie zu gerannt, weit hinter ihnen näherte sich etwas Schwarzes. Plötzlich begriff Erika, was geschah, es war die Bereitschaftspolizei, sie war noch weit entfernt, trotzdem wusste Erika, was sie taten, sie schlugen mit Gummiknüppeln gegen ihre Schilde, sie trieben die Masse vor sich her, ihr fiel der Geschmack von Tränengas ein, man kann ihn nie vergessen – man darf sich nicht, darf sich nicht, darf sich auf keinen Fall mit der Masse bewegen, schoss ihr durch den Kopf, Angst und Wut standen ihr wie Schweiß auf der Stirn, sie gab dem Koffer einen Fußtritt, wandte sich um und rannte mit den anderen, mitten auf der Allee, in Richtung des gedehnten, klagenden Gesangs, sie wusste, gleich würden sich ihre Lippen öffnen, gleich würde sie brüllen, zusammen mit der Masse, endlich würde auch sie alles herausbrüllen.

# POSTHUMANES DATE

Hör zu, lassen wir das, ich weiß, das hier wird nichts, du nimmst noch ein paar Schluck Wodka-Martini, gibst dir Mühe, freundlich zu gucken, ich hab dich ja eingeladen, doch ich weiß, es ist schon beschlossene Sache, drei Minuten nach Beginn unseres Gesprächs hast du dich entschieden zu gehen, du wirst dich, noch bevor dein Glas leer ist, für einen Moment entschuldigen und nicht zurückkommen.

Du versuchst, dir nichts anmerken zu lassen, du lächelst nett, aber in Wirklichkeit weißt du nicht, sollst du mich auslachen oder beleidigt sein, ich weiß, das, was ich gerade gesagt habe, setzt dir zu, zumindest überrascht es dich, die Temperatur deiner Gesichtshaut ist im Bruchteil einer Sekunde um mehr als zwei Hundertstel Grad gestiegen, und wenn du nicht so stark geschminkt wärst und wir nicht in dieser schummrigen Bar sitzen würden, könnte das auch jeder sehen.

Die Reaktion deiner Pupillen zeigt, dass ich recht habe, wir sitzen seit achteinhalb Minuten hier, und du hörst mir zum ersten Mal wirklich zu, bisher hast du nur so getan, als ob, in Wirklichkeit warst du ganz woanders, siebenundsechzig Komma vier Prozent der Zeit, in der wir uns unterhalten haben, hast du damit verbracht, diskret auf die LED-Benachrichtigung deines stummgeschalteten Telefons zu sehen, weitere dreizehn Komma zwei Prozent damit, immer wieder zum

Eingang zu schauen. Sag nicht, dass das nicht stimmt, es stimmt, und das behaupte nicht ich, sondern meine App, sie läuft am Rand meines Gesichtsfeldes, sie analysiert deine Mimik und Mikromimik, deine Gesten und Mikrogesten, deine Körpertemperatur, die chemischen Veränderungen deiner Haut und wertet sie aus.

Hättest du nicht gedacht, was? Und das ist noch gar nichts, wenn ich wollte, könnte ich dir unser gesamtes Gespräch vorspielen, meine Kontaktlinsen haben alles aufgezeichnet, ich trage intelligente Kontaktlinsen, eine superneue Erfindung, dagegen ist dein Telefon so modern wie Rauchzeichen. Das hast du noch nicht gesehen, davon hast du noch nicht mal gehört, das ist der denkbar beste Tool für Realitätserweiterung, Lichtjahre weiter als alles, womit du bisher in Berührung gekommen bist.

Und nicht, dass meine Software nur dein Verhalten analysiert. In dem Moment, als du dich zu mir gesetzt hast, hat sie eine Tiefensuche zu deinem Gesicht gestartet, in einer Mikrosekunde alle im Netz befindlichen Videos und Fotos von dir gescannt, deine Profile in den sozialen Medien gefunden, eine Schriftprobe von deinen Posts genommen und deine anonymen oder unter falschen Namen laufenden Einträge und Kommentare zugeordnet. Dank dieser Informationen hat sie ein schönes Dossier über dich zusammengestellt, und während wir uns hier unterhalten, wird es in meinem Gesichtsfeld abgespielt, ich weiß, dass du Handpuppen aus Plüsch magst, auf Vanillin allergisch bist, Metallreißverschlüsse nicht ausstehen kannst, dass dich Bäume faszinieren, die älter als hundert Jahre sind, und du sie gern fotografierst, dass du dir *Untrue* von Burial letztes Jahr hundertdreimal von Anfang bis Ende angehört hast und in der siebten Klasse zum ersten Mal geküsst wurdest, von einem Jungen namens Matyi, der Herzchirurg geworden ist und an den du noch oft denkst.

Ganz ruhig, nicht aufregen, die Wahrscheinlichkeit, dass du mir den Wodka-Martini ins Gesicht schüttest, liegt bei dreiundsechzig Prozent, aber das lässt du besser, ich habe nichts Illegales getan, ich habe nicht versucht, dein Telefon oder deine Mailbox zu knacken, dabei wäre es nicht schwer, dein Passwort rauszukriegen, Mammutbaum69 oder etwas Ähnliches, stimmt doch fast, oder? Okay, die Wahrscheinlichkeit, dass dein Wodka-Martini in meinem Gesicht landet, liegt nur noch bei zweiundvierzig Prozent. Ein Fortschritt, gib's zu.

Du sagst, wenn ich ohnehin alles über dich weiß, könnte ich etwas über mich erzählen. Nett von dir, ich sehe, ein klein wenig Interesse habe ich doch geweckt.

Klar kann ich von mir erzählen, aber so spannend ist das nicht, ich bin einfach ein überdurchschnittlich fanatischer Technofreak, wenn man das so sagen kann. Weisheit beginnt ja angeblich damit, sich selbst kennenzulernen, doch das genügt mir nicht, ich wollte mehr sein als dieses Ich. Als Erstes habe ich mir einen stecknadelkopfgroßen Neodym-Magneten besorgt, ihn mit Silikon überzogen, gegen die Entzündungsgefahr, und ihn mir am linken Ringfinger etwas unterhalb der Fingerkuppe eingesetzt, mit einem sterilen Pfeifenmesser. Das tat ziemlich weh, aber es hat sich gelohnt, jetzt habe ich so etwas wie einen sechsten Sinn, mein Finger spürt die Elektrizität und die Magnetfelder, ich weiß, wo die Leitungen in der Wand verlaufen, und bei jedem elektrischen Gerät kann ich sagen, ob es eingeschaltet ist.

Als Nächstes habe ich mir einen winzigen Kreiselkompass

in den rechten Knöchel implantiert, seitdem spüre ich immer, wo Norden ist, und verlaufe mich nie.

Mein Gedächtnis habe ich mit der Mikrokamera getunt, sie sieht aus wie ein Bluetooth-Headset, in Wirklichkeit ist es einfach eine Kamera, die alles aufzeichnet, was ich sehe und höre, die Daten werden in der Cloud gespeichert, so dass ich jederzeit nachsehen kann, was ich vor drei Wochen gegessen habe, wo der Autoschlüssel liegt und ob ich beim Weggehen die Tür abgeschlossen habe. Auch bei Diskussionen ist es sehr nützlich, denn erstaunlich wenige Menschen erinnern sich daran, was und wie sie etwas gesagt haben, selbst wenn es nur ein paar Minuten her ist.

Nach und nach kamen die anderen Errungenschaften der Wissenschaft und Technik dazu, Sensoren, Steuereinheiten und Anzeigen, manches habe ich auf dem Schwarzmarkt gekauft, anderes selbst zusammengebastelt oder mit Rabatt von den Entwicklern bekommen, wenn ich mich als Testperson zur Verfügung stellte. Abgesehen von den krassesten militärischen Innovationen, findest du in mir alles, was die moderne Technik zu bieten hat. Verschiedene Sensoren prüfen rund um die Uhr mein Herz-Kreislauf-System, wenn ich Stress habe, kann ich meinen Hormonhaushalt regulieren, und wie ich es dir vorhin so schön vorgeführt habe, stehe ich in einem vollkommen anderen Verhältnis zu meiner Umgebung als ein Durchschnittsmensch.

Was so toll daran ist? Nun ja, ich sehe mich als ersten Schritt auf dem Weg der Menschheit in die posthumane Zukunft. Das ist eine Tatsache, selbst wenn all diese Dinge im Augenblick noch nicht viel mehr können, als mir zu verraten, dass du in den nächsten siebeneinhalb Sekunden mit so ziemlich hundertprozentiger Wahrscheinlichkeit gähnen wirst, dein

Glas mit dem restlichen Getränk schwenkst, aufstehst und gehst. Es mag schon sein, dass ich ein bisschen zu begeistert bin von mir selbst. Aber geh ruhig, dass du mich sitzenlässt, sollte mich nicht weiter aufwühlen, ich reguliere einfach meine Serotonin-Rezeptoren, und alles kommt wieder ins Lot. Geh und denk nicht mehr an mich und diese ganze Technik. Ich werde dir erst in ein paar Wochen wieder einfallen, wenn du deine Handpuppen ordnest und deine Lieblingspuppe, das kleine Chamäleon, das man sich über den Finger ziehen kann, nirgends findest, dann denkst du etwas neidisch an all das zurück, was ich dir jetzt erzählt habe. Aber dann ist es zu spät.

## SÉANCE

Nachmittags wurde Doktor Lukics vom Zettelordnen immer ein wenig müde, doch bis halb vier hielt er gewöhnlich durch, erst dann wärmte er sich das Mittagessen auf, das ihm die verwitwete Frau Kerekes jeden Morgen vorbeibrachte. Meistens aß er aus dem Topf, löffelte es im Stehen in sich hinein, ging in dem länglichen, verstaubten Dachzimmer zwischen den Regalen auf und ab, umrundete die Bücher-, Schallplatten-, Zeitungs- und Postkartenstapel und dachte über die Zettel nach, darüber, wie in der Chronologie die neuen zwischen die älteren passen könnten. Abends machte er die Lampen an, nahm die Zettelordner vom Wandregal, schlug sie auf, holte die Karteikästen aus dem Schrank, zog die Metallstäbe heraus, mit denen die bereits einsortierten Zettel fixiert waren, und arbeitete bis tief in die Nacht daran, die ideale Reihenfolge und Anordnung zu finden; in manchen Nächten sortierte er die Zettel bis zum nächsten Morgen, um alle neuen an der richtigen Stelle zwischen den alten unterzubringen.

Nach dem Mittagessen genehmigte er sich jeden Tag ein bis zwei Stunden Pause, er stellte den leeren Topf vor die Wohnungstür, auf die Fußmatte, und ging dann im Zimmer auf und ab, er ließ den Kopf kreisen und machte Rumpfbeugen, um die Verdauung anzuregen, schließlich setzte er sich ans große Fenster und betrachtete das Haus gegenüber, von dem nur das oberste Stockwerk zu sehen war, die grauen, geschlossenen Rollläden. Das ganze Haus war grau, wie alles in der Stadt war es vom grauen Staub der Zementfabrik überzogen, doch Doktor Lukics mochte sogar dieses Grau.

Im Laufe der Jahre war ihm aufgefallen, dass Grau gar nicht die eintönige Farbe war, für die man sie auf den ersten Blick halten konnte, denn je nachdem wie die Sonne schien, sah es immer ein bisschen anders aus, an verregneten Tagen war es zum Beispiel ganz dunkel, und diese Dunkelheit sammelte sich meist in den Fensterecken und strömte von dort aus, wobei das Schauspiel durch den Vorhang der schräg fallenden Regentropfen mal ferner, mal näher erschien. An heiteren Tagen war das Grau lebendig, es wirkte fast bunt, man erkannte darin die unterschiedlichsten Farbtöne, und so war Doktor Lukics auch darauf gekommen, dass der Putz des Hauses gegenüber ursprünglich goldgelb gewesen sein musste, die das Dach stützenden Karyatiden weiß, die Rollläden braun, hin und wieder konnte er sich schon fast das Gesamtbild vorstellen, vor allem in den Momenten, in denen die Sonne kurz vor ihrem Untergang noch ein letztes Mal erstrahlte, das Licht veränderte sich dann so schnell, dass die Karyatiden tatsächlich weiß aussahen und man für einen Augenblick denken konnte, dass sich die Steinmuskeln der Figuren mit den in Kapuzen gehüllten gesenkten Köpfen anspannten, als müssten sie tatsächlich die Last des Daches tragen. Auch die Dachziegel sahen in solchen Momenten rot aus, Doktor Lukics versuchte, sich das Bild einzuprägen, insgeheim hoffte er, wenn er sich nur ausreichend konzentrierte, würde er es bis ins kleinste Detail behalten, um die Farben sehen zu können, wann immer er wollte. Er dachte, wenn ihm das gelänge, könnte er sich sogar vorstellen, dass die Stadt ganz woanders lag, irgendwo im Süden, und dass er, wenn er das Fenster öffnete und den Kopf hinausstreckte, enge Gassen mit nach Lavendel duftenden Kleidern sehen würde, die zum Trocknen an den Wäscheleinen zwischen den Fenster hingen, und von irgendwoher würde der Wind den Duft des nahen Meeres herbeiwehen. Immer, wenn ihm diese Gedanken kamen, schämte sich Doktor Lukics, warum, hätte er selbst nicht genau sagen können; solche Gedankenspiele kamen ihm kindisch vor, pubertär. Doch sie erfüllten ihren Zweck, er bekam den Kopf frei und wurde von den Zetteln und der Frage nach der Chronologie abgelenkt.

An jenem Tag war der Himmel nur leicht bewölkt, und der Wind wehte ziemlich stark, die Sonne konnte jederzeit hervorkommen. Doktor Lukics wollte gerade zum Fenster gehen, um sich an seinen gewohnten Platz, in den alten Ohrensessel, zu setzen, als jemand heftig gegen die Tür klopfte. Zuerst dachte er, Frau Kerekes sei gekommen, um den Topf abzuholen, in der Regel kam sie morgens, aber es hatte auch schon Ausnahmen gegeben, nur war das Klopfen viel lauter, als er es von ihr kannte, jemand schlug eindeutig mit dem Topf gegen die Tür, der Lärm war so unerträglich, als würde gar nicht draußen, sondern in seinem Schädel gehämmert, weshalb Doktor Lukics schnell zur Tür ging und sie öffnete.

Auf der Fußmatte stand ein großer Mann mit grauen Augen, er trug einen Overall in Tarnfarben und hielt den leeren Topf in der Hand. Doktor Lukics hatte richtig gehört: Der Mann hatte mit dem Topf gegen die Tür geschlagen. Er spürte, wie ihn die Wut packte.

»Was denken Sie sich eigentlich?«, sagte er. »Stellen Sie sofort den Topf hin.«

Der Mann drückte Doktor Lukics den braunen Emailtopf in die Hand.

»Bitte sehr«, sagte er und betrat das Zimmer.

Doktor Lukics schnappte vor Überraschung nach Luft.

»Was denken Sie sich eigentlich?«, wiederholte er. »Gehen Sie sofort hinaus, dieses Zimmer betritt nie jemand, dieses Zimmer darf von niemandem betreten werden, ich arbeite hier, verstehen Sie?«

Der Mann beachtete ihn nicht, er ging mit entschlossenen Schritten auf das Fenster zu, wobei er einige Bücher- und Plattenstapel umwarf, seine Stiefel starrten vor Schmutz, und um den Hals hatte er ein Fernglas hängen, was Doktor Lukics irgendwie noch wütender machte, er folgte ihm mit dem Topf in der Hand.

»Stehen bleiben, hören Sie!«, rief er.

Der Mann war schon fast beim Sessel angelangt, da blieb er stehen, wandte sich zu Doktor Lukics um und hielt ihm ein auseinandergefaltetes, maschinengeschriebenes Blatt entgegen.

»Wir erheben vorübergehend Anspruch auf Ihr Fenster«, sagte er. »Hier ist der Beschluss.«

Doktor Lukics sah die Unterschrift und den Stempel auf dem unteren Teil des Blattes, streckte die Hand danach aus, doch der Mann faltete es bereits wieder zusammen und stopfte es in eine seiner Taschen. Er warf seinen Rucksack neben den Ohrensessel und sah sich um.

»Was machen Sie hier?«, fragte er, trat an den Schreibtisch und nahm einige Zettel in die Hand.

»Sind Sie noch bei Trost?«, rief Doktor Lukics. »Legen Sie sofort die Zettel wieder hin.«

»Schon gut, ganz ruhig«, sagte der Mann und legte die Zettel zu den anderen zurück. »Aber mal im Ernst, was machen Sie hier? Ihre Nachbarn haben mir gesagt, Sie hätten dieses Zimmer seit acht Jahren nicht verlassen.«

Doktor Lukics schüttelte gereizt den Kopf.

»Ich sitze an einer geschichtswissenschaftlichen Arbeit. An einer chronologischen Aufstellung aller Ereignisse der Welt. Aber sagen Sie, wie kommen Sie dazu, mein Fenster zu okkupieren?«

Der Mann ging zurück zu dem Stuhl und deutete mit dem Kopf auf das Haus gegenüber:

»Heute wird dort drüben etwas passieren«, sagte er. »Und man sieht es nur von hier.«

»Da wird nichts passieren«, sagte Doktor Lukics. »Dort passiert nie etwas. Das Haus ist seit zwanzig Jahren verrammelt. Das war schon so, als ich hier eingezogen bin.«

Der Mann zuckte mit den Schultern.

»Schon möglich«, sagte er. »Meine Aufgabe ist es, hier zu sein. Die Vorschrift besagt, dass ich Sie hinausschicken soll, aber wenn ich Sie so sehe, denke ich nicht, dass das notwendig ist.« Er musterte Doktor Lukics. »Tragen Sie auch zu Hause immer einen Anzug?«

Doktor Lukics drückte den Rücken durch. »So bin ich früher auch immer ins Archiv gegangen. Man muss der Arbeit Respekt erweisen.«

Der Mann nickte.

»Da haben Sie recht.« Er hockte sich hin, öffnete den Rucksack, holte Haken, Gurte, Winden, Drähte und Kabel heraus. Doktor Lukics sah ihm eine Weile zu, doch als ein Gewehrschaft in der Öffnung des Rucksacks auftauchte, konnte er sich nicht mehr zurückhalten.

»Ist das eine Waffe?«, fragte er.

»Nein, nur eine Armbrust. Damit schieße ich das Kabel hinüber.«

»Wie bitte?« Doktor Lukics betrachtete den Schaft, er war aus Kunststoff, mit einer wenig überzeugenden Holzprägung.

Der Mann zog Metallstangen und Karabiner aus einem Stoffbeutel und drückte etwas in den Schaft.

»Kümmern Sie sich nicht darum«, sagte er. »Sehen Sie lieber auf die andere Seite. Wenn unsere Informationen stimmen, muss es gleich losgehen.«

Doktor Lukics drehte sich gehorsam zum Fenster, betrachtete das Haus gegenüber. Es war genauso grau wie sonst auch, der Wind hatte die Wolken wohl doch nicht vertrieben, das Nachmittagslicht war blass und bleichte das Grau des Hauses völlig aus.

»Da wird nichts passieren«, widerholte er, beugte sich vor und drückte die Stirn gegen die Fensterscheibe, um besser zu sehen.

Ihm war, als hörte er aus dem gegenüberliegenden Haus eine leise, pulsierende Musik, zunächst dachte er, er bilde es sich nur ein, doch dann vernahm er ein Klicken, der Mann hatte zwei Metallelemente zusammengedrückt und sagte, fast ohne die Lippen zu bewegen:

»Hab ich's nicht gesagt. Es geht los.«

Die Musik wurde lauter, die Rollläden der Wohnung gegenüber erzitterten und bewegten sich langsam quietschend nach oben, gewaltige Fenster kamen zum Vorschein, jede Scheibe war von grauen Kratzern und Sprüngen überzogen, stellenweise waren große Stücke herausgefallen, die Fensterscheiben wurden nur von dem horizontal, diagonal und vertikal aufgeklebten schwarzen Isolierband zusammengehalten, diese merkwürdige Musik ließ sie vibrieren, und das leise Knacken unterlegte die Melodie mit einem ganz eigenen Rhythmus. Doktor Lukics kniff die Augen zusammen und versuchte zu erspähen, was sich in der Wohnung abspielte, da kam plötzlich die Sonne heraus und schien durch die zerbrochenen Fenster.

Ein großer, vollkommen leerer Saal war zu sehen, die Sprünge im Fenster wurden als eine Art Labyrinth aus schwarzen, sich ständig verändernden Linien auf den weißen Fußboden projiziert, der dadurch so wirkte, als bebte und schwankte er.

Plötzlich wurde die Musik noch lauter, in der Mitte des Saals erschien ein roter Fleck. Es war eine menschliche Gestalt, die auf dem Boden hockte, ihr rotes Kleid breitete sich um sie herum aus, wie sie dorthin gekommen war, konnte Doktor Lukics sich nicht vorstellen, neben ihr tauchte eine zweite Gestalt auf, in einem türkisfarbenen Kleid, sie hockte sich ebenfalls hin, man sah nur die Umrisse des Rückens, weitere Gestalten kamen hinzu, die Musik schwoll an, die Menschen setzten sich in Bewegung, umkreisten einander, als tanzten sie, schwenkten Tücher, dahinter traten weitere Gestalten hervor, die schwere Masken trugen, sie beugten sich übereinander, trennten sich, um sich dann wieder einander anzunähern, Doktor Lukics glaubte, ein Pferd zu sehen und dann einen schwarzen Götzen, ein großes Tuch wogte, als wäre es aus Wasser, für einen Moment verdeckte es alles andere, vor lauter Anspannung, etwas zu erkennen, krallte Doktor Lukics sich am Fensterbrett fest, die Farben strahlten selbst durch die schmutzigen Fenster, es war sehr lange her, dass er ein solches Rot, ein solches Grün, ein solches Gelb, ein solches Blau gesehen hatte.

»Was ist das?«, fragte er. »Was ist das?«

»Wir wissen es nicht genau«, antwortete der Mann. »Hausbesetzer oder so was Ähnliches. Wir beobachten sie schon lange. Hin und wieder tauchen sie irgendwo auf und spielen das Programm hier. Anfangs dachten wir, es sei eine Art Séance. Inzwischen geht man davon aus, dass es sich um eine militante Choreografie handelt. Irgendein Protest gegen das Versammlungsverbot. Sie haben es im Ausland gelernt, dort ist so etwas gang und gäbe. Eine Erlaubnis haben sie nicht, das steht schon mal fest. Bisher sind sie davongekommen, aber diesmal schnappen wir sie.«

Doktor Lukics drückte die Handflächen gegen die Fensterscheibe.

»Warum sollte man dafür eine Erlaubnis benötigen?«, fragte er und ließ das Treiben gegenüber nicht aus den Augen, er konnte sich einfach nicht von dem Anblick lösen, der hinter dem Muster der Isolierband- und Risslinien immer wieder zerfiel und sich neu zusammensetzte, er dachte an seine Zettel, an die Hunderte, Tausende, Millionen von Ereignissen, die auf den Zetteln in den Karteikästen aufgezeichnet waren, ihm kam es vor, als erblickte er in der Wohnung gegenüber Byzanz und Rom und Venedig und die Südseeinseln, als sähe er alles auf einmal, den Norden, den Osten, den Süden, die gesamte Menschheitsgeschichte, als wirbelten all seine Zettel vor ihm herum, golden und grün und gelb und silbern, als sähe er alles auf einmal, als entspränge aus diesem großen Wirbel tatsächlich eine gültige Chronologie, die Chronologie von allem, von allen Ereignissen der Welt, von allen Schlachten und Bällen und Krönungen, von allen Versammlungen und Intrigen und Feuersbrünsten, wobei er wusste, dass es nicht so war, dass er sich das nur vorstellte, dort gab es nichts als ein paar Menschen, die in seltsamen Gewändern tanzten, und doch war alles da, hinter den von Isolierbändern zusammengehaltenen, quietschend und knirschend wogenden Fenstern, genauso wie auf seinen Zetteln alles notiert war, alle Ereignisse der Welt. Er spürte, wie ihn jemand an der Schulter packte, er war so vertieft in den Anblick, dass er den Mann vollkommen vergessen hatte; der zog Doktor Lukics mit festem Griff vom Fenster weg.

»Gehen Sie beiseite«, sagte er, stieß ihn in Richtung Schreibtisch und riss das Fenster auf.

Doktor Lukics wäre beinah gestürzt, doch im letzten Moment konnte er sich festhalten, er warf nur den Stifthalter um.

»Was machen Sie?«, fragte er.

Der Mann trat näher ans Fenster, hob die Armbrust an die Schulter.

»Ich gehe hinüber und sorge für Ordnung«, sagte er, drückte den Abzug, ein silbernes Kabel flog durch die Luft und blieb über dem Fenster am Arm einer Karyatide hängen.

Der Mann warf die Armbrust auf den Boden, zog an dem Kabel und befestigte es mit einem Haken an dem gusseisernen Heizkörper unter dem Fenster.

»Das müsste halten«, sagte er.

Doktor Lukics trat wieder näher ans Fenster, blickte hinüber, hinter den Scheiben ging das bunte Wirbeln unvermindert weiter.

»Lassen Sie sie in Ruhe«, sagte er. »Die haben Ihnen doch nichts getan.«

Der Mann schüttelte den Kopf.

»Das ist egal«, erwiderte er. »Entscheidend ist, dass sie dafür keine Erlaubnis haben.« Er hängte den Karabiner, der am Gurt seines Overalls befestigt war, an das Kabel, und noch bevor Doktor Lukics irgendetwas hätte sagen können, sprang er aus dem Fenster.

Doktor Lukics sah, wie der Mann mit den Beinen voran auf dem Rücken das Kabel entlangrutschte und auf die Fenster zusteuerte.

»Nein«, rief er. »Lassen Sie sie.« Er nahm den Rucksack, holte ein Brecheisen hervor, schlug gegen das Kabelende. Vergeblich. Es geschah nichts, das Kabel hielt, die Musik verstummte nicht, und die Gestalten hinter den Fenstern wirbelten immer noch herum. Das Kabel surrte, als der Mann im Vertarnfarbenen Overall daran entlangrutschte. Eine tiefe Verzweiflung überkam Doktor Lukics, er warf das Brecheisen weg, wollte nicht sehen, wie die Stiefel des Mannes das Fenster zertrümmerten, wollte nicht sehen, was geschehen würde, wollte nicht sehen, wie das Bild in Scherben zerfiel.

Er wandte sich ab, erblickte die Armbrust, bückte sich, hob sie auf, ergriff die Metallsehne, zog sie zu sich, sie schnitt ihm in die Finger, der Metallbogen spannte sich, die Sehne rastete im Spannhebel ein, Doktor Lukics holte einen kurzen Metallpfeil mit Gummifedern hervor, legte ihn ein, hob die Waffe an die Schulter, zielte, schoss, die Sehne klirrte metallen, der Pfeil schnellte durch die Luft. Er wandte sich ab, hörte das Stöhnen, sah jedoch nicht, wie sich der Pfeil in den Rücken des Mannes bohrte, wie das Blut aus seinem Mund gegen die Fensterscheibe spritzte, wie alles in Scherben zerfiel.

Er warf die Armbrust zu Boden, ging zurück zu seinem Schreibtisch, zog den Stuhl nach hinten, setzte sich. Auf der Straße war das Heulen von Sirenen zu hören; Doktor Lukics versuchte, nicht darauf zu achten, er dachte lieber über seine Zettel nach, über die Zettel und die Chronologie aller Ereignisse der Welt.

# NULL, NULL, NULL, NULL, NULL

In dem ganzen verdammten riesigen Einkaufscenter lief derselbe Radiosender, aus allen Lautsprechern erklang dasselbe Lied, irgendein angesagter K-Pop-Song, der ihm schon beim ersten Mal nicht gefallen hatte, aber nach dem hundertsten Mal konnte er ihn kaum mehr ertragen, er spürte, wie seine Anspannung wuchs, er dachte nur an die Nullen und daran, was sein Berater ihm nach Durchsicht seines Portfolios gesagt hatte, es sei an der Zeit, den Tatsachen ins Auge zu blicken, sie hätten zu Jahresanfang alles umstrukturiert, aber es sei dennoch höchst unwahrscheinlich, das Geld, das durch das Erdbeben und den darauffolgenden Einbruch des Yen verlorengegangen sei, in absehbarer Zeit zurückzuholen, er werde den Kredit nicht tilgen können, und nun konnte er an nichts anderes denken als an diese schöne große negative Zahl mit den Nullen am Ende, den vielen, vielen Nullen.

Als er wieder an der Bankfiliale vorbeikam, sah er sie, die Nullen, auf einer zerknüllten Banknote in einer der durchsichtigen Plastikkugeln, in der die Spenden fürs Rote Kreuz gesammelt werden; er war so überrascht, dass er zuerst dachte, er bilde es sich ein, aber bei näherem Hinsehen erkannte er sie, es waren tatsächlich Nullen, der Fünfzigbillionen-Dinar-Schein der Republik Serbische Krajina leuchtete beinah zwischen all den Hundert-Forint-Münzen und Fünfhundert-

und Tausend-Forint-Noten, er hatte diesen Schein noch nie in echt gesehen, nur im Katalog, die Hyperinflation, die wilde, unheimliche Absurdität der sich täglich vermehrenden Nullen hatte ihn schon immer fasziniert, so sehr, dass er diese Banknoten sammelte, er hatte eine Mappe mit dem Eine-Trilliarde-Pengő-Schein und den zwei Billionen Reichsmark und den anderen, jugoslawischen und chilenischen und argentinischen und türkischen Banknoten mit den vielen Nullen, er betrachtete den Schein eingehender und sah, dass es sich um einen Fehldruck handelte, er war aus der Serie, bei der man auf die eine Seite Fünfzig Billionen, auf die andere Hundert Billionen gedruckt hatte, das war ein wenn auch nicht einzigartiger, doch seltener, auf jeden Fall wertvoller Schein, wie war er wohl in die Kugel gekommen, wer hatte ihn hineingeworfen und warum – eine von Nullen wimmelnde, fehlerhaft bedruckte Banknote eines Landes, das nie wirklich existiert hatte.

Er dachte sich, man müsste den Schein irgendwie herausholen, als Spende sei er ohnehin wertlos und würde nur auf dem Müll landen. Er betrat die Filiale, ging geradewegs auf die Kugel zu, berührte sie, es waren keine Schweißnähte zu sehen, nur ein Schlitz für die Spenden, so breit wie sein kleiner Finger, nein, schmaler, der kleine Finger hätte nicht durchgepasst, aber selbst wenn, so hätte er den Schein nicht erreicht, er lag fast ganz unten, man müsste den Behälter nehmen und schütteln, dachte er, die Kugel war am Ende einer langen Metallstange befestigt, die in einem breiten, kreisförmigen Ständer steckte, er packte das Rohr, da stand bereits ein Security-Mann neben ihm und fragte, ob er behilflich sein könne, und da antwortete er, er wolle nur einen Geldschein herausholen, den jemand aus Versehen hineingeworfen habe, der Security-

Mann sagte, das gehe nicht, also ließ er das Rohr los, steckte die Hand in die Tasche und holte einen Tausend-Forint-Schein hervor, faltete ihn zweimal, zeigte damit auf den Dinar-Schein und sagte, er wolle einfach jenen Schein gegen diesen hier austauschen, doch der Security-Mann schüttelte nur den Kopf und sagte, das sei leider nicht möglich, er fragte, wieso nicht, es dauere doch nur eine Minute, vor allem, wenn er ihm ein bisschen helfe, indem er die Kugel kopfüber halte, dann würde er den Schein schnell herausholen, doch der Security-Mann sagte wieder nein, er hatte einen dichten schwarzen Bart und ein etwas feistes Gesicht, am Ansatz seiner graumelierten kurzen Haare saßen Schweißperlen, und da ergriff er erneut das Rohr, um den Behälter umzudrehen, hob ihn an, doch der Security-Mann hielt ihn fest, zerrte kräftig an ihm und sagte, er solle den Behälter sofort loslassen, und da wurde ihm plötzlich klar, dass er sich gerade mit dem Security-Mann einer Bank anlegte, und sagte schnell, verzeihen Sie, und ließ das Rohr los, doch im falschen Moment, denn der Security-Mann hatte damit nicht gerechnet, er verlor das Gleichgewicht, kippte nach hinten, er würde auf dem Rand der großen quadratischen Steinvase aufprallen, in der die Birkenfeige stand, er versuchte den Security-Mann zu packen, erwischte ihn aber nicht, er hörte das Knacken und Ächzen, sah die Geldscheine in der Kugel herumwirbeln, für einen Moment tauchten die Nullen auf, dann verschwand der Schein wieder zwischen den anderen, die Alarmanlage ertönte, jemand rief, er hat ihn umgestoßen, Raubüberfall! Ihm wurde plötzlich schwindelig vor Angst, er kniete neben dem ohnmächtigen Security-Mann, konnte sich nicht rühren, alle waren bereits aus der Bank gestürmt, nur er war nicht in der Lage aufzustehen; das alles würde er niemals erklären können, dachte er, vergebens würde er der Polizei sagen, dass er es nur auf einen wertlosen Geldschein abgesehen hatte, es würde unter Bankraub fallen; durch die Glastür, die irgendwer zugezogen hatte, hörte er, dass draußen im Einkaufszentrum immer noch der gleiche Song lief, nur kam es ihm jetzt so vor, als sängen die Koreaner: Null, Null, Null, Null, Null. Da fiel sein Blick auf den eckigen schwarzen Pistolengriff im Gürtel des Security-Mannes, und langsam, fast zögernd streckte er die Hand danach aus.

## ULTRASCHALL

Die Tram ist voll, nur der Doppelsitz frei, dort hat vorhin der Obdachlose gesessen, mit seinem Geruch nach Schusterleim und seiner großen vollgestopften Tüte.

Andrea mustert den Sitz, streicht über ihren Hosenanzug, den cremefarbenen. Sie trägt die meergrünen Absatzschuhe, hält sich mit beiden Händen fest, die neuen Schuhe drücken, sie steht unsicher. Ein Blick auf die Uhr – sie liegt gut in der Zeit, sie denkt an die Präsentation, ermahnt sich, nicht mehr darüber nachzudenken. Wieder sieht sie zu dem Sitz, setzt sich nicht.

Die Tram fährt auf die Brücke, es gibt einen Ruck, Andrea kippt fast um, im letzten Moment packt sie die Haltestange. Ihre eckige Schnallentasche schwingt aus, trifft eine ältere Frau an der Seite, Andrea entschuldigt sich.

Die Tram hält auf der Mitte der Brücke. Nur eine Person steigt ein, eine junge Frau um die zwanzig, sie hebt einen Buggy in die Tram, er ist sichtlich schwer. Ein Junge sitzt da, vielleicht anderthalb Jahre. Er zeigt auf den freien Sitz, ruft, dort, dort. Sie schiebt den Wagen vor den freien Sitz, ihr Bauch ist gewölbt. Andrea betrachtet sie, will etwas sagen, bevor sie sich setzen, fährt mit der Zunge über die Lippen, sagt dann doch nichts. Sie setzen sich, der Junge zieht einen Dino hervor, lässt das gelbe Gummitier galoppieren. Die

Mutter, eine Hand auf dem Bauch, achtet nicht auf ihn, betrachtet den Fluss. Die Tram rollt von der Brücke. An der nächsten Haltestelle steigen Mutter und Kind aus.

Andrea sieht ihnen nach, die Frau schiebt den Wagen, lacht, spricht zu dem Jungen, er winkt mit dem Dino in Richtung Tram und ruft etwas.

Die Tram fährt weiter, Andrea verliert die beiden aus den Augen. Sie setzt sich auf den Doppelsitz. Öffnet die Tasche, kramt herum, findet die Geldbörse, öffnet sie, sucht etwas, findet es, zieht es heraus. Ein zweifach gefaltetes Blatt. Sie breitet es aus, eine zerknitterte Ultraschallaufnahme, kaum was zu erkennen. Sie nimmt die Tasche auf den Schoß, drückt sie gegen den Bauch, stützt die Arme ab, betrachtet das Bild. Sie faltet es zusammen, umschließt es mit der Faust. Sitzt da, blickt aus dem Fenster.

Die Tram fährt weiter, bleibt stehen, Menschen steigen aus, steigen ein, Andrea rührt sich nicht, starrt aus dem Fenster, nimmt keine Notiz, wenn sich jemand neben sie setzt oder wieder aufsteht.

In der Tasche klingelt ihr Telefon, ein Song von Louisy Joseph, sie greift hinein, drückt den Anruf weg, es klingelt, es klingelt noch einmal, nach dem dritten Mal holt sie das Telefon heraus und schaltet es aus.

Es ist warm, jemand macht ein Fenster auf, der Fahrtwind weht ihr ins Gesicht, aus ihrem Haarknoten lösen sich Strähnen, sie nimmt keine Notiz. Der Luftzug ist stark, ihr Make-up verläuft. Sie wischt sich das Gesicht nicht ab, auch die Augen nicht.

Die Tram leert sich, an einer Haltestelle werden viele Umsteigemöglichkeiten aufgezählt, fast alle Passagiere steigen aus. Andrea bleibt sitzen.

Die Tram fährt auf eine andere Brücke, der Geruch von Wasser strömt durchs Fenster herein, Andrea steht plötzlich auf, wischt sich mit einer ungestümen Geste das Gesicht am Ärmel ab, Wimperntusche und Lippenstift hinterlassen bunte Streifen auf dem hellen Anzugstoff. Sie scheint es gar nicht zu bemerken. Sie rollt den Ultraschall zwischen den Fingern zu einem Kügelchen, holt aus, will es aus dem Fenster werfen, ihr entfährt ein kleiner spitzer Laut. Sie will, dass das Kügelchen über die Straße fliegt, über den Gehweg, über das Brückengeländer. Es soll ins Wasser fallen, sinken und für immer verschwinden.

Das Papierkügelchen fliegt nicht durchs Fenster. Es prallt an dem Metallrahmen ab, fällt auf einen Sitz, auf den Boden und rollt wie ein runder Kieselstein umher, die Tram rattert über die Gleise. Das Kügelchen springt über die Riffel des Metallbodens.

Juliska. Nie hat sie den Namen ausgesprochen, kein einziges Mal in den vier Jahren und fünf Monaten, nie, niemals. Mit wankenden Schritten stürzt sie dem Papierkügelchen hinterher, stolpert zwischen den leeren Sitzen nach vorn, beim Hinhocken hätte sie sich beinah den Kopf an einer Lehne gestoßen. Sie sieht das Kügelchen, greift nach ihm, doch das Kügelchen rollt weiter, bevor sie es zu fassen kriegt.

Plötzlich steht ein Mädchen vor ihr, das zerknüllte Papier in der Hand. Suchst du das?, fragt sie. Andrea nickt, betrachtet die Hand des Mädchens, die zarten Finger, das Spitzenarmband. Du hast recht, man darf seinen Müll nicht rumliegen lassen, sagt das Mädchen, soll ich es für dich wegwerfen? Andrea nickt erneut, ja, sagt sie und lächelt, damit würdest du mir einen großen Gefallen tun.

Das Mädchen streckt die Hand aus, streicht Andrea übers

Gesicht. Sei nicht traurig, sagt sie, alles wird gut, du wirst sehen, dann dreht sie sich plötzlich um und flitzt los. Sie rennt zurück zu ihrer Mutter, und die grünen Bänder in ihrem schwarzen Haarzopf flattern.

## OHRENSESSEL
### Derby

Großvater und ich können kaum erwarten, dass Großmutter endlich das Haus verlässt.

Ob sie auf den Markt geht oder zu ihrer Freundin, Hauptsache wir können endlich wieder Pferderennen spielen. Großmutter mag dieses Spiel nicht, sie sagt, an allem seien die Pferde schuld, die Pferde seien für Großvaters Unfall verantwortlich, seiner geliebten Pferde wegen könne er den vierten Stock nicht mehr hinuntergehen, ihretwegen könne er nie wieder aufstehen. Großvater sagt, die Pferde hätten keine Schuld, sondern nur er allein, er und der Walnusslikör, die Pferde hätten nie jemandem etwas getan, doch eigentlich streitet sich Großvater nicht wirklich mit Großmutter, sondern lässt sie reden und zwinkert mir hinter ihrem Rücken zu, so, dass nur ich es sehe, und ich weiß, was das bedeutet, es bedeutet, dass nur wir beide uns mit Pferden auskennen.

Wenn Großmutter weggeht, warten wir ein bisschen, damit sie auch ja nichts zu Hause vergessen hat, und wenn wir uns sicher sind, dass sie nicht mehr zurückkommt, steckt Großvater zwei Finger in den Mund und pfeift, und dieser laute Pfiff sagt mir, dass ich mich beeilen muss, denn gleich beginnt das Rennen. Ich eile zu ihm ins Zimmer, helfe ihm, die karierte Decke auf den Knien zurechtzurücken, zuerst stopfen wir die beiden kleinen Kissen darunter, dann stecken wir den Rand links und rechts in den Spalt zwischen Sesselsitz und Seitenlehnen. Auswiegen, sagt Großvater, greift mir unter die Arme, hebt mich hoch, wirft mich sogar ein bisschen in die Luft und fängt mich wieder auf, sehr gut, sagt er, ich halte mein Gewicht, ich solle mir merken, dass ein guter Jockey sein Gewicht immer halten müsse, das sei das Wichtigste, das Gewicht und die Ehre, dann setzt er mich auf die Decke, streckt beide Arme aus und sagt, ich solle die Zügel nehmen; ich umfasse seine Daumen, es sind die Zügel, ich sitze auf Grashüpfers Rücken und muss aufpassen, denn Grashüpfer ist unruhig, Pferde sind immer unruhig, wenn sie in die Startbox geführt werden, sie warten, dass das Rennen losgeht, denn sie wollen galoppieren und nicht auf der Stelle stehen, das ist das Landesturnier, das wichtigste Turnier des Jahres, auf der Tribüne sind alle Plätze besetzt, alle haben auf dieses Rennen gewartet, auf unser Rennen, das Publikum tobt, alle wollen uns sehen, die Lautsprecher geben durch, wer an dem Lauf teilnimmt, mit gesenkter Stimme zählt Großvater die Pferde auf, Bananenschale, Zweigroschen, Falke, Wolkenbruch, ich kenne alle auswendig, wenn Großvater ihre Namen ausspricht, kommen sie aus ihren Geheimverstecken hervor, hinter dem Schrank, aus dem Nachtschränkchen, unter dem Bett, ganz oben vom Bücherregal, unter dem Teppich, sie stehen neben uns in der Startbox, die beiden Ohren des Ohrensessels sind unsere größten Rivalen, der linke heißt Prinz von Albion, der rechte Frühlingswind, nun sind alle Pferde in der Startbox angekommen, sie schniefen und wiehern und murren, Großvater flüstert mir ins Ohr, gleich, gleich, gleich geht es los, ich halte die Zügel ganz fest, stelle mich in die Steigbügel, Grashüpfer ist unruhig, er kann sich kaum noch zurückhalten, ich drücke meinen Ellbogen sanft gegen seine Flanken, flüstere ihm zu, dass wir die Schnellsten sein werden, niemand wird uns einholen.

Es ist ganz still, alle warten auf den Start, der wie Sturm und Donner sein wird, ruhig, ganz ruhig, raunt mir Großvater zu, ich spüre seinen Atem im Nacken, doch dann merke ich, dass es gar kein Atem ist, sondern der Wind, ich sehe, wie er durch die Hecke am Innenrand der Bahn fährt, wir bekommen Rückenwind, werden den Rennbahnrekord brechen, ich halte die Zügel so fest, dass Großvater hinter mir zusammenzuckt, dann ruft er, bumm! – wir preschen los, wir haben den besten Start hingelegt, liegen vorn, ganz vorn, an der Spitze der Gewitterwolke, hinter uns klappern zweiunddreißig Hufe, doch wir hören es gar nicht, wir sind schneller als der Schall, galoppieren wie noch nie, immer an der Spitze, wir ermüden nicht, ich stehe bereits, lehne mich über den Sattel nach vorn, ganz fest halte ich die Zügel, komm schon, Grashüpfer! Ich bin Großvater, ich bin der Wunderjockey, der noch nie verloren hat, auch jetzt wird er nicht verlieren, denn jetzt kommt alles anders als damals, mir wird nicht schwindelig, ich werde nicht am Zügel reißen, Grashüpfer wird sich nicht kurz vorm Ziel aufbäumen, er wird nicht stolpern, weil ich am Zügel gerissen habe, ich werde nicht über ihn hinwegfliegen und er wird nicht auf mich fallen, nein, heute passiert nichts Schlimmes, der Prinz von Albion wird Zweiter, Frühlingswind Dritter, und wir gewinnen, ja, wir haben gewonnen, gewonnen, ein Wunder, wir haben den Rennbahnrekord gebrochen, ich springe aus dem Sattel, umarme Großvater, und auch er umarmt mich, gibt mir einen Kuss auf die Wange, er hat Tränen in den Augen, hebt mich hoch, ruft, mein Enkel, du hast es geschafft, wir haben es geschafft, und ich weiß, dass das jetzt kein Spiel ist, es ist wirklich so, ich habe es wirklich geschafft, ich habe es rückgängig gemacht, und nun ist alles wieder gut, und ich weiß, dass Großvater jetzt aufstehen und mit mir einen Freudentanz aufführen wird, wir werden hüpfen und springen, werden einen Lärm machen wie vorhin all die achtundzwanzig Hufe zusammen – nein, wir werden noch viel lauter sein.

## Löwenchor

Großvater bittet mich, das Grammophon aufzuziehen. Fast immer, wenn ich ihn besuche, bittet er mich darum. Er kann nicht Radio hören und auch nicht fernsehen, er sagt, von allem, was mit Strom betrieben wird, bekomme er Kopfschmerzen, nur dem Grammophon, das auf dem kleinen Tisch neben dem Ohrensessel steht, könne er zuhören, aufstehen kann er nicht, aber wenn er sich über die Armlehne beugt, erreicht er das Grammophon und kann es selbst aufziehen.

Kein anderer im ganzen Block, im ganzen Bezirk, ja, in der ganzen Stadt, besitzt ein Grammophon, nur mein Großvater, er sagt, das liege daran, dass das Grammophon nach der Einführung der Elektrizität aus der Mode gekommen sei. Schade, dass er nur eine einzige Platte besitzt, mit einem einzigen Lied, in dem es um große Bäume, einen schwarzen Wald und das Verirren geht, er hat es bestimmt schon tausendmal gehört, vielleicht auch schon eine Million Mal, und auch ich habe es schon ganz oft mit ihm zusammen gehört, denn fast immer, wenn ich ihn besuche, bittet er mich, das Grammophon aufzuziehen, genau wie jetzt, leider habe ich aber gerade überhaupt keine Lust, es aufzuziehen, auch keine Lust, das Lied zu hören, ich hatte nämlich einen sehr schlechten Tag, die Musikerzieherin, die nicht unsere richtige Erzieherin ist, sondern die vom Chor, hat gesagt, dass ich unmusikalisch bin und falsch singe, so falsch, dass ich dem Chor schade, weil man meine Stimme heraushört, aus der gesamten großen Gruppe hört man nur mich heraus, und sie hat jetzt keine Zeit, sich extra mit mir zu beschäftigen, weil wir uns auf das Fest vorbereiten müssen, deshalb sollte ich am besten gar nicht singen, sondern nur den Mund auf- und zumachen, als wäre ich stumm, und ich habe ihr umsonst gesagt, dass ich nicht stumm sein möchte, weil ich nicht stumm bin, sie hat trotzdem gesagt, ich soll nur den Mund auf- und zumachen, und das will ich Großvater nicht erzählen, aber das Grammophon will ich auch nicht aufziehen, ich fasse die Messingkurbel an, drehe aber nicht daran, ich kann nicht.

Großvater fragt mich, ob ich Kummer habe, aber ich will es ihm nicht erzählen, ich starre nur auf die glänzenden Rillen in der schwarzen Platte, und dann rufe ich, so laut ich nur kann, dass ich Musik hasse, stoße dabei gegen das Grammophon, es fällt fast vom Tisch, und ich bekomme einen solchen Schreck, dass ich anfange zu weinen und immer wieder sage, ich hasse Musik, ich hasse sie, hasse sie, hasse sie.

Plötzlich sitze ich auf Großvaters Schoß, ich weiß gar nicht, wie ich dorthin gekommen bin, ich habe nicht gespürt, dass er mich angefasst hat, auch nicht, dass er mich hochgehoben hat, er hält mich wie sonst, wenn wir Pferderennen spielen, bloß dass er jetzt nicht das Galoppieren der Pferde nachahmt, sondern *Ich hasse sie, hasse sie, hasse sie* sagt, genau wie ich, doch an seiner Stimme höre ich, dass er lacht, und ich weiß, dass er über mich lacht, das macht mich noch wütender, Großvater lacht so sehr, dass der Ohrensessel erzittert und durchgerüttelt wird, die vier großen Löwenfüße klopfen gegen den Boden und das Klopfen überträgt sich auf die Bodenbretter, wie bei einem Erdbeben, es erreicht die Mahagonikommode mit den vielen Schubladen, auf der Großvaters Pokale stehen und die jetzt aneinander stoßen und klingen, dabei rutschen die Schubladen bis zur Hälfte heraus und wieder zurück, wieder heraus und zurück, in jeder Schublade ist etwas anderes, in der ersten sind Medizinfläschchen, in der zweiten Schuhlöffel, in der dritten Messingtürgriffe, in der vierten Vogeleier, in der fünften Glöckchen, in der sechsten Fächer, in der siebten Zeitungsausschnitte, in der achten Schrauben und Nägel und Schraubenzieher und Hämmer, in der neunten Taschenuhren und Armbanduhren und Manschettenknöpfe, in der zehnten kleine Kaffeetassen und noch kleinere Schnapsgläser, und alle Schubladen klappern, klirren, knistern, knacken anders, es ist wie der knurrende Gesang der großen Löwenköpfe, die an die Mahagonischubladen geschraubt sind, jede hat einen bronzenen Löwenkopf mit offenem Maul, eigentlich ist jeder ein bisschen anders als die anderen, aber jetzt, wo sie mit flatternder Mähne knurrend singen, erscheinen sie mir alle gleich, und ich höre, dass auch Großvater nicht mehr lacht, sondern knurrend und wild singt, denn er ist der Oberlöwe, und ich knurre genauso wie er, denn ich bin der beste Freund des Oberlöwen, vielleicht bin aber auch ich der Oberlöwe und Großvater ist der beste Freund des Oberlöwen, wir singen ein altes, uraltes Lied, ich weiß nicht, wovon es handelt, doch auf jeden Fall kommt darin vor, dass wir uns vor nichts und niemandem fürchten, weder vor dem Wind, dem Mond und der Sonne noch vor der Dunkelheit, wir sind mutig und groß, und unsere Stimmen sind sehr schön und weithin zu hören, und ich weiß, dass jeder sie hört, jeder im ganzen Block, im ganzen Viertel, in der ganzen Stadt, jeder, sogar die blöde Musikerzieherin.

## Fast alles, was man über Fische wissen sollte

Ich kann es kaum erwarten, dass Großmutter wieder mal weggeht, denn Großvater hat mir versprochen, dass er mir, wenn wir das nächste Mal zu zweit sind, fast alles beibringt, was man über Fische wissen sollte. Wenn sie zu Hause ist, geht das nicht, Großmutter mag nämlich weder Fische noch Wasser.

Ich weiß, dass Großvater früher ein großer Angler war, denn zwischen all den Bildern, die er in dem Schuhkarton hinter seinem Sessel aufbewahrt, den vielen Pferdefotos, auf denen er über ein Hindernis springt oder als Erster das Ziel erreicht, gibt es auch zwei Anglerbilder, auf dem einen hält er einen Fisch in der Hand, der fast größer ist als er, und auf dem anderen steht er in hüfthohen Gummistiefeln, die Meerschaumpfeife im Mund, in einem Bach. Ich habe ihm gesagt, dass ich auch gerne so große Gummistiefel hätte, dann könnte ich nämlich ruhig durch alle Pfützen platschen, und Großmutter würde mich nicht ausschimpfen. Großvater sagt, das einzig Dumme sei nur, dass man Rheuma bekomme, wenn man zu lange im Wasser stehe, doch auch da habe er Glück gehabt, denn seit dem Unfall mit dem Pferd spüre er auch sein Rheuma nicht mehr.

Als Großmutter endlich weggeht, warte ich Großvaters Pfiff, dass die Luft rein ist und ich kommen kann, gar nicht ab, sondern renne sofort zu ihm. Ich möchte, wie sonst auch, auf seinen Schoß klettern, doch er sagt, ich solle lieber ins

Bad gehen, in der Wanne und im Waschbecken das Wasser einlassen, er komme gleich.

Der Wasserhahn am Waschbecken macht mir keine Schwierigkeiten, aber der Hahn an der Badewanne klemmt, und als ich es endlich schaffe, ihn aufzudrehen, strömt das Wasser so laut in die Wanne, dass ich einen Riesenschreck bekomme, ich versuche, ihn schnell wieder zuzudrehen, aber das Wasser schäumt weiß, ich rüttele am Hahn, doch es hilft nichts. Ich fange an zu weinen, rufe Großvater um Hilfe.

Er ruft zurück, er sei gleich da, keine Sorge, seine Stimme kommt vom Flur, ich gehe ihm entgegen, er rollt im Sessel, dessen Beine in Rollschuhen stecken, zum Bad, in den Händen hält er seine beiden Lieblingshosenträger, den moosgrünen und den dunkelroten, den moosgrünen hängt er an die Türklinke des Wohnzimmers, den dunkelroten an die Türklinke der Küche, er spannt die Hosenträger, bis sie fast zerreißen, dann schießen sie den Sessel weg, es funktioniert wie eine große Steinschleuder, der Sessel rollt über den Flurteppich. Als Großvater bei mir ankommt, packt er mich, hebt mich hoch, setzt mich auf seinen Schoß und gemeinsam rollen wir ins Bad.

Die Tür fällt hinter uns zu. Die Badewanne ist fast voll, das Waschbecken schon längst, das Wasser läuft über, auf den Fliesenboden. Großvater lächelt, ein Wasserfall, sagt er. Nun ist auch die Wanne voll, das Wasser tritt über den Rand, Großvater sagt, er sei genauso alt gewesen wie ich, als er zum ersten Mal mit einem Schiff gefahren sei, damals sei es genauso gewesen wie heute, sie seien die Donau hinuntergefahren, bis zum Schwarzen Meer, wir werden gleich aufbrechen, müssen nur noch abwarten, bis das Wasser tief genug ist. Er dreht mich um, damit ich ihm gegenübersitze, und erzählt mir von all den Fischen, denen wir begegnen werden, von dem größten Karpfen der Welt, der im Kirchturm einer Insel wohnt, die in der Donau versenkt wurde, von dem hundertfünfzigjährigen Wels, der bei Vollmond an die Wasseroberfläche kommt und auf Türkisch ein uraltes Lied vom Mondschleier singt, von den drei Hausen-Brüdern, die ständig miteinander wetteifern, wer von ihnen die schimpfenden Angler schneller vom Schluckauf befreien kann, von dem schlauen Döbel, der Großvaters Meerschaumpfeife geklaut hat, von Karauschen, Zandern, Brassen und Rapfen, und dabei steigt der Ohrensessel zusammen mit dem Wasser, zuerst bis zum Badewannenrand, dann bis zum Wasserhahn des Waschbeckens, bis zur Unterkante des Spiegels, bis zur ersten Stange des Handtuchhalters, bis zur obersten Stange des Handtuchhalters, bis zur Oberkante des Spiegels, dann berührt die Rückenlehne des Ohrensessels bereits die Decke, das Wasser geht uns bis zum Bauchnabel und steigt und steigt.

Da sagt Großvater, dass wir gleich aufbrechen werden, er schiebt seinen Arm durch meinen, und wir halten uns beide die Nase zu. Ich weiß, was zu tun ist: Wir warten ab, dass das Wasser bis zur Decke steigt, damit das Bad wie ein großes Aquarium ist, und wenn kein Wasser mehr hineinpasst, öffnen wir den Mund und pusten eine riesige Blase, so groß, dass der ganze Sessel darin Platz hat, und dann wird durch den großen Druck das Fenster aufspringen und das Wasser wird hinausströmen wie eine Springflut, obenauf wir in unserer großen Blase, wir werden bis zur Donau hinausgeschossen, dort werden wir die Segel, die Großvater aus seinen alten Hosen zusammengeknotet hat, am Ohrensessel befestigen, werden sie setzen, die Donau und der Wind werden uns zwischen all den silberschuppigen Fischen vorantreiben, über

Grenzen hinweg, durchs Eiserne Tor und das Delta, bis zum Meer.

## Der alte Frack

Mit dem Videorekorder, den sie zu Weihnachten bekommen hat, sieht sich Großmutter den ganzen Tag die Aufnahme des Neujahrskonzerts an, sie hat es sich schon dreimal oder viermal oder fünfmal oder sechsmal oder siebenmal angesehen, Großvater und ich können gar nicht sagen, wie oft, wir können und wollen es nicht. Er hat schon richtige Kopfschmerzen vom Donauwalzer und vom Radetzkymarsch, er will Stille und auch ich will Stille. Großvater sagt, wir würden Großmutter vergeblich darum bitten, den Fernseher auszuschalten oder auch nur leiser zu stellen, sie werde ihn dann höchstens nur noch lauter stellen, das wisse er genau, er kenne sie gut, in vierzig Jahren hatte er Gelegenheit genug, sie kennenzulernen.

Vergeblich schließen wir die Tür von Großvaters Zimmer, man hört es trotzdem. Vergeblich hängen wir die Kamelhaardecke vor die Tür, das hilft auch nicht. Vergeblich halten wir uns die Ohren zu, vergeblich stecken wir Watte hinein, vergeblich schnitzt Großvater Ohrstöpsel aus Kork, vergeblich setzen wir unsere dicksten Mützen auf, wir hören den Walzer immer noch, fast so laut, als säßen wir neben Großmutter. Oder gar nicht neben Großmutter, sondern mitten im Publikum.

Großvater sagt, wir sollten es trotzdem versuchen. Ich solle zu Großmutter gehen und sie freundlich bitten, den Fernseher leiser zu stellen, vielleicht werde sie sich dieses Mal erbarmen und uns den Wunsch erfüllen.

Ich gehe zu Großmutter, bleibe vor dem Fernseher stehen, sehe die Paare in einem gewaltigen Saal tanzen. Großmutter trägt ihr schönstes Kleid und sitzt in ihrem eigenen Ohrensessel, der genauso aussieht wie Großvaters Sessel, nur dass bei ihrem das Blumenmuster des Bezugs noch zu erkennen ist und dass sie, wenn sie will, aus dem Sessel aufstehen kann, nicht so wie der arme Großvater.

Großmutter sieht fern und isst dabei Vanillekipferln. Ich forme die Hände zu einem Trichter, den ich mir vor den Mund halte, und rufe, liebste Großmutter, Großvater bittet Sie, den Fernseher ein klein wenig leiser zu stellen, doch Großmutter sagt, das komme gar nicht in Frage, ausgeschlossen. Punktum!

Als ich ins Zimmer zurückgehe und es Großvater sage, hält er sich beide Ohren zu und ruft, er halte das nicht länger aus, das könne man unmöglich aushalten. Wir müssen uns unbedingt etwas überlegen, das sei so laut, dass wir es, selbst wenn wir uns die Ohren mit geschmolzenem Wachs verschließen, wie es Odysseus bei seinen Gefährten gemacht hat, immer noch ganz klar hören würden, denn das sei hundertmal oder tausendmal lauter als der Gesang der Sirenen. Hier helfe nur noch eine List.

Großvater dreht seinen Stock um, bückt sich, so weit es ihm im Sitzen möglich ist, und hakt den Griff in den Griff des großen Koffers unterm Bett, zieht ihn langsam hervor und sagt, ich solle ihn öffnen.

Der Koffer ist sehr groß, größer als ich, ich kriege die beiden Verschlüsse kaum auf und schaffe es nicht, den schweren Deckel anzuheben. Großvater steckt seinen Stock zwischen das Seidenpapier, es raschelt, er sagt, dass sei sein Frack, den er nur einmal im Leben getragen habe, damit würden wir

Großmutter nun in die Falle locken. Er werde mir sagen, was ich zu tun hätte.

Als ich wieder zu Großmutter gehe, mache ich alles genau so, wie es Großvater gesagt hat. Ich passe auf, dass ich nicht auf die Schwalbenschwänze trete, passe auf, dass der nach Naphthalin riechende Zylinder mir nicht ins Gesicht rutscht, passe auf, dass das weiße Hemd nicht unter den hochgeschlagenen Jackenärmeln hervorsieht und mir der weiße Handschuh nicht von der Hand rutscht. Ich bleibe vor Großmutter stehen und sage, was Großvater mir beigebracht hat: »Darf ich um diesen Tanz bitten, Gnädigste?« Und dann passiert alles genau so, wie Großvater gesagt hat. Großmutter legt die Fernbedienung hin und klatscht in die Hände, sie sagt, na so was, du siehst ja aus wie dein Großvater damals, sie steht auf, ergreift meine Hand, legt sie sich um die Taille, die andere Hand hält sie fest, dreht sich mit mir, hebt mich, führt mich. Wir tanzen um den Ohrensessel und den kleinen Tisch herum, hinüber zu dem abgewetzten Perserteppich, und als ich mich zur Tür drehe, sehe ich Großvater, der das Ende seines Stocks in den Türrahmen einhakt und sich zur Tür zieht. Die Rollen der Rollschuhe, in denen die Sesselbeine stecken, quietschen, doch das wird von der Musik übertönt. Großmutter hört es nicht, sie bemerkt gar nicht, dass Großvater bereits in der Tür steht und seinen Hosenträger schwingt, an den er den anderen weißen Handschuh gebunden hat, die Finger des Handschuhs ergreifen die Fernbedienung, Großvater zieht am Hosenträger, und die Fernbedienung fliegt in seine freie Hand, und dann wird es endlich still – doch Großmutter bemerkt nicht einmal das, sie tanzt mit mir weiter, immer weiter im Kreis.

## Medizin

Als Erstes muss man herausbekommen, woher der Wind weht.

Das geht nicht irgendwie, sondern nur so, dass ich Großvater helfe, den Ohrensessel, aus dem er nie aufstehen kann, ans Fenster zu rollen, ich schiebe von hinten, und er hängt seinen Stock immer irgendwo ein und zieht sich nach vorn, und wenn wir ankommen, stellt er mich auf seine Knie. Da öffne ich das Fenster, es ist nicht schlimm, wenn es nicht sofort aufgeht, man muss ein bisschen daran ruckeln, wir ruckeln gemeinsam daran, öffnen es gemeinsam, doch nur ich allein lehne mich hinaus, nicht nur so, wie wenn wir die Tauben mit Hirse füttern, sondern viel weiter. So weit, wie ich nur kann.

Ich muss mich nicht fürchten, ich kann mich ruhig hinauslehnen, Großvater hält mich ganz fest, greift um meinen Bauch, ich kann mich ruhig umsehen, ruhig meine Hand ausstrecken, in der ich Großvaters alte Pilotenmütze mit den Schnipseln von Großmutters Medikamentenrezepten halte. Ich passe auf, dass kein einziges herausfällt, warte, bis Großvater sagt: jetzt, erst dann drehe ich die Mütze um, schüttle sie, bis jeder Schnipsel vom Wind fortgetragen wurde.

Ich muss gar nicht darauf achten, wohin sie fliegen, das macht Großvater. Ich wünsche mir nur, dass der Wind aus der richtigen Richtung weht, damit wir endlich aufbrechen können. Dabei denke ich an Großmutter, wie sie die Rezepte mit einer Schneiderschere zerschnitten hat, wie sie gerufen hat, sie werde kein einziges einlösen, sie werde keine Medikamente mehr nehmen, denn sie helfen alle nicht mehr.

Der Wind weht aus der richtigen Richtung, Großvater

zieht mich zurück. Ich gehe in die Speisekammer und hole unseren Proviant, Zwieback, getrocknetes Fleisch und Grog. Damit Großmutter nicht mitbekommt, was wir vorhaben, sprechen wir von Zitronenwaffeln, Karamellbonbons und Holundersirup. In der Zwischenzeit holt Großvater aus der Wäschetruhe beide Damastdeckenbezüge, Damastbettlaken und Damastkissenbezüge hervor, die er in der Nacht zusammengenäht hat, ich helfe ihm, das Ganze aus dem Fenster zu hängen und es an den Knöpfen zu beiden Seiten des Ohrensessels zu befestigen, die den Bezug halten, und als ich fertig bin, setze ich mich auf Großvaters Schoß. Ich nehme den Eisentopf, den ich aus der Küche hergeschleppt habe und in den Großvater seinen Bunsenbrenner gestellt hat, in beide Hände, und Großvater zündet ihn an, die Flamme füllt den Ballon mit heißer Luft, er wölbt sich aus dem Fenster hinaus, und wir können losfliegen. Er zieht auch den Ohrensessel durchs Fenster hinaus, und Großvater stößt uns mit seinem Stock ab, damit wir nicht gegen den Fensterrahmen stoßen und die Farbe abschlagen. Nun setzt Großvater seine Pilotenmütze auf, und schon fliegen wir über die Straße, das Viertel, die Stadt.

Wir fliegen, Großvater steuert, ich werfe die Sandsäcke in die Tiefe, wir befinden uns bereits über dem Meer. Wir blicken hinunter, sehen im Wasser Haie und Kraken, Wale und Delphine, und dann fliegen wir über Afrika, sinken ein wenig, pflücken uns Datteln von einer Palme, sammeln sie in Großvaters Mütze, wir fliegen, essen, spucken die Kerne hinunter.

Als die Datteln alle sind, fliegen wir schon über der Sahara, geraten in einen gewaltigen Sandsturm, doch Großvater setzt sich die Pilotenbrille auf und hält mir die Augen zu, damit kein Sand hineinkommt. Der Wind rüttelt heftig an dem Sessel, aber ich weiß, uns kann nichts passieren. Als sich der Sturm legt, sehen wir vor uns bereits den Kilimandscharo. Wir schaffen es kaum, über ihn hinwegzufliegen, ich muss fast alle unsere Sandsäcke in die Tiefe werfen, doch schließlich kommen wir bei Madagaskar an.

Großvater dreht den Bunsenbrenner zu, wir sinken langsam. Wir suchen nach dem höchsten Baobab, finden ihn bald. Auf der Spitze des Baumes sitzt ein alter Mann mit einem Korkhut, er baumelt mit den Beinen und raucht Pfeife. Großvater ruft ihm einen Gruß zu, ich ebenfalls, der Mann winkt uns zu, er sieht dem Mann, der in der Apotheke arbeitet, sehr ähnlich, nur ist sein Gesicht ganz schwarz. Großvater gibt mir die Strickleiter in die Hand, die wir aus seinen alten Kniestrümpfen geknüpft haben, ich lasse sie hinunter, der Mann fängt sie auf, und ich warte, dass er zu uns in den Ohrensessel hinaufgeklettert kommt, aber das tut er nicht, er bindet nur etwas ans Ende der Strickleiter. Wir ziehen sie hoch, und da sehe ich, dass es sein Korkhut ist, voller großer Walnüsse. Großvater nimmt zwei heraus, knackt sie, aus der Nussschale fallen weiße Tabletten und bunte Kapseln, einige rieseln ihm zwischen den Fingern hindurch. Großvater sagt, das ist es! Das ist die wahre Medizin, die auf der ganzen Welt allein hier wächst, deshalb sind wir bis hierher geflogen und jetzt bleibt uns nichts anderes mehr zu tun, als sie mit nach Hause zu nehmen, wo wir dann alle Tabletten und Kapseln im Messingmörser zerstampfen und geschickt in einunddreißig Portionen aufteilen werden. Meine Aufgabe wird es sein, jeden Morgen mit dem Würfelzucker eine Portion in Großmutters Kaffee zu schmuggeln, doch das muss ich ganz vorsichtig machen, damit sie es bloß nicht merkt.

## VOM HIMMEL HOCH

### Fast alles, was ich über Weihnachten weiß

Die Weihnachtsgeschenke und den Weihnachtsbaum bringt nicht das Jesulein, sondern der Engel. Das kann auch nicht anders sein, denn das Jesulein ist ein Baby, den Weihnachtsbaum mit dem schweren Ständer könnte es niemals schleppen und die Geschenke erst recht nicht.

Der Engel bringt den Baum, und der Engel nimmt ihn auch wieder mit. Er hat einen großen, großen Dachboden, und der große, große Dachboden steht voller Schränke, und jede Familie hat ihren eigenen Schrank, dort bewahrt der Engel den Baumschmuck auf, denn jedes Jahr sollen ihn alle zurückbekommen. Der Engel könnte, wenn er wollte, den Schmuck auch vertauschen, doch das tut er nicht, er macht die kaputten Sachen nicht heil, nur wenn fast alles zerbrochen ist. Dann bringt er alles neu.

Auf unserem Baum gibt es jedes Jahr einen Glasfuchs mit gestrecktem Schwanz, am Baum von Großmutter und Großvater Goldvögel mit echten roten und grünen Schwanzfedern, es gibt sogar Watteschnee und goldene Walnüsse, aber die Nüsse darf man nicht knacken, dabei würde ich zu gerne wissen, ob die goldenen Nüsse auch innen golden sind, ich weiß, dass etwas drin ist, denn einmal habe ich eine Nuss vom Baum genommen und geschüttelt und es innen klackern gehört, aber da kam Großvater ins Zimmer, und als er sah, was ich mache, sagte er, ich soll sie sofort wieder zurücklegen. Wenn wir eines Tages auch mal eine goldene Nuss bekommen, werde ich sie knacken und dann weiß ich es endlich.

Der Engel hat auch ein Feuerzeug, eines, dem das Gas nie ausgeht, damit zündet er die Kerzen und die Wunderkerzen an. Er könnte auch einfach einmal mit dem Flügel schlagen, um sie anzuzünden, aber das macht er nicht, weil er gern sein Feuerzeug benutzt, und das darf er auch, er ist erwachsen. Ich weiß nicht, ob er das Feuerzeug dem Jesulein geben würde, wenn es ihn darum bittet. Kinder dürfen nicht mit Feuerzeug oder Streichhölzern spielen, wer es trotzdem macht, pieselt nachts ins Bett.

Der Engel hat auch ein Glöckchen, mit dem er klingelt, wenn wir endlich ins Zimmer dürfen, weil er die Geschenke hingestellt hat, die Glocke ist aus Silber und ganz klein, ich weiß es, weil der Engel sie einmal bei uns vergessen hat, ich hatte sie in der Schublade von Papas Sekretär gefunden, aber wir mussten sie ihm zurückgeben, wir haben sie ins Fenster gestellt, zum Mitnehmen, und er hat sie auch genommen.

Der Engel bringt auch Geschenke, aber nur den braven Kindern, wer böse war, bekommt nur Zwiebeln und Kohlenstücke, aber das passiert nur selten, dazu muss man schon etwas ganz Schlimmes angestellt haben. Kleine Schlimmheiten verzeiht das Jesulein. Mir hat es auch verziehen, als ich dem fiesen Blockwart einen Schneeball in den Briefkasten gestopft habe, ich musste dem Jesulein nur versprechen, es nie wieder zu tun.

Der Engel packt die Geschenke für jeden hübsch ein, bindet sogar ein Band darum, schön fest, damit ihm die Geschenke nicht unterwegs aufgehen, er möchte sie ja nicht verlieren, wenn er über die Stadt fliegt. Deshalb bekommt man die Geschenke nur schwer auf, die Schleifen kann man nicht lösen, die Bänder nicht zerreißen, nur zerschneiden kann man sie, und dann sucht Mutter die große Schere, und man ist ganz aufgeregt, ob im Päckchen auch das ist, was man sich gewünscht hat, ob der Engel es wirklich gebracht hat.

Dabei müsste man gar nicht so aufgeregt sein, der Engel bringt nämlich jedes Jahr genau das, was man sich gewünscht hat, dafür muss man ihm nicht mal einen Brief schreiben oder ein Bild malen, es reicht, wenn man zum Himmel guckt und sagt, lieber Engel, bring mir bitte einen Plastikritter mit dem Panzer zum Abnehmen, so einen wie Trénika hat, der Engel merkt es sich sofort und bringt dann genau diesen Ritter, und zwar nicht nur einen, sondern gleich drei, vielleicht auch vier, fünf oder sechs.

Aber am besten haben es die Waisenkinder, sie müssen nicht von Nikolaus bis Weihnachten brav sein, sie wissen schon zu Nikolaus, dass sie ein Geschenk kriegen, der Engel stellt ihnen schon zu Nikolaus den großen Weihnachtsbaum vor dem Rathaus auf, der Baum hat keinen richtigen Schmuck, die Geschenke sind der Schmuck, riesengroße Geschenkschachteln, eingepackt in Buntpapier, die Schachteln sind so groß und schwer, dass ich mir gar nicht vorstellen kann, was drin sein könnte, und sie hängen so weit oben, dass man nicht reingucken und auch nicht dranklopfen kann. Dazu müsste man eine Leiter holen oder mit einem Feuerwehrauto unter den Baum fahren. Einmal wollte ich mir bei Vater die Eisenschuhe aus der Bergsteigerausrüstung leihen, mit den Metallhaken vorne, mit denen klettert er die vereisten Felsen hinauf, ich wollte damit auf den Weihnachtsbaum steigen, um mir eines von den großen Geschenke anzusehen, aber Mutter hat gesehen, was ich mache, und ich musste es ihr sagen, sie wurde sehr wütend und fragte, ob ich auch daran gedacht hätte, dass dann die Waisenkinder keine Geschenke bekommen würden, nur wegen mir und meiner Neugier, und dass das sehr böse von mir sei, dabei hatte ich das Geschenk doch gar nicht mitnehmen wollen, ich wollte nur hineingucken, weil die Schachteln so groß sind.

In Wirklichkeit sind es aber gar nicht die Geschenke, auf die ich am meisten gespannt bin, denn ich weiß ja, dass der Engel mir einen Robin-Hood-Bogen und zwölf Pfeile mit echten Federn bringt und Ritter mit dem Panzer zum Abnehmen und vielleicht sogar ein Bowiemesser, wie das von Old Shatterhand, aber am meisten gespannt bin ich darauf, wie der Engel aussieht. Letztes Jahr, als er im Wohnzimmer war, habe ich durchs Schlüsselloch seinen Flügel gesehen, nicht den ganzen, nur ein paar große blaue Federn, aber der Engel spürte, dass ich ihn beobachte, und ist husch weggeflogen. Dieses Jahr habe ich mir aus Klopapierrollen und zwei kleinen Spiegeln ein Periskop gebaut; wenn ich mich in unserem Zimmer auf den Stuhl stelle und ein bisschen hinausbeuge, kann ich ins Wohnzimmer spähen, und wenn ich es schaffe und die Spiegel nicht beschlagen, könnte ich den Engel wirklich und wahrhaftig sehen.

## Weihnachtsbaum

Der Sohn des Blockwarts sagt, dass ihnen nicht der Engel den Weihnachtsbaum bringt, sondern er und sein Vater ihn klauen, und nicht so einen kleinen, wie der Engel ihn uns bringt, sondern einen viel größeren, der bis zur Decke reicht. Ich sage nichts, denn der Weihnachtsbaum, den uns der Engel letztes Jahr brachte, ging wirklich nicht ganz bis zur Decke, zuerst dachte ich, doch, aber als der Sohn des Blockwarts mit seinem Blasrohr bei uns vorbeikam, sagte er, dass es nicht so ist, es sieht nur so aus, aber wenn wir auf die Kommode in der Zimmerecke steigen und uns auf die Zehenspitzen stellen, sehen wir sofort, dass der Baum nicht ganz bis zur Decke reicht, zwischen dem Goldstern und der Decke gibt es einen Spalt, zwei, drei Finger breit, dann schoss er sogar mit seinem Blasrohr über den Stern hinweg, gleich beim ersten Mal klappte es nicht, erst beim dritten, aber ihr Baum war wirklich höher, er nahm mich mit zu sich nach Hause, um es mir zu zeigen, die Baumspitze war umgebogen, weil er sonst nicht bei ihnen ins Wohnzimmer gepasst hätte.

Ich sage zu dem Sohn des Blockwarts, dass dieses Jahr unser Baum trotzdem größer sein wird, ich weiß es, denn ich habe dem Engel geschrieben, er soll uns einen größeren bringen, und ein Bild gemalt, auf dem die Zimmerdecke und der Weihnachtsbaum und der Stern an der Baumspitze zu sehen sind, man kann genau erkennen, dass der Baum bis zur Decke reicht, und als ich fertig war mit dem Brief, habe ich ihn zu einem Blasrohrkügelchen gerollt und aufs Dach geschossen, denn das ist schon nah am Himmel und dorthin darf keiner, außer im Sommer die Teerarbeiter und im Winter die Engel, also wird er den Brief sicher bekommen.

Es ist nicht mehr lang bis Weihnachten, ich kann es kaum erwarten, dass der Engel endlich kommt. Den Weihnachtsbaum bringt uns ein anderer, nicht der, der die Geschenke bringt, ich weiß sogar seinen Namen, Misi Szász heißt er. Ich habe gehört, wie sich meine Eltern über ihn unterhalten haben, sie hoffen, dass er uns auch in diesem Jahr wieder einen so schönen Baum bringt wie im letzten, nur hat er es dieses Jahr viel schwerer, der Arme, denn sie haben das Autofahren verboten, und Weihnachten wollen sie auch verbieten, er wird es nicht leicht haben, uns den Baum zu bringen, und da bin ich fast hinausgerannt, um ihnen zu sagen, dass sie sich keine Sorgen machen müssen, denn ich habe mich schon um alles gekümmert, ich habe dem Engel genau beschrieben, wie groß der Baum sein soll, den er uns bringt, und auch wegen dem Autofahren sollen sie sich keine Sorgen machen, denn die Engel, die sind nicht mit dem Auto unterwegs, sondern sie fliegen, aber ich weiß, wenn ich zu ihnen gehe, dann schimpfen sie mich aus, weil ich nicht schlafe und sie belausche, also bin ich lieber nicht zu ihnen gegangen.

Am nächsten Morgen sehe ich, dass ich recht hatte, weil draußen, auf dem zur Hälfte verglasten Balkon, zwischen dem weißen Schrank und dem Fenster, ein zusammengebundener Tannenbaum steht, ich gehe schnell zur Balkontür, stelle mich auf die Sessellehne und entdecke, dass dort nicht nur ein Tannenbaum steht, sondern gleich vier, und da rufe ich Mutter und Vater, sie sollen kommen und sich ansehen, was passiert ist, der Engel hat den Weihnachtsbaum schon einen Tag früher gebracht. Sicher hat er meinen Brief bekommen und sich geschämt, dass der Baum letztes Jahr nicht ganz bis zur Decke gereicht hat, und um das wiedergutzumachen, hat er uns jetzt gleich vier Tannen gebracht, einen für jedes Zimmer, sogar für den Flur, unsere Wohnung wird aussehen wie ein Weihnachtsbaumwald, in jedem Zimmer wird es nach Tanne riechen und nach Wunderkerzen und vielleicht wird er dieses Jahr auch viermal so viele Geschenke bringen, unter jeden Baum einen ganzen Haufen.

Vater meint, dass der Engel unseren Balkon bestimmt als Lager benutzt und uns auch die Bäume für die Großeltern, für meinen Onkel und meinen Patenonkel gebracht hat, das ist etwas ganz Besonderes und ein großes Geheimnis, ich darf niemandem davon erzählen und auf keinen Fall auf den Balkon gehen, denn den hat schon der Engel besetzt.

Ich erzähle es auch niemandem, nur dem Sohn des Blockwarts muss ich es erzählen, wir haben, hahaha, gleich vier Bäume, riesengroße, sie stehen schon oben bei uns, neben dem Schrank versteckt, unser Balkon ist nämlich so toll, dass der Engel ihn als Lager benutzt, und am Nachmittag verstecke ich mich hinter dem Vorhang und beobachte ihn, wie er die anderen drei Bäume mitnimmt.

Mutter und Vater sind nicht da, sie kommen heute erst abends nach Hause, sie müssen weit laufen, um Mohn zu organisieren, Nüsse, Kastanien, damit uns beim Weihnachtsessen nichts fehlt, sie wissen, dass ich mich benehme, denn wenn ich böse bin, sieht es der Engel, und dann bekomme ich zu Weihnachten nur Zwiebeln.

Ich stelle nichts an, sitze auf dem Boden zwischen der Balkontür und dem kaltem Heizkörper, nachmittags wird die Heizung abgestellt, aber ich friere nicht, ich habe mich unter den Decken versteckt, nur das Periskop schaut heraus, vier Klopapierrollen lang, es reicht bis zum Fenster, ich kann den Schrank gut sehen, die Tannenbäume und das Balkongeländer und bestimmt auch den Engel.

Ich rühre mich nicht, drücke das Auge ans Periskop und wünsche mir, dass der Engel endlich kommt. Irgendwann merke ich, dass ich müde werde, doch ich weiß, ich werde nur müde, weil der Engel will, dass ich schlafe, wenn er kommt, damit ich ihn nicht sehe, ich hole meine allerspitzeste Blasrohrmunition heraus und steche mir in den Finger, um wachzuwerden, und ich werde auch wach und sehe, wie von oben, vom Dach, ein Seil herunterkommt, dann noch eines, gleich wird schöne Orgelmusik erklingen, denke ich, aber nichts erklingt, an dem einen Seil rutscht eine weißgekleidete Gestalt herunter, an dem zweiten eine andere, so habe ich mir die Engel nicht vorgestellt, ich dachte, sie würden mit nackten Füßen kommen, in weiße Laken gehüllt, mit leuchtendem Glorienschein, aber diese Engel sind angezogen, sie tragen Skianzüge und weiße Stiefel und weiße Mützen und Skibrillen, weiße Schals, ich wünsche mir, dass sie sich umdrehen, damit ich ihre Flügel sehen kann, aber sie drehen sich nicht um, sie greifen neben den Schrank und holen einen der Bäume hervor, heben ihn hoch und werfen ihn über das Geländer, durch das Periskop kann ich es nicht sehen, aber ich weiß, dass der Baum nicht hinunterfällt, sondern aufs Dach fliegt, wo die anderen Engel schon warten, da nehmen sie den zweiten Baum, werfen ihn übers Geländer, den dritten, und nun steht nur noch ein Baum auf unserem Balkon, der schönste und größte, unser Baum, die Engel packen ihn und werfen ihn übers Geländer. Zuerst bekomme ich einen Schreck, sie haben unseren Baum mitgenommen, was jetzt, ich will aufstehen und den Engeln zurufen, was sie da machen, doch dann sehe ich, wie sie mit dem Seil in der Hand aufs Balkongeländer klettern, und der kleinere Engel winkt mir ganz freundlich zu und breitet die Flügel aus, als lasse er ein großes Bettlaken hinter sich flattern, da ziehe ich mein Periskop schnell ein, ich weiß, die Engel haben unseren Baum mitgenommen, um ihn zu schmücken, und morgen Abend bringen sie ihn geschmückt zurück.

Ich warte ein bisschen, dann stehe ich auf und sehe hinaus auf den Balkon, die Engel sind fort, wo die Bäume standen, liegen nur noch Tannennadeln, mich überkommt die helle

Freude, ich denke an Vater und Mutter und weiß, auch sie werden sich freuen, sogar sehr.

## Weihnachtspralinen

Am Tag vor Weihnachten, wenn wir die Süßigkeiten an den Baum hängen, stellte sich heraus, dass mein Patenonkel, der sie sonst aus Deutschland mitbrachte, dieses Jahr nicht kommen durfte. Bei uns gab es nirgends Pralinen, auch keine Bonbons, keinen Würfelzucker, keinen Kristallzucker, auch keinen Puderzucker, wenn es Würfelzucker oder Bonbons gegeben hätte, hätten wir die Zuckerstückchen oder Bonbons in Servietten und Stanniolpapier eingewickelt und die Weihnachtssüßigkeit selbst hergestellt und an den Baum gehängt, wir hätten aus Kristallzucker und Puderzucker Karamellbonbons gemacht, sie in Buntpapier gewickelt und an den Baum gehängt, aber wir hatten keinen Zucker, und Großmutter fragte, was wir nun tun wollten, das sei unmöglich und unhaltbar, so etwas habe es noch nie gegeben, wir müssen etwas unternehmen, Großvater soll sich etwas überlegen, und zwar sofort.

Großvater sagte, er habe sich überlegt, dass wir Kieselsteine in die Servietten und das Stanniolpapier wickeln könnten, das wird auch hübsch aussehen, doch Großmutter sagte, das kommt nicht in Frage, an den Baum gehören Süßigkeiten, echte, die man essen kann, und sie mache sich jetzt auf den Weg, die Süßigkeiten besorgen, koste es, was es wolle; sie band sich ihren Seidenschal um und setzte die weiße Fuchsmütze auf, die an einer Seite schon Fell verlor, zog den Wintermantel an, schnappte sich den Korb und ging los.

Sie kam erst spät nach Hause, Großvater und ich spielten

Siebzehn und Vier und hörten Radio, und als es schon dunkel war und ich zwei volle Streichholzschachteln an ihn verloren hatte und dann fast alles wieder zurückgewonnen hatte, kam Großmutter endlich nach Hause, und ihr Korb war so voll, dass sie ihn mit beiden Händen tragen musste, aber was in dem Korb war, sah man nicht, er war mit einer Plastiktüte bedeckt, und da dachte ich, wenn das alles Pralinen sind, dann haben wir so viele, dass wir damit nicht nur einen, sondern ein Dutzend Weihnachtsbäume vollhängen können, und ich wollte schon sagen, wie toll ich das fand, da zog Großmutter die Tüte vom Korb und ich sah, dass keine Bonbons darin waren, sondern Rettich, viele Knollen und riesig groß.

Da fragte Großvater, was, in Gottes Namen, das sei, und Großmutter antwortete, was er denn glaube, Zuckerrüben natürlich, und da wurde er laut, was zum Teufel fangen wir denn mit Zuckerrüben an, da schmecken ja sogar Kieselsteine besser, aber Großmutter sagte, nichts da, ran an die Arbeit, heute Abend wird hier Zucker raffiniert, endlich haben wir mal was von seinen Chemiekenntnissen, die brachliegen, seit er Rentner ist, und da wurde er wütend und sagte, ganz im Gegenteil, erst vor kurzem habe er aus der ranzigen Wurst, die der Nachbar auf dem verschlossenen Dachboden gefunden hat, eine wunderbare Seife gekocht, aber das Raffinieren von Zucker sei etwas anderes, ein sehr kompliziertes Verfahren, unter häuslichen Bedingungen kann kein Mensch so was durchführen.

Doch da sagte Großmutter, sie kann sich nicht vorstellen, dass es nicht möglich ist, und sie versteht gar nicht, warum Großvater so leicht aufgibt, als er Schießpulver herstellen wollte, um mit der alten Pistole auf Auerhahnjagd zu gehen, hat er doch auch nicht aufgegeben, auch nicht, als er sich aus ihrem schönsten Daunenbett eine Jacke genäht und dazu die Damasttischdecke in der Badewanne grün gefärbt und imprägniert hat, und da sagte Großvater, seinetwegen könnten wir es versuchen, doch sie soll ihn dann nicht unter Tränen beschuldigen, wenn nichts daraus wird.

Zuerst legten wir die Zuckerrüben in die Wanne und putzten sie mit einer Stahlbürste und danach mit einer Nagelbürste, dann trockneten und schälten wir sie, und als alle geschält waren, schnitten wir sie in Scheiben, und da probierte ich eine, und sie schmeckte furchtbar, viel schlimmer als richtige Rüben, sie war kein bisschen süß, und wir mussten sehr dünne Scheiben schneiden, also schnippelten und schnippelten wir, und ich dachte schon, wir würden nie fertig werden, aber als wir fertig waren, lag ein riesiger Haufen Zuckerrübenscheiben auf dem Küchentisch.

Großvater holte den italienischen Schnellkochtopf aus der Speisekammer, und Großmutter sagte, den soll er nicht anrühren, sie wird nicht mit ansehen, wie er ihn kaputtmacht wie damals den alten, in dem er Schnaps hatte brennen wollen und ihm dann das Ventil um die Ohren flog, und Großvater sagte, ohne Schnellkochtopf geht es nicht, denn nur unter Druck kann man den Zucker aus den Zellen holen, also stopften wir die Zuckerrüben in den Topf und gossen sie mit Wasser auf und kochten es, und während es kochte, machte Großmutter sich immerfort Sorgen, dass der Topf explodieren wird, und Großvater stellte die gesamte Speisekammer auf den Kopf, weil er die anderen Zutaten und Geräte suchte, die wir zum Raffinieren brauchten, das Natron und die Sodaflasche und die Sodapatronen, und als der Kochtopf bereits sehr laut pfiff, ließen wir den Dampf ab und gossen den Saft zuerst durch das Nudelsieb, dann durch das Mehlsieb, dann durch das Teesieb, und ich kostete es und es war tatsächlich süß, aber nur ein bisschen, und da sagte Großvater, ich soll warten, denn das ist noch gar nichts, jetzt muss man Lauge dazugeben, wir haben aber keine, deshalb nehmen wir Natron, wir nahmen Natron, es schäumte und stank furchtbar, und dann gossen wir es wieder durchs Sieb, und nun war es schon süßer, und wir füllten den warmen Saft in die Sodaflasche, und Großvater drückte drei Patronen hinein und schüttelte sie, und Großmutter rief wieder, o nein, gleich explodiert es, und er sagte, sie soll nicht schreien, als er damals die Weltkriegsbombe zerlegt hat, ist auch nichts passiert, und als er den Hebel drückte, wäre die Flasche wirklich fast explodiert, der Sirup spritzte mit großer Kraft heraus, er schäumte sehr und war trüb, und wir mussten ihn wieder durchs Sieb gießen, und dann gossen wir ihn in einen Topf, und da war er tatsächlich schon ziemlich süß, und Großvater sagte, jetzt müssen wir ihn nur noch dickflüssiger machen, das heißt, wir müssen ihn kochen, und wir kochten ihn, aber da war es schon nachts um zwei, wir kochten und kochten ihn trotzdem, doch der Sirup wollte nicht dickflüssiger werden, nur der Geruch wurde immer stärker, und da waren wir schon so müde, dass wir ihn kaum noch umrühren konnten, also wechselten wir uns ab, und irgendwann sind wir, glaube ich, dort, in der Küche, alle drei gleichzeitig eingeschlafen.

Ich träumte nichts, dabei wäre es schön gewesen, von den Engeln zu träumen, und als ich aufwachte, sah ich Großmutter und Großvater, wie sie mit dem Kopf auf der Tischplatte schliefen, und unter dem Topf brannte immer noch das Feuer, ich blickte hinein, vom Sirup war nichts mehr zu sehen, doch am Boden klebte eine graue Masse, und da drehte ich die Flamme ab und steckte den Holzlöffel hinein und hielt die Masse unters kalte Wasser und wartete, bis sie auskühlte, und sah mich in der Küche um, alles war voller Zuckerrübenschalen, überall klebte Zuckerrübensaft und Zuckerrübenschaum, und Zeitungspapier lag herum und Siebe und Töpfe, und ich sah Großmutter und Großvater, die tief schliefen und beide im Traum lächelten, und da steckte ich endlich den Holzlöffel in den Mund, und es schmeckte süß und ich wusste, wir waren gerettet.

# WEISSGESICHT
## Mastkorb

Vaskuti versuchte seit mindestens zehn Minuten erfolglos, die schwarze Patina von der Teakholzplatte des Gartentischs zu entfernen, und sang dabei ein Seemannslied.

Zu Beginn hatte ihm sein Sohn geholfen und mit der Nagelbürste eine Ecke des Tisches geschrubbt, doch bald wurde ihm die Arbeit zu anstrengend. Erst wollte Vaskuti ihn noch dazu anhalten, nicht so schnell aufzugeben, aber dann holte er doch lieber die Kreidekiste, die im Kellerfenster stand, und sagte, er solle etwas Schönes auf die Betonterrasse malen, Mutter werde sich sehr darüber freuen, wenn sie mit Karolina vom Ballett nach Hause kommt.

Neben der Kreidekiste lag die alte Autowaschbürste, Vaskuti steckte sie auf den Gartenschlauch, drehte den Wasserhahn auf und schrubbte den Tisch mit der Bürste, unter der grauer Schaum hervorquoll, ab und zu warf er einen Blick auf seinen Sohn, der auf dem Beton kniete und einen riesigen Baum zeichnete, die Lippen geschürzt vor Konzentration, an seinem Nacken wippte eine vom Nachmittagsschlaf verwuschelte blonde Strähne. Vaskuti schrubbte und schrubbte, erzählte dabei vom Urwald, aus dem dieser Tisch stamme, von den riesigen Teakbäumen und von Seeleuten und Schiffen und davon, dass früher auch die Schiffsdecks aus Teakholz gebaut wurden, und dann fiel ihm jenes alte Seemannslied ein, das er von seinem Großvater gelernt hatte und das er nun seinem Sohn vorsang. Dabei schrubbte er immer heftiger, drückte die Bürste mit beiden Händen auf den Tisch, die Borsten lagen schon fast flach auf der Tischplatte, die immer noch genauso dunkel war wie zu Anfang, als er den Tisch im Sperrmüll entdeckt hatte; hätte ich ihn doch bloß dort gelassen, dachte er plötzlich, dabei hatte er sich so gefreut, als er ihn entdeckte, ein echter Teakholztisch, neu hätte er ein Vermögen gekostet, so etwas wird heute gar nicht mehr hergestellt, egal, wen juckt das schon, gleich würde er das Beil aus dem Keller holen und das Ding kurz und klein schlagen, auf die Feuerstelle werfen und mit Grillanzünder übergießen und abfackeln, sollte es ruhig verbrennen, aber es war völlig durchnässt, es würde gar nicht brennen, und bei diesem Gedanken blickte er wieder zur Bürste und entdeckte eine Stelle, so groß wie eine halbe Handfläche, wo das honigbraune Holz sichtbar wurde. Sein Zorn verflog, man muss einfach weiterschrubben, das ist das Geheimnis, dachte er, nein, er dachte es nicht nur, sondern sprach es laut aus, mit der Scheuerbürste fuhr er schwungvoll über die Tischplatte, etwas zu schwungvoll, denn der Gartenschlauch löste sich vom Bürstengriff, das Wasser spritzte auf Vaskutis kariertes Hemd, auf die Trainingshose und lief sogar in die Gummistiefel, das Wasser war kalt.

Er stieß einen Fluch aus, griff nach dem Schlauch, der auf den Beton fiel, genau neben die Zeichnungen, neben dem Baum stand ein Haus, und neben dem Haus hielt ein Riese mit Schaufelhänden eine Feuerkugel in der Hand, vielleicht war es aber auch nur die Sonne, das Wasser floss um die verstreuten Kreidestücke herum. Vaskuti dachte, sie würden aufweichen, und tat schon einen Schritt, um das Rot mit dem

Fuß beiseitezurollen, als ihm plötzlich aufging, dass sein Sohn nicht da war.

Er sah sich um, konnte ihn nirgends entdecken, weder auf der Terrasse noch im Garten, er wollte schon ins Haus gehen, um dort nach ihm zu suchen, als er das dünne Stimmchen hörte, das ihm zurief, Papa, schau her, schau mal, wo ich bin!

Die Stimme kam von oben, und als Vaskuti hinaufblickte, durchfuhr es ihn, als hätte man ihm senkrecht einen langen Eisenstab neben die Wirbelsäule gerammt. Sein Sohn stand in der Spitze des alten Kirschbaums auf einem Ast, der aus der letzten Gabelung des Hauptastes wuchs, und hielt sich mit beiden Händen an einem noch dünneren, nach oben strebenden Ast fest, beide Äste schwangen und schaukelten unter seinem Gewicht, er lächelte, ließ mit einer Hand den Ast los und winkte.

Augenblicklich rann Vaskuti der Schweiß über die Kopfhaut, seine Oberschenkel verkrampften sich, ihm war, als könnte er sich nicht mehr bewegen, die Gedanken schossen durcheinander, acht Meter Tiefe, Kirschholz bricht am leichtesten, der Zweig hängt genau über den eisernen Zaunspitzen, all diese Gedanken verschmolzen in seinem Kopf zu einem einzigen Schrei der Ohnmacht und des Entsetzens, er stand da, spürte, wie er zitterte, nahm die Augen nicht von seinem Sohn, sah den wolkenlosen blauen Himmel über ihm, das geräuschlos gleitende Segelflugzeug, es stand still in der Luft, als hätte man die Zeit angehalten, Vaskuti hob ganz langsam die Hand, winkte seinem Sohn zu, verzog den Mund zu einem Lächeln und rief mit seiner fröhlichsten Stimme, das ist ja toll, Jancsi, du bist wirklich geschickt, genau wie ein echter Seemann, aber nun komm wieder runter. Ein langer, sehr langer Augenblick verstrich, und Jancsi ergriff mit der

Hand, mit der er ihm zugewinkt hatte, den Ast und kletterte hinunter.

## Weißgesicht

Vaskuti sah seinen Sohn an und bemühte sich, kein allzu strenges Gesicht zu machen. Jancsi stand auf dem Treppenabsatz, mit seinem aktuellen Lieblingskuscheltier im Arm, ein seltsamer gorillaartiger Bär, dessen Namen sich Vaskuti nie merken konnte.

Zum vierten Mal wünschte er Jancsi nun gute Nacht, gute Nacht und schöne Träume, Jancsi nickte ernst, mit zusammengepressten Lippen, er stellte einen Fuß auf die nächste Treppenstufe, ergriff das Geländer, seufzte, hob den anderen Fuß, um die nächste Stufe zu erklimmen, setzte ihn dann aber doch lieber zurück. Er sah seinen Vater nicht an, starrte mit nach unten gezogenen Mundwinkeln auf die Kupferkante der Stufe und drückte sein Kuscheltier.

Vaskuti wartete einen langen Augenblick und fragte ihn dann, was los sei. Jancsi zuckte mit den Schultern wie ein Erwachsener, eine Geste, in der sich Vaskuti unwillkürlich selbst erkannte, das rührte ihn, dennoch schwang in seiner Stimme unterdrückte Gereiztheit mit, als er seinen Sohn aufforderte, mit der Sprache herauszurücken.

Jancsi fuhr sich mit der Zunge über die Lippen, holte tief Luft, ergriff erneut das Geländer, trat auf die nächste Stufe, blieb wieder stehen, blickte zu Vaskuti, es ist nichts, sagte er, verstummte, sprach dann aber doch weiter, mit einer dünnen Stimme, der man anhörte, dass er kurz davor war, in Tränen auszubrechen, ich hab solche Angst, Papa, sagte er.

Vaskuti betrachtete Jancsis Hand, mit der er sich am Treppengeländer festhielt, schon kamen ihm all die fertigen Sätze in den Sinn, er brauche keine Angst zu haben, er sei doch schon ein großer Junge, außerdem gäbe es ja gar nichts, wovor er sich fürchten müsse, und im Kinderzimmer brenne die Nachttischlampe mit dem süßen kleinen Fisch, er, Vaskuti, gehe auch nicht weg, er bleibe hier im Wohnzimmer, Jancsi müsse ihn nur rufen und schon sei er oben bei ihm, er wisse, wie es sich anfühlt, Angst zu haben, aber Jancsi müsse versuchen, die Angst zu besiegen, und er sei sich sicher, dass es Jancsi gelingen werde, die Mutprobe im Karateferienlager habe er doch auch so tapfer bestanden, dabei sei er der Kleinste von allen gewesen, und jemand, dem der nächtliche Wald keine Angst einjage, der müsse sich in seinem eigenen Kinderzimmer ganz gewiss vor nichts fürchten.

Vaskuti sah die dünnen Finger mit den weißen Knöcheln, seufzte und sagte nichts. Er ging zu Jancsi, setzte sich auf den breiten Treppenabsatz und fragte ihn, wovor er Angst habe. Jancsi sah ihn nicht an, sagte, vor nichts, doch seine Augen flackerten, als sähe er tatsächlich etwas. Vaskuti legte die Hand auf Jancsis mageren Kinderrücken, strich darüber, fuhr durch das vom Baden noch feuchte, nach Shampoo duftende Haar des Jungen, wollte sagen, das, wovor er Angst habe, bilde er sich nur ein, es sei seine eigene, zu lebhafte Phantasie, die ihm einen Streich spiele, doch das dürfe er nicht zulassen, Jancsi blickte immer noch nach vorn, Vaskuti drehte den Kopf in die gleiche Richtung wie sein Sohn, von hier aus konnten sie auf den verstaubten Schrank im Flur sehen, zwischen der Rückwand des Schranks und der Wand gab es einen Spalt, ungefähr einen halben Finger breit, den das Deckenlicht nicht mehr erreichte, diesen schmalen Spalt Dunkelheit starrte Jancsi an. Als Vaskuti ebenfalls dorthin blickte, war ihm, als flimmere dieser dunkle Streifen, als sei ein Strudel darübergehuscht. Vaskuti spürte, wie er Gänsehaut bekam, plötzlich hatte er Seifengeruch in der Nase, die Erinnerung war ihm so gegenwärtig, als hätte er sie nie verloren, er lag oben auf dem Doppelstockbett in der frisch gewaschenen Bettwäsche, die Decke war schwer und heiß, sie ließ nicht zu, dass er sich rührte, dabei wollte er mit aller Kraft den Kopf wegdrehen, um nicht weiter den Spalt oben über dem Kleiderschrank anzustarren, die Dunkelheit, die aus diesem Spalt strömte, das durchsichtige weiße Gesicht, das langsam aus der Dunkelheit hervorkroch, das klapperdürre Monster mit den vielen Krallen und Hörnern, das sich oben auf den Schrank hocken und ihn von dort anstarren würde.

Vaskuti schüttelte den Kopf, der dunkle Fleck wurde wieder zu dem, was er in Wirklichkeit war, ein Schattenstreif. Er sah seinen Sohn an. Ich weiß, was dort ist, und ich weiß auch, wie man es bekämpfen und für immer fortjagen kann, sagte er und lächelte. Er ergriff Jancsis Hand und dachte dabei an seinen eigenen Vater, wie dieser ihm das große weiße Zeichenblatt und den Wachsmalstift brachte, wie er den Stift zerbrach und sie gemeinsam den Mund mit den vielen, vielen Zähnen zeichneten, die gemeinen Augen, die Hörner und Krallen, dann zerknüllten sie das Blatt und warfen es ins Waschbecken, sein Vater goss aus dem Flachmann Schnaps darüber, zündete das Streichholz an und reichte es ihm, damit er es aufs Papier warf; das tat er, das zerknüllte Blatt Papier fing Feuer und verbrannte knisternd zu weißer Asche.

## Hut

Kurz zuvor war noch fast alles in Ordnung gewesen, Vaskuti stand neben seiner Frau im Laden, die Geldbörse in der Hand wartete er darauf, dass die Verkäuferin die Röcke ins Regal zurücklegte, die sie einer anderen Frau gezeigt hatte, und er endlich den rotlackierten Strohhut bezahlen konnte.

Es war ein schöner Sommerhut, glockenförmig, mit breiter Krempe und grauem Band, seine Frau war vor dem Geschäft an der Schaufensterpuppe vorbeigeschlendert, hatte ihn im Vorbeigehen genommen und aufgesetzt, sich einmal um die eigene Achse gedreht, Vaskuti angelächelt und ihn gefragt, na, wie steht er mir? Irgendwann in dieser Bewegung hatte sie sich die Haarnadel aus dem Chignon gezogen, so dass der Wind ihr die honiggelben Strähnen gleich ins Gesicht wehte, was sie zum Lachen brachte, und dieses Lachen war wie vor fünfzehn Jahren, als er es zum ersten Mal gehört hatte. In diesem Moment kam es ihm so vor, als wäre seitdem kein einziger Tag vergangen, als wäre alles so wie damals, du siehst wunderschön aus, sagte er, nahm ihr den Hut vom Kopf, ich kaufe ihn dir, er holte die Geldbörse hervor und betrat das Geschäft.

Vaskuti ging zu der Verkäuferin, die vorm Spiegel stand, und sagte, er hätte gern diesen Hut, doch die Verkäuferin schüttelte unwirsch den Kopf, da erst bemerkte er, dass sie vor einer anderen Frau hockte und ihr eine Sicherheitsnadel am Rock befestigte, vielleicht hatte sie sich in den Finger gestochen, denn sie wirkte gereizt, als sie aufstand und in scharfem Ton zu Vaskuti sagte, er möge sich einen Moment gedulden.

Er nickte verlegen und stellte sich etwas abseits, vor einen anderen Spiegel, um zu warten, inzwischen war auch seine

Frau hereingekommen, nahm den Hut, setzte ihn wieder auf, und Vaskuti sah, wie sie sich im Spiegel musterte und wie ihre Züge härter wurden, kühl und streng, ein verzweifelter, trotziger Zorn zeichnete sich ab, ihr Mundwinkel zuckte, und da sah Vaskuti wieder diese Falte der Bitterkeit in ihrem Gesicht, die er in den letzten drei Jahren so oft an ihr beobachtet hatte, seine Frau sah kalt durch ihr Spiegelbild hindurch, ihr Blick zeugte von Wut, Selbsthass und einem Hauch Selbstmitleid, es war ein schmerzhaft intimer Moment, Vaskuti wusste, dass er wegsehen und so tun müsste, als hätte er es nicht bemerkt, eine lustig-blöde Bemerkung machen, damit seine Frau Zeit hatte, sich zu sammeln, und versuchen konnte, wieder zu lächeln, damit sie so tun konnte, als sei alles in Ordnung, doch er wusste, dass es zu spät war; als er das Zucken des Mundwinkels gesehen hatte und das Sich-Vertiefen der langen Falte, war ihm schon klar gewesen, seiner Frau konnte nicht entgangen sein, dass er sie beobachtete, was dem Ritual des Selbsthasses eine Endgültigkeit und Unwiderruflichkeit verlieh, die Scham verzerrte ihr Gesicht zu einer wütenden Maske, was sie um Jahre altern ließ, und Vaskuti wusste, dass er ihr nun vergebens sagen würde, wie egal es ihm war, dass sie nicht mehr so aussah wie mit zwanzig, als er sie kennengelernt hatte, denn er sehe immer noch das Gleiche in ihr und daran werde sich auch nichts ändern, seine Frau würde ihm das nicht glauben, denn sie interessierte sich nur dafür, was sie im Spiegel sah oder zu sehen glaubte. Sie gab einen kurzen Schnieflaut von sich, warf den Kopf in den Nacken, nahm den Hut ab, warf ihn auf den antiken Tisch, der neben dem Spiegel stand, griff nach Vaskutis Geldbörse, riss sie ihm aus der Hand, wandte sich ab und stürmte aus dem Geschäft, wobei sie von einem anderen Tisch einige Blusen herunterfegte.

Vaskuti packte der Zorn, er sah die Blusen vor seinen Füßen, gleich würde er drauftreten, auf ihnen herumtrampeln, sie zerreißen, zerfetzen, und nicht nur die Blusen, all die beschissenen Kleider, die in diesem gottverdammten Geschäft auf den Kleiderbügeln hingen, auch den Hut würde er nehmen und zerreißen, den Spiegel würde er mit einem Kopfstoß zertrümmern, soll er doch in tausend Stücke zerbersten und sollen die Stücke aus dem polierten Walnussrahmen klirrend auf den Marmorfußboden fallen, er konnte einfach nicht begreifen, wie man so dumm sein konnte, wie man sich so benehmen konnte, wie man jemanden in eine solche Lage bringen konnte, die Verkäuferin und die andere Frau sahen ihn an, er bückte sich, hob die Blusen auf, legte sie auf den Tisch neben den Hut, entschuldigte sich so höflich, wie er nur konnte, seiner Frau gehe es nicht gut, dann wandte er sich ab, holte tief Luft, verließ das Geschäft, biss die Zähne zusammen und beschloss, sich auf keinen Fall mit ihr zu streiten, er spürte, wie sich die Muskeln unter seinem Hemd anspannten.

## FISCHSUPPE

Ich bin mit der Fotografin in einem Park verabredet, komme zwanzig Minuten zu früh. Suche mir eine Bank, setze mich, betrachte die Stadt, das Wasser, das zwischen den Inseln grünlich blau schimmert, die über der Uferpromenade grün schwebende Hecke der miteinander verwachsenen Lindenkronen, die schwarzen Masten des Wasa-Museums, in der anderen Richtung den gewaltigen Monolith des Königspalasts.

Es ist ein strahlender Tag von schneidender Kälte, Stockholm zeigt sich von seiner schönsten Seite, in den kräftigen Herbstfarben erkennt man noch den weißen Glanz des Sommers, doch gleichzeitig lässt die düstere Tiefe des Wassers bereits die Dunkelheit des Winters erahnen, sie verleiht dem Moment Gewicht und mahnt an die Vergänglichkeit. Ich atme die nach Wasser und Wind riechende Kälte ein und wünsche mir, die Fotografin möge endlich kommen, damit ich das Shooting so schnell wie möglich hinter mich bringe und vor dem Auftritt am Abend noch ein bisschen allein sein und ohne ein bestimmtes Ziel spazieren gehen kann. Ich bin zum ersten Mal in Stockholm und die verheißungsvolle Fremde mir unbekannter Städte habe ich schon immer gemocht.

Ich höre, wie jemand meinen Namen sagt, drehe mich um, es ist eine elegant gekleidete ältere Dame. Sie sieht mich an, ich meine Verwunderung, Verlegenheit und beinah etwas wie Schmerz in ihren Zügen zu entdecken, was nun wiederum mich in Verlegenheit bringt, ich weiß nicht, was ich sagen soll, also wiederhole ich meinen Namen, das hilft, meine Stimme hilft, die Dame beruhigt sich, stellt sich vor, Petra soundso, ich solle sie ruhig Petra nennen, richtig, sie sei die Fotografin, mit ihr hätte ich gesprochen, schon seit Jahrzehnten fotografiere sie ausschließlich Schriftsteller, sie entschuldigt sich wegen vorhin, ich erinnere sie an jemanden. Kein Problem, sage ich.

Petra ist nicht allein gekommen, sie wird von vier bärtigen, stämmigen, grimmigen Männern begleitet, die Säcke und Koffer schleppen, sie gibt ihnen ein Zeichen, woraufhin Stative, Reflektoren, Durchlichtschirme und anderes, mir unbekanntes Fotozubehör zum Vorschein kommen.

Während sie räumen, mustert mich Petra erneut, doch diesmal ist ihr Blick viel kühler, sie geht hin und her, sucht nach der idealen Einstellung. Sie hat ein strenges, fast faltenloses Gesicht, ihre zum Pferdeschwanz gebundenen Haare sind vollkommen weiß, jedoch von überraschender Elastizität, sie dreht den Kopf, und man hat den Eindruck, die Haare führten ein Eigenleben, zusammengehalten wird der Zopf von einer Silberspange, die mit den gleichen grünen Perlen besetzt ist wie ihre Halskette, passend zu den Augen.

Sie bemerkt, dass ich sie beobachte, und sagt lächelnd:

»Keine Angst, wir sind schnell fertig.« Sie holt einen Fotoapparat aus der Tasche, befestigt das Objektiv und bittet mich, mich auf die Banklehne zu setzen. Sie sagt mir, wie ich sitzen, wohin ich blicken und wie ich den Kopf halten soll.

Ihren Assistenten gibt sie in resolutem Ton auf Schwedisch Anweisungen, die sich daraufhin, einer komplizierten Choreographie folgend, mit Reflektoren und Schirmen um mich herum bewegen, Petra hält die Kamera vors Gesicht, macht ein Foto, in dem Moment, in dem sie auf den Auslöser drückt, sieht sie mich wieder anders an, nicht wie eine Fotografin ihr Modell. Ich denke, vielleicht sieht sie ja gar nicht mich, ich blicke an ihr vorbei aufs Wasser, sie macht ein weiteres Bild, und ich bemerke auf einmal, dass ich Hunger habe. Das verstehe ich nicht, eigentlich dürfte das gar nicht sein, dafür ist es noch zu früh. Und doch, während ich in die Kamera blicke und dem Klicken des Auslösers lausche, verstärkt sich das Hungergefühl.

»Ihr Mund kommt mir ein wenig angespannt vor«, sagt Petra streng, wobei sie bei einer der Kameras das Objektiv wechselt, »versuchen Sie bitte, ihn etwas zu lockern.« Dann blafft sie auf Schwedisch einen der Assistenten an, der mir bedrohlich eine riesige silberfarbene Scheibe vor den Bauch hält.

Ich versuche, entspannter auszusehen, doch der Hunger macht es mir nicht gerade leicht, Petra nimmt mich jetzt von der Seite auf, einer der Assistenten schubst mich aus Versehen ein bisschen mit einer Lampe, in dem Moment knurrt mein Magen entsetzlich laut, lang und dröhnend.

Es ist mir ein wenig peinlich, gleichzeitig finde ich es ziemlich lustig, ich gebe mir Mühe, nicht zu lächeln, was nicht ganz gelingt. Sie macht noch einige Bilder und senkt dann die Kamera.

»Ich glaube, wir sind fertig«, sagt sie und gibt die Kamera einem der Assistenten.

Ich nicke, wieder knurrt mein Magen.

»Sie haben Hunger«, sagt sie und rückt ihre Halskette zurecht. »Sie Armer, und ich habe sie auch noch mit diesen Aufnahmen gequält. Wissen Sie was? Wir gehen jetzt zusammen mittagessen. Haben Sie überhaupt schon ein echtes schwedisches Gericht zu sich genommen?«

Ich nicke erneut und bin drauf und dran, ihr all die Gerichte aufzuzählen, doch sie winkt ab.

»In Stockholm muss man Fischsuppe essen. Aber nicht irgendwo und nicht irgendeine. Kommen Sie, ich zeige Ihnen den richtigen Ort.«

Als sie von der Suppe spricht, verändert sich ihr Gesicht, sie errötet ein wenig, die Augen bekommen einen schelmischen Glanz, eine warme Begeisterung geht von ihr aus.

Mein rätselhafter Hunger ist inzwischen wirklich groß, außerdem bin ich neugierig.

»In Ordnung«, sage ich, »ich komme mit.«

»Sehr gut«, sagt sie und wendet sich an die Assistenten, die schon dabei sind, zusammenzupacken; sie bedeutet mir, ihr zu folgen, wir gehen den Hügel hinunter Richtung Brücke, unter unseren Füßen raschelt das Laub.

Zum Restaurant ist es nicht weit, eigentlich hat es noch geschlossen, doch das kümmert Petra nicht, sie geht durch den leeren Gastraum, der Kellner erkennt sie, begrüßt sie erfreut und führt uns zu einem Tisch in der Ecke.

Wir setzen uns, sie zeigt auf die mit Holz verkleideten Wände, an denen vergilbte Fotografien hängen.

»Dieses Lokal gibt es seit über hundert Jahren und angeblich hat es sich kaum verändert«, sagt sie.

Ich betrachte die Fotos. Auf einem ist eine Frau mit Zopf abgebildet, die Akkordeon spielt. Ich will fragen, wer das ist, doch da bringt der Kellner bereits die Suppe.

In einem schneeweißen Porzellanteller in Form einer asymmetrischen Muschel schwimmen in dickem rotem Saft schwarze Muscheln, zwei große Stücke Fisch und viele kleine Garnelen.

Der Kellner stellt mir den Teller hin, mein Hunger ist jetzt so quälend, wie ich es nie zuvor erlebt habe.

Ich nehme den Löffel, tauche ihn in die Suppe, koste jedoch noch nicht, sondern beobachte, wie das Rot über das Silber des Löffels fließt. Ich atme den leichten, würzigen Duft ein, und nun kann ich nicht mehr widerstehen, ich nehme einen Löffel voll. Die Suppe ist heiß, doch ich verbrenne mich nicht, sie ist sehr leicht und zugleich dickflüssig-sämig, ich schlucke, und es tun sich salzige Tiefen auf. Der Nachgeschmack aber ist süß, ich muss lächeln.

Auch Petra atmet den Suppenduft tief ein, mit geschlossenen Augen, sie seufzt, und als sie mich schließlich anschaut, muss sie lächeln.

»Wissen Sie, ich bin gar keine Schwedin«, sagt sie. »Ich bin vor fünfundvierzig Jahren mit meinem Bruder aus Tschechien hergekommen. Aber ich habe mich nicht sonderlich wohlgefühlt. Ich dachte, ich würde mich nie an dieses Land, an diese Stadt gewöhnen. Doch dann hat mich jemand hierher eingeladen, um diese Fischsuppe zu essen, und mir wurde klar, dass ich mich auch hier zu Hause fühlen kann.«

Ich glaube zu verstehen, was sie meint, und nicke. Mit der Gabel trenne ich das Innere der Muschel von der Schale, esse einen Löffel Suppe dazu, das Muschelfleisch verändert den Geschmack, er wirkt dunkler und unruhiger, wie der tiefe, lang ausgehaltene Ton eines Cellos, von dem man nicht genug bekommen kann. Ich esse noch eine Muschel und noch eine, denke dabei an die schwarzen Pflastersteine der Altstadt, an ihre von Zeit und Witterung polierte Oberfläche.

Petra isst ebenfalls, öffnet die Muscheln mit den Fingern, ihre Kehle spannt sich beim Schlucken. Ich betrachte ihren Hals, die weiße Haut zwischen den grünen Perlenreihen, löffele dabei die Suppe, schneide ein Stück Fisch ab, nehme ihn in den Mund, es schmeckt nussig und nach gesalzener Butter.

Es ist ein edler und reiner Geschmack, der mich aufheitert, ich lache, Petra lacht mit, ein klangvolles, jugendliches Lachen, ich blicke auf, für einen Moment sehe ich eine andere Person mir gegenübersitzen, sehr jung, keine zwanzig Jahre alt, ihr offenes rotes Haar glitzert wie Sonnenstrahlen auf dem Wasser, ihre Haut ist leuchtend weiß, beinah durchscheinend.

Nur ein kurzer Augenblick, dann sitzt wieder die alte Petra vor mir, nur ihre Augen funkeln noch so grün wie eben. Ihr Blick verrät mir, dass auch sie einen Moment lang nicht mich gesehen hat.

»Er muss genauso alt gewesen sein wie Sie heute«, sagt sie und legt den Löffel hin, »er hat mich diese Stadt und das Land lieben gelehrt.« Sie blickt an mir vorbei, und ich weiß, dass sie nicht an mich denkt, sondern an den Duft des Windes vor vierzig Jahren. Der Schatten eines Schmerzes huscht über ihre Züge, jetzt sehe ich ihr altes und ihr junges Gesicht in einem.

»Er hat Sie sehr geliebt«, sage ich.

Sie nickt und spielt an ihrer Perlenkette.

»Ja«, erwidert sie, nimmt die Serviette und wischt sich den Mund ab. »Essen Sie, bevor es kalt wird«, sagt sie und lächelt.

Ich kippe den Teller ein wenig und beobachte, wie sich der Löffel mit Suppe füllt.

## DATENSICHERUNG

Opa Reh atmete geräuschvoll aus, klappte die alte, mit zwei Scharnieren am Grubenhelm befestigte Schneebrille hoch; an ihrem mit zerschlissenem Leder überzogenen Rahmen waren mit Draht zwei Riesenlupen angebracht, auf die er zusätzlich zwei optische Linsen in verschiedenen Farben geklebt hatte. Während der Alte die Festplatte untersuchte, hatte Balázs darüber nachgedacht, wo er diese Linsen schon einmal gesehen hatte, und als Opa Reh den mit Isolierband am Helm befestigten Drehschalter betätigte, fiel Balázs sein Baukasten aus der DDR ein, mit dem man ein Mikroskop oder ein Fernrohr bauen konnte, in dem Baukasten hatte es solche in mehreckigen Plastikrahmen gefassten bunten Linsen gegeben. Da kam Balázs der Gedanke, dass es wohl doch keine so gute Idee gewesen war, das zertrümmerte Notebook hierher, ans Ende der Welt zu bringen, in diese aus einer Plattenbaugarage umgebaute, nach Benzin riechende Werkstatt, wo dieser Mann die Rechner angeblich durch Handauflegen heilte.

Opa Reh sah ihn an.

»Du bist gekommen, damit ich dein Leben repariere, nicht deinen Computer«, sagte er, während er einen Kugellutscher aus der Seitentasche seiner Jagdweste fischte und auswickelte, einen Brennschneider von der Werkbank nahm, ihn einschaltete, den Lutscher für einen Moment in die blaue Flamme hielt, den Brennschneider ausschaltete und zurücklegte, den Lutscher schüttelte, um die verbrannten Zuckertropfen zu entfernen, ihn in den Mund nahm und mit der Zunge genüsslich hin und her schob, wobei die Zuckerkugel geräuschvoll gegen seine Zähne schlug. Balázs sah den Brennschneider an und dann Opa Reh.

»Ist gut«, sagte er. »Lassen wir das. Ich gehe wieder.«

Opa Reh nahm den Lutscher aus dem Mund und beugte sich zu Balázs, so dass dieser seinen Erdbeer- und Karamellatem roch.

»Warte«, sagte er. »Ich kann alles wiederherstellen. Deine gesamte Dissertation, das Forschungsmaterial, die Protokolle, die Laborergebnisse, die Musik, die du dir runtergeladen hast, es ist alles da, ich habe die Daten gesehen.«

Balázs schaute zur Werkbank, er sah das aufgeschraubte Notebook in dem leeren Aquarium, die Schlangen von kupferfarbenen Flachbandkabeln, die schwarzen Kondensatoren, die aus der grünen Leiterplatte standen, und spürte, wie ihm der Mund trocken wurde.

»Das können Sie nicht wissen«, sagte er, »ich habe Ihnen doch gar nicht erzählt, um was für Daten es sich handelt.«

Opa Reh deutete mit dem Lutscher auf ihn.

»Da stecken sechs Jahre Arbeit drin. Und du hast keine Kopie gemacht. Das ist das einzige Exemplar. Genauer gesagt, das war das einzige. Aber ich kann alles zurückholen«, sagte er. »Die Frage ist nur, was dir diese Daten wert sind.«

Balázs zuckte mit den Schultern, als wäre es ihm egal.

»Ich habe keine Ahnung, was Ihre Vorstellung ist, ich lebe von einem Stipendium, viel Geld habe ich nicht, nennen Sie mir einfach einen Preis.«

Opa Reh schüttelte den Kopf.

»Bitte beleidige mich nicht«, sagte er unwirsch. »Ich will kein Geld. Ich will, dass du ehrlich zu mir bist. Ich möchte wissen, wer das Notebook zertrümmert hat. Und versuch mir bitte nicht wieder einzureden, du hättest es fallen lassen, und dann sei ein Anhänger drübergefahren. Ich will die Wahrheit hören.«

Balázs errötete.

»Es war meine Freundin«, sagte er. »Mit dem Messingmörser.«

Opa Reh griff durch das runde Loch in der Glaswand des Aquariums und berührte die Beule in dem Displaydeckel.

»Stimmt«, sagte er. »Ein Glück, dass sie dir nicht den Kopf eingeschlagen hat. Verdient hättest du es ja.«

»Das geht Sie nichts an«, sagte Balázs harsch.

Opa Reh schob den Lutscher von der einen Backe in die andere, dann nahm er plötzlich Balázs' Hand zwischen seine beiden kalten, feuchten Hände. Balázs wollte sie gerade wegziehen, als Opa Reh sagte:

»Du hast ihr versprochen, sie endlich zu heiraten, wenn du die Dissertation abgegeben hast. Stattdessen hast du kurz davor mit ihr Schluss gemacht.«

»Hab ich nicht. Sie hat mit mir Schluss gemacht. Ich habe nur gesagt, dass ich mich noch nicht reif genug fühle«, sagte Balázs und versuchte, seine Hand zu befreien, doch Opa Reh ließ sie nicht los.

»In Ordnung«, sagte Opa Reh und lächelte. »Ich werde dir helfen. Ich bringe dir die Daten zurück, aber nur, wenn du mir versprichst, dass du zu ihr zurückgehst, dich entschuldigst und sie nächste Woche heiratest. Und wenn sie dir einen Sohn schenkt, sollst du ihn nach mir nennen.« Nun ließ er Balázs' Hand los.

»Lassen Sie den Quatsch und nennen Sie mir einfach den Preis.«

»Bist du taub?«, fragte Opa Reh, ergriff den Brennschneider, schaltete ihn ein, hielt die Flamme über die Festplatte. »Entscheide dich. Ja oder nein?«

Balázs blickte in die blauweiße zischende Flamme, die sich in dem zerbeulten, mattsilbernen Gehäuse der Festplatte spiegelte, atmete tief die ölige, nach Karamell riechende und nach Erdbeere schmeckende Luft ein, schluckte.

»Einverstanden«, sagte er, doch im gleichen Augenblick fiel ihm ein, dass er den Namen des Alten gar nicht kannte.

Opa Reh schaltete den Brennschneider aus.

»Den verrate ich dir gleich. Und noch etwas: Du musst mir versprechen, dass du nie wieder diese Technoscheiße hörst, mit der deine halbe Festplatte zugemüllt ist«, sagte er mit einem breiten Grinsen und knallte den Brennschneider auf die Werkbank.

## DER KATER

Matyi ist heute bei Papa, wie jeden Sonntag, bei Papa und Großvater. Sonntag ist Papas Tag, alle anderen sind Mamas Tage. Aber Papa schläft noch, er hat wieder lange gearbeitet, er wird erst vor dem Mittagessen wach, guten Morgen!, ruft er dann aus dem Bett, woraufhin Matyi ihm seinen Heiltrunk bringt, Papa trinkt ihn und zieht dann Matyi zu sich ins Bett und tut so, als wäre er ein Wildschwein oder ein Luchs oder ein Braunbär. Er murrt und knurrt und grunzt und tut so, als würde er Matyi in den Bauch oder in den Rücken beißen. Das kitzelt, sehr sogar, aber es ist schön. Papa wird dann nämlich wirklich zum Luchs, zum Bären, zum Wildschwein. Er glaubt Matyi nicht, dass er nicht ein Eimer voller Himbeeren, ein Häuflein frischer Maiskolben oder ein leckerer junger Hase ist.

Großvater ist nicht da, er ist zum Markt gegangen, um fürs Mittagessen einzukaufen. Bis er zurückkommt, muss sich Matyi allein beschäftigen. Das hat Großvater gesagt, er soll sich ein bisschen allein beschäftigen, und hat ihm etwas zu spielen gegeben, einen kleinen, harten Springball, der irgendwann vor langer Zeit Papa gehört hat.

Der Ball ist so groß wie eine größere Walnuss, nur viel runder, in der Mitte hat er einen breiten weißen Streifen, daneben zwei schmalere rote. Matyi wirft ihn gegen die Brandmauer, fängt ihn, beim ersten Mal gelingt es, beim zweiten

Mal springt ihm der Ball aus der Hand und rollt weg, verschwindet im Gras.

Matyi sucht nach ihm, eine Weile erfolglos, doch dann entdeckt er ihn. Er ist weit weggerollt, fast bis zum hinteren Kirschbaum. Matyi kriecht hinter den Buchsbaum, lauert dem Ball auf. Er ist gar nicht mehr Matyi, sondern eine Katze. Ein großer Kater mit breiter Schnauze, wie er ihn vergangene Woche durch das Gras huschen sah. Matyi saß auf der Schaukel unter der Wildbirne, schaukelte mit nur ganz wenig Schwung und beobachtete den Kater beim Jagen. Was er jagte, konnte er nicht sehen, bestimmt eine Eidechse oder eine Feldmaus. Jetzt ist er der Kater. Und jagt. Der Gummiball ist eine Maus, eine schöne große, dicke Maus. Er wird sie fangen. Er macht sich ganz flach, denkt an den Schwanz des Katers, wie er unruhig über das Gras huschte.

Die Maus dort auf dem sonnigen Fleck schnüffelt an etwas herum, stellt sich auf die Hinterbeine, es ist gar keine Maus, sondern ein Hamster, ein kleiner Hamster, egal, er wird ihn trotzdem fangen und auffressen.

Matyi spannt seinen gesamten Körper an und springt, fährt die Krallen aus, schnappt die Beute, hopp, nein, doch nicht, der Ball rollt weg, rollt zwischen die Hecken, der Hamster ist fort, wohin ist er verschwunden? Er schnüffelt am Boden, riecht ihn, rennt ihm auf allen vieren hinterher, du entkommst mir nicht, knurrt er, gleich hat er ihn, gleich erwischt er ihn.

Da ist er, Matyi muss ihn schnell fangen, noch bevor er im Loch verschwindet, und tatsächlich ist da ein Loch, nein, das ist gar kein Loch, es ist eine Höhle, oder nein, etwas noch Größeres, eine große Holzkiste.

Der Ball rollt gegen die Kiste, prallt mit einem dumpfen

Ton ab und rollt zurück, geradewegs zwischen Matyis Krallen, er hat ihn gefangen, er hat ihn, maunzt zufrieden, er wird ihn auffressen, wird ihn zerfleischen, zartes Hamsterfleisch, mmh, lecker.

Er maunzt noch einmal, und aus Richtung der Kiste antwortet ihm jemand ebenfalls mit einem Maunzen.

Mit dem Ball in der Hand steht Matyi auf, er ist kein Kater mehr. Er betrachtet die Kiste. Sie ist ziemlich groß, besteht aus zusammengenagelten Brettern, Matyi entdeckt an dem Deckel eine Ritze, durch die er ins Innere der Kiste blicken kann. Dort sitzt der Kater, der gleiche Kater, den er am vergangenen Sonntag bei der Jagd beobachtet hatte. Er maunzt und kratzt an der Innenwand der Kiste.

Warte, ich lass dich raus, sagt Matyi. Er sieht sich die Kiste an, sucht nach einer Öffnung. Dort, die große Eisenplatte an der kürzeren Seite ist die Tür. Matyi hat keine Ahnung, wie sie aufgeht. Man müsste sie irgendwie anheben, aber das ist schwierig, sie hat keinen Griff. An der Seite gibt es einen kleinen Spalt, aber er traut sich nicht, seinen Finger hindurchzustecken, aus Angst, der Kater könnte ihn kratzen. Warte, ich komme gleich zurück, sagt er, geht zum Birnbaum, hebt einen abgebrochenen Zweig auf, geht zurück zur Kiste, siehst du, ich bin schon da, sagt er und steckt den Zweig in den Spalt. Er versucht, die Tür aufzuhebeln, aber sie bewegt sich nicht, der Zweig knackt, gleich wird er zerbrechen. Jetzt sieht er, warum es nicht geht, am unteren Teil der Platte gibt es einen Riegel, den er bisher nicht bemerkt hat, er zieht ihn hoch und versucht erneut, die Platte anzuheben. Sie bewegt sich zwar, geht aber immer noch nicht auf, irgendetwas auf der Innenseite hält sie fest, jetzt sieht er es, es sind zwei Federn, er zieht mit einem Ruck an der Platte, die Federn quietschen, die Katze maunzt, hab keine Angst, sagt Matyi, hab keine Angst, gleich bist du frei.

Was machst du denn, fragt eine verärgerte Stimme. Großvaters Stimme. Matyi zuckt zusammen, lässt die Platte los, blickt auf, da steht Großvater, mit einem grauen Sack in der Hand. Ich will die arme Katze rauslassen, sagt Matyi. Das fehlte noch, sagt Großvater, hockt sich hin, zieht den Sack über die offene Seite der Kiste, hebt die Kiste an, hält sie zwischen den Händen, schüttelt sie, der Kater maunzt kläglich, Großvater stellt die Kiste mit einer Hand auf den Boden, in der anderen hält er den Sack, der Sack zappelt, beult und maunzt, Großvater holt eine Schnur aus der Tasche und bindet ihn zu.

Matyi steht da, starrt auf den Sack. Lass ihn raus, sagt er, lass ihn laufen, ruft er.

Großvater schüttelt den Kopf. Das fehlte noch, sagt er erneut. Es fehlte noch, dass er mir mitten in den Garten scheißt.

Matyi spürt, dass er gleich weinen muss, lass ihn raus, ruft er, ich will, dass du ihn sofort rauslässt!

Großvater sieht ihn an, was ist denn das für ein Ton, fragt er, wie sprichst du mit mir? Für wen hältst du dich? Du bist genauso wie dein Vater, der war so bescheuert, dass er mit zwei Jahren Katzenscheiße essen wollte, ich kam in den Garten und sah, wie er sie in der Hand hielt, mir dreht sich heute noch der Magen um, wenn ich nur daran denke.

Matyi blickt auf den Boden, auf die Kiste, durch die Ritze scheint die Sonne hinein. Das stimmt nicht, sagt er und unterdrückt die Tränen.

Doch, es stimmt, sagt Großvater.

Matyi schluckt, es fällt ihm schwer, Mund und Hals tun

ihm weh. Er blickt zu dem Sack. Was wirst du mit ihm machen?, fragt er.

Nichts, sagt Großvater, ich bringe ihn zur Medizinischen Fakultät. Die haben im Keller ein Krematorium, da werden sie ihn verbrennen.

Matyi schlägt mit dem Birnbaumzweig nach ihm. Großvater packt den Zweig, reißt ihn Matyi aus der Hand, wirft ihn weg. Was denkst du dir eigentlich, ruft er und will Matyi schnappen, was ihm jedoch nicht gelingt, Matyi schlüpft unter seiner Hand hindurch. Ich sag es Papa, ich werde Papa sagen, was du machen willst! Er rennt zum Haus.

Großvater folgt ihm nicht, er steht unter dem Kirschbaum, mit dem Sack in der Hand und ruft Matyi etwas hinterher. Das Feuer in dem Ofen ist sehr heiß, er wird nichts spüren, ruft er.

Matyi bleibt stehen, blickt zurück zu Großvater. Das stimmt nicht, ruft er und denkt, dass Papa schläft, dass er sehr tief schläft und dass man ihn einfach nicht wachkriegt.

# DIE ERBSCHAFT

## Lakritz

Den Sekretär meines Vaters lasse ich lange unangetastet. Die Beerdigung war bereits vor einem Monat, doch ich mache immer noch einen Bogen darum. Irgendwann halte ich es nicht mehr aus. Ich gehe in sein Zimmer, der Schlüssel liegt dort, wo er ihn immer aufbewahrt hat: unter dem kleinen Kopfkissen. Ich stecke ihn ins Schloss, er lässt sich leicht drehen, die Tür des Sekretärs quietscht nicht. Es gibt drei Fächer, das oberste ist leer, im mittleren steht eine mit Orangenblüten verzierte chinesische Porzellantasse mit abgebrochenem Henkel, darin getrocknete Teeblätter. Im untersten liegen eine verstaubte Mundharmonika und eine Papiertüte. Ich streiche mit dem Daumen über die Löcher der Mundharmonika, aber ich lasse sie liegen, ich nehme lieber die Papiertüte, sie ist voller Lakritzschnecken. Sie kleben zusammen. Ich löse eine ab, stecke sie in den Mund, ein staubiger und bitterer Geschmack, meine Zunge fährt über die geriffelte Oberfläche, drückt sie gegen den Gaumen, mit Lakritzgeschmack vermischter Speichel läuft mir in die Kehle und löst Brechreiz aus, ich spucke das Lakritz in meine Hand. Eine schwarzglänzende Schnecke, am liebsten würde ich sie zerdrücken, wegwerfen. Ich stelle mir vor, wie die Masse zwischen meinen Fingern hervorquillt, und zerdrücke sie nicht. Ich halte meine Hand wie ein Tablett, bringe das Lakritz ins Bad, trockne es mit dem Föhn, von der Seite, meine Hand wird ganz rot und heiß, sie schmerzt. Das Lakritz ermattet und erhärtet allmählich wieder. Ich lasse es auskühlen, bringe es ins Zimmer, stecke es in die Papiertüte, lege die Tüte zurück ins Fach. Schließe den Sekretär und lege den Schlüssel zurück an seinen Platz. Ich gehe hinaus, wische die Hand an der Hose ab und muss an Vaters angebrochene Handcreme denken, an die halb abgezogene, zurückgeschlagene Schutzfolie unter dem Deckel, in der Dose die weiße Creme.

## Rasiermesser

Zwei Monate nach der Beerdigung finde ich in der Speisekammer Vaters Rasierset. In einer alten Keksdose, auf dem obersten Regal, hinten an der Wand. Die Dose ist verstaubt, seit langem ungeöffnet. Ich öffne sie. Ein in Butterbrotpapier gewickeltes Stück Seife, ein zusammengeklapptes Rasiermesser mit Beingriff, ein Rasierpinsel aus Dachshaar mit gesprungenem Porzellangriff, ein langer, zusammengerollter Streichriemen.

Auf der Innenseite des Dosendeckels klebt ein Schwarzweißbild mit Büttenrand: mein Vater bei der Rasur. Ich weiß nicht, wann die Aufnahme entstanden ist, ich habe ihn nie ohne Bart gesehen.

Eine ganze Weile betrachte ich sein Gesicht.

Ich gehe ins Bad, stelle mir eine Plastikschale bereit. Fülle sie mit Wasser, lasse die Seife darin schwimmen, schlage Schaum. Der Pinsel verliert seine Borsten, weiß und schwarz mischen sie sich unter den Schaum. Es kümmert mich nicht, ich klebe Vaters Foto mit einem Schaumtropfen an den Spiegel.

Eine ganze Weile betrachte ich mein Gesicht.

Ich klappe das Rasiermesser auf, überprüfe an meinem Nagel, ob es scharf ist. Befeuchte den Streichriemen, ziehe die Klinge darüber, weiß nicht, ob ich es richtig anstelle.

Nun verteile ich den Schaum auf meinem Gesicht. Ich betrachte das Bild, die Finger meines Vaters am Griff des Messers, halte mir das Rasiermesser seitlich an den Hals, ein haarfeiner kalter Streifen auf meiner Haut. Ich betrachte mein Gesicht, den weißen Schaum, denke an meinen Vater, daran, wie ich ihm zum letzten Mal den Bart gekämmt habe.

Ich nehme die Klinge vom Hals, halte sie mir ans Gesicht, versuche es so zu machen wie mein Vater auf dem Bild.

Es gelingt mir nicht ganz.

Ich schüttle den Schaum von der Klinge, halte sie unter das fließende Wasser, wasche sie gründlich ab.

Das Bild meines Vaters rutscht langsam den Spiegel hinunter und hinterlässt einen schmalen Schaumstreifen. Gleich wird es ins Waschbecken fallen.

## Mappe

Die Mappe finde ich ein halbes Jahr nach dem Tod meines Vaters.

Ganz zufällig.

Es ist spät am Nachmittag, die Sonne scheint auf seinen Lieblingssessel. Ich muss daran denken, wie er hier immer gesessen hat, auf dem Schoß eines seiner alten französischen Bücher. Ich trete näher an den Sessel heran, streiche über die geschwungene Armlehne aus Nussholz.

Setze mich. Noch nie habe ich mich in den Sessel meines Vaters gesetzt. Es ist ein bequemer Sessel.

Ich lehne mich zurück, halte das Gesicht der Sonne entgegen.

Schließe die Augen, drehe langsam den Kopf zur Seite, spüre, wie die Sonne meine Haut wärmt.

Habe den Geruch von Vaters Rasierseife in der Nase.

Ich öffne die Augen, mache den Rücken gerade.

Das Lederkissen auf dem Sitz rutscht nach hinten, etwas drückt mir gegen die Oberschenkel.

Ich stehe auf, entdecke, dass etwas unter dem Lederkissen hervorsieht.

Hebe das Kissen, darunter liegt eine Mappe aus zwei harten Kartondeckeln, die von breiten weißen Bändern zusammengehalten werden.

Ich nehme die Mappe, rücke das Kissen zurecht, setze mich wieder.

Bevor ich die Schleifen der Bänder löse, drehe ich die Mappe um, doch auf dem braungrauen Karton gibt es keine Aufschrift.

Ich lehne mich zurück, löse die Schleife.

Die Mappe ist voller Blätter mit Kohlezeichnungen. Gebäude, Hauseingänge, Straßenausschnitte, eine unbekannte Stadt. Ein Kirchturm, das Muster eines Kanalisationsdeckels, ein Fenster mit halb heruntergelassenen Rollläden.

Die Zeichnungen sind sehr genau.

An dem Kirchturm erkenne ich die Geburtsstadt meines Vaters, die gleiche Kirche ist auf dem Hochzeitsfoto meiner Großeltern zu sehen.

In dieser Stadt bin ich nie gewesen.

Nie habe ich meinen Vater zeichnen sehen.

Erneut blättere ich die Zeichnungen durch, das Papier riecht leicht modrig, als wäre es irgendwann vor langer Zeit einmal feucht geworden.

Eines der Blätter verrutscht, ich versuche, die Mappe mit einer Hand zurechtzurücken. Die Bewegung ist zu schwungvoll, ich stoße mit dem Ellbogen gegen die Sessellehne.

Genau am Musikantenknochen, ein heftig kribbelnder Schmerz durchfährt meinen Unterarm bis in die Handfläche, ich lasse die Mappe fallen. Die Deckblätter rutschen auseinander, die Zeichnungen flattern rauschend zu Boden.

Der Schmerz lässt nicht nach, er ist so stark, dass ich lachen muss. Mit der anderen Hand umfasse ich den Ellbogen, unter dem der Schmerz heiß pulsiert.

Ich lache, betrachte die Zeichnungen auf dem Boden, in dem grellen Licht wirken die Linien ganz dunkel, mir kommt es so vor, als verstärkte sich dadurch der von den Blättern ausgehende Modergeruch.

Ich atme ihn ein, lehne mich zurück, halte das Gesicht in die Sonne, genauso wie früher mein Vater.

## Taube

Über dem Bett meines Vaters sitzt auf einem Ast eine ausgestopfte Taube, ich berühre ihre Flügel, sie sind staubig. Sie hat erbsengroße schwarze Glasaugen, sie ist hässlich.

Das Bett ist hoch und schmal, wirkt unbequem. Noch nie habe ich darin gelegen. In der Matratze mit dem braunen Samtbezug gibt es eine lange Kuhle, eine Erinnerung an Vaters Rücken.

Ich streife die Schuhe ab, ziehe die Hose aus, setze mich aufs Bett. Es knarzt unter meinem Gewicht.

Das Bett ist unbequem, ich spüre die Bretter durch die

Matratze hindurch. Ich drehe mich auf die Seite, winkle die Beine an, stopfe mir das kleine Kissen unter den Kopf.

Setze mich auf, greife nach der zusammengefalteten Lodendecke am Fußende, mir fällt ein, dass mein Vater sie so hingelegt hat, ich schüttle sie, sie entfaltet sich, ich decke mich zu, lege mich wieder hin.

Die Decke ist warm, sie verströmt einen säuerlichen Schafsgeruch.

Ich schließe die Augen.

Mein Vater schlief immer bei brennender Leselampe. Tags wie nachts. So, dass die Lampe ihm ins Gesicht schien.

Mit geschlossenen Augen taste ich nach der Lampenschnur. Als ich sie finde, lasse ich die Finger daran hinaufgleiten, bis zum Schalter.

Ich mache die Lampe an.

Orangegelbes und grünes Licht flackert hinter meinen Augenlidern.

Ich rühre mich nicht, spüre die Wärme der Lampe.

Nachmittags lutschte mein Vater beim Einschlafen stets ein Bonbon.

Ich greife unters Kopfkissen, suche nach der braunen Papiertüte.

Die Bonbons sind zusammengeklebt, mit zwei Fingern löse ich eines ab und nehme es aus der Tüte.

Ich stecke es mir in den Mund, lutsche es, das Bonbon stößt gegen meine Zähne, ich spüre, wie die klebrige Rauheit in meinem Mund zu harter Glätte schmilzt.

Es schmeckt nach Himbeere, und davon wird mir leicht übel.

Ich liege da, bewege mich ein bisschen, drücke eine Fußsohle gegen das Bettende, das Bett wankt quietschend und knarrend, ich befürchte, dass es gleich unter mir zusammenbricht.

So hat mein Vater jeden Nachmittag und jede Nacht geschlafen, denke ich.

So kann man nicht schlafen.

Die Augen beinah schon zusammengekniffen, liege ich reglos da.

Ich weiß nicht, wie viel Zeit vergangen sein mag.

Ich strecke den Arm nach dem Schalter aus, knipse das Licht aus. Öffne die Augen, blicke hinauf.

Über mir sitzt die Taube, an der Zimmerdecke über der Taube vibrieren bunte Lichter, verblassen, spielen ins Blaue, Graue. Die Decke sieht aus wie der bewölkte Himmel, als wäre es das Zuhause der Taube. Ich sehe zur Decke, bemühe mich, nicht zu blinzeln, Tränen steigen mir in die Augen, das versetzt die Wolken am Himmel in Bewegung, sie ziehen weiter, als wehte eine leichte Brise.

## Thermometer

Das Russischheft meines Vaters finde ich zehn Jahre nach seinem Tod. In seiner Arzttasche, unter dem alten Stethoskop und den anderen seit Ewigkeiten unbenutzten Instrumenten. Ich erinnere mich an ein Thermometer in dieser Tasche und finde tatsächlich eines, es steckt in einem abgewetzten roten Papp-Etui, die Quecksilberskala ist an mindestens drei Stellen gebrochen, dennoch schüttle ich es und klemme es mir unter den Arm.

Vaters Arzttasche riecht nach Anisschnaps, Händedesinfektionsmittel und Seife, es ist ein alter, staubiger Geruch, den ich mag. Mir fällt ein, wie mein Vater mich als Kind meinen eigenen Herzschlag hat hören lassen, ich hole das zusammengerollte Stethoskop heraus, stecke es mir in die Ohren, das kühle Gefühl ist das gleiche wie damals, das Bruststück führe ich unter mein Hemd, drücke es mir aufs Herz.

Mein Herz klopft, ich lausche ihm, blicke dabei wieder in die Tasche, entdecke einen Riss im Futter, etwas sieht darunter hervor, ich befühle es, es ist ein Heft, ich ziehe es heraus.

Ein altes graues Heft, auf dem *Tagebuch* geschrieben steht.

Im ersten Augenblick denke ich, ich werde es nicht aufschlagen, werde keinen Blick hineinwerfen, werde es zurücklegen, doch dann siegt meine Neugier. Ich schlage es auf, beginne zu lesen.

Auf der ersten Seite oben steht ein Datum, ich muss nicht nachrechnen, um zu wissen, dass mein Vater fünfzehn Jahre alt gewesen sein muss, das Datum ist durchgestrichen, dann folgen untereinander Wörter in kyrillischer Schrift, daneben die Übersetzung. Die Handschrift meines Vaters aus seiner Jugend habe ich noch nie gesehen, aber ich erkenne sie sofort.

Ich wusste nicht, dass mein Vater Russisch konnte, auch nicht, dass er es jemals gelernt hatte.

Ich lese die Wörter, versuche herauszubekommen, woher sie stammten, habe jedoch nicht die geringste Vorstellung.

Nach sieben oder acht Seiten bricht die Wörterliste ab, in der ersten Zeile der nächsten Seite steht ein Satz auf Ungarisch: »Ohne rauschende Pappeln ist das Leben nichts wert.«

Diesen Satz kenne ich sehr gut, ich lese ihn und höre sofort die Stimme meines Vaters, er hat ihn oft gesagt.

Unter diesem Satz stehen Sätze auf Russisch, genauer gesagt ist es derselbe Satz in verschiedenen Variationen, manche Wörter sind durchgestrichen, durch andere ersetzt.

Verschiedene Versuche, den Satz ins Russische zu übersetzen.

Ich blättere, auch die nächste Seite ist vollgeschrieben, weitere Variationen, und auf der gegenüberliegenden steht nur noch ein Satz, wahrscheinlich das Ergebnis in Reinschrift, jedoch wurde dieser mit schwarzem Stift bis zur Unleserlichkeit durchgestrichen. Selbst wenn ich Russisch verstünde, könnte ich ihn nicht lesen.

Hier hat er aufgegeben, denke ich. Ich klappe das Heft zu, wobei eine alte Fotografie herausfällt, sie zeigt ein junges Mädchen mit erschrockenem Lächeln, ihr Haar liegt in einem dicken, mit einer großen schwarzen Schleife gebundenen Zopf auf der linken Seite über ihrer Bluse.

Ich nehme das Bild in die Hand, stecke es zurück ins Heft, das Heft zurück in die Tasche, wo ich es gefunden habe.

Hole das Thermometer unter dem Arm hervor, die Quecksilbersäule steht ohne Unterbrechung, siebenunddreißig zwei. Das ist noch kein Fieber, nur eine schäbige kleine erhöhte Temperatur.

# DIE ZAUBERTAFEL

Die Klinik liegt oben in den Bergen. Als ich aus dem Zug steige, merke ich sofort, dass mein Sommeranzug zu dünn ist, ich hätte doch den langen Mantel anziehen müssen.

Ich denke an meinen Bruder. Er hat sich vor drei Monaten erhängt. Hier, in der Klinik. Auf meine Bitte hin wurde er im Friedhof des nächstgelegenen Dorfes beigesetzt. Ich war nicht bei der Beerdigung.

Und nun bin ich doch hier. Die anderthalb Kilometer lange Strecke vom Bahnhof bin ich gelaufen, es war niemand da, um mich abzuholen. Das Gebäude, ursprünglich eine Waffenfabrik, ist unvorstellbar groß und das wuchtige schwarze Eisentor schon von weitem zu sehen.

Das Klingeln ist nicht zu hören, ich drücke lange, nach einer ganzen Weile bewegt sich das Tor und gleitet stockend und quietschend über die rostige Schiene.

Dahinter steht ein Pförtner, starrt mich aus wässrigen Augen an. Ich nenne ihm den Namen der Ärztin, die mir geschrieben hat, woraufhin er ohne ein Wort zur Seite tritt und mir mit einer Kopfbewegung die Richtung anzeigt, in die ich zu gehen habe. Nach einigen Schritten höre ich, wie er mir hinterherruft, ich solle durch die grüne Eisentür gehen, bis zum Ende des Gangs und dort warten.

Der Gang ist hell, die Fenster vergittert, ich friere immer noch.

Ich komme in einen riesigen, fensterlosen Raum, eine Art Wartesaal, mindestens sechs Meter hoch; tief von der Decke herabhängende Neonröhren hüllen ihn in weißes, surrendes Licht. In der einen Ecke stehen abgewetzte Ledersofas und kleine Tische, auf denen sich alte Zeitschriften stapeln, was den Raum noch bedrückender und ausgestorbener macht.

Ich denke an meinen Bruder. Daran, wie er sich wohl in diesem Raum gefühlt haben mag. Ich weiß nichts über ihn und die Zeit, die er hier verbracht hat. Er ist vor mehr als zwölf Jahren hier gelandet. Damals war er siebenunddreißig. Zwei Wochen nach seinem Geburtstag wurde er eingewiesen. Er war Maler. Auf den Bildern, die er in seiner letzten figurativen Periode gemalt hat, waren meist abrissreife, verlassene, leerstehende Gebäude zu sehen. Fabrikhallen, Montagewerkstätten, Lager, Zisternen, nie eingeweihte Bürohäuser, Kasernen, Bunker, geschlossene Bahnhöfe. Weite, kalte Räume, auf denen nur selten Menschen auftauchten, und wenn, dann meist in Rückenansicht. In einem Interview hat er einmal gesagt, dass er den Augenblick vor dem totalen Zusammenbruch zeigen wolle, diese letzte Sekunde, in der alles noch ganz ist, bevor die Planierraupen losfahren oder die Sprengladungen hochgehen und die Gebäude in sich zusammenfallen. Vor einigen Tagen habe ich in der Zeitung gelesen, dass man bald auch diese Klinik schließen und abreißen wird.

Ich gehe zu den kleinen Tischen, möchte meine Aktentasche abstellen. Der Tisch kippelt, fällt fast um, da sehe ich, dass ein Bein abgebrochen ist. Eine Zeitschrift, ein dickes Modemagazin, kommt ins Rutschen, ich fange es gerade noch auf. Im Fallen geht es auf, eine Frau streckt sich über die Hochglanzseite, sie stützt sich auf ein bernsteinfarbenes Cello, das enganliegende Kleid wirkt, als hätte man sie mit einem langen Stoffband umwickelt, dessen Hellgrün die Haut milchweiß erscheinen lässt, ihre Igelfrisur leuchtet rot. Das Muster des Kleides besteht aus Buchstaben, es ist ein langer Text in Schreibschrift, den ich nicht entziffern kann. Ich klappe die Zeitschrift zu, werfe sie auf den Tisch, wieder kippelt er, für einen Moment fällt mir die Form des Oberschenkels der Frau ein, ich will sie mir nicht merken.

Mein Bruder war dreiundzwanzig, als man ihn entdeckte. Mit achtundzwanzig Jahren hatte er alle seine Bilder und andere Kunstwerke, die er bis zu seinem Lebensende noch schaffen würde, im Voraus verkauft. Mit dreiunddreißig hatte er zwei Ehen und drei signifikante Schaffensperioden hinter sich. In dem Jahr verkündete er zu seinem Geburtstag, nie wieder malen zu wollen. Anfangs gerieten alle in Panik, der ohnehin hohe Preis der Bilder stieg nach dieser Nachricht ins Astronomische, was die Gemüter beruhigte. Mit fünfunddreißig malte er immer noch nicht. Da überlegten sich seine Galeristenfreunde, eine Retrospektive für ihn zu organisieren. Ich hätte nicht gedacht, dass er es zulassen würde, aber allem Anschein nach freute er sich sogar über die Idee. Er stürzte sich mit Elan in die Vorbereitungen. Als Schauplatz suchte er sich eine Straßenbahnremise aus, die zum Abriss bereitstand. Für die Ausstellung musste sie natürlich ein bisschen renoviert werden. Allein das schon kostete ein Vermögen. Mein Bruder bestand darauf, dass man alle seine Bilder zusammensuchte – ein unfassbar großer Aufwand. Beinah wäre das Ganze wegen der Versicherungskosten ins Wasser gefallen, doch zum Schluss konnte eine Investmentberatung als Sponsor gewonnen werden.

Kurz vor der Eröffnung zerstritt sich mein Bruder mit dem Kurator der Ausstellung, der bis dahin sein bester Freund gewesen war. Am Abend vor der Vernissage veranstaltete er ein Riesentheater. Die Bilder hingen, die Gäste zur Preview waren bereits eingetroffen, doch mein Bruder jagte sie weg, brüllte, er müsse alles umhängen. Nachdem alle gegangen waren, verbrachte er die ganze Nacht allein zwischen den Bildern. Manche von ihnen hatte er seit über fünfzehn Jahren nicht mehr gesehen. Irgendwann in den Morgenstunden rief er mich an, doch da wusste ich noch nicht, dass er es war, denn er sagte kein Wort, ich hörte nur ein schweres Atmen am anderen Ende der Leitung, und als auf mein wiederholtes Hallo keine Reaktion kam, legte ich auf.

Ich höre, wie sich die Gittertür hinter mir laut öffnet, ich drehe mich um, sehe eine Frau den Saal betreten. Sie erstarrt vor Überraschung. Ich bin drei Jahre jünger als mein Bruder, aber wir sahen uns sehr ähnlich.

Ich stelle mich vor, meine Stimme bringt sie noch mehr in Verlegenheit, sie fingert an ihrem hochsitzenden Haarknoten. Ihr Gesicht ist schön. Sie errötet ein wenig. Ich setze zu einer Erklärung an, doch die Frau hat sich inzwischen gefangen und unterbricht mich.

»Ich habe Ihnen geschrieben«, sagt sie. »Ich dachte schon, Sie würden nicht mehr kommen.«

Ich versuche gar nicht erst, mich zu rechtfertigen. Es ist mir nicht leichtgefallen herzukommen. Das Verhältnis zwischen meinem Bruder und mir ist nicht gerade gut gewesen.

»Kommen Sie, folgen Sie mir«, sagt die Ärztin. Sie dreht sich um, geht los.

Ich folge ihr, unter dem weißen Kittel zeichnet sich in dem engen Rock ihr runder Hintern ab. Es ist unmöglich, nicht hinzusehen. Ich will es auch gar nicht. Ihre Absätze klackern über den Steinboden, wir kommen auf einen Hof, in

Kübeln stehen mickrige Bäume, den Betonboden durchziehen Risse, am Fuß einer mit Efeu bewachsenen Wand steht eine verrostete Schnellfeuerkanone, die auch schon fast völlig unter dem Efeu verschwunden ist. Auf dem Hof gibt es mehrere Bänke, neben einer bleibt die Frau stehen.

»Das war der Lieblingsplatz Ihres Bruders«, sagt sie und streicht über die gusseisernen Armlehnen. Mir fällt auf, dass sie am kleinen Finger einen Silberring mit grünem Stein trägt.

Ich setze mich auf die Bank. Von hier ist außer der Efeuwand noch eine andere, graue Wand mit durch Drahtnetz verstärkten Gitterfenstern zu sehen, ein Schornstein, ein Stückchen Himmel.

»Ich kann mir nicht vorstellen, was ihm daran gefallen hat«, sage ich, »aber ich habe meinen Bruder im Grunde auch kaum gekannt.«

Die Frau setzt sich neben mich.

»Niemand hat ihn gekannt«, sagt sie, verstummt und hält das Gesicht in die schwache Sonne. »Es ist der Platz, wohin die Sonne am längsten scheint. Ihr Bruder hat die Sonne geliebt.«

»Ja?«, frage ich. »Wissen Sie das von ihm?«

Die Frau zuckt die Achseln, ich bemerke, dass ihr Dutt nicht von einer Haarnadel, sondern von einem Pinsel gehalten wird, dessen Borsten genauso honigblond sind wie ihr Haar.

»Warum wollten Sie, dass ich herkomme?«, frage ich sie, wobei mich die Gereiztheit meiner Stimme selbst überrascht.

»Wissen Sie, dass Ihr Bruder in den knapp elf Jahren, die er hier verbracht hat, kein einziges Wort gesprochen hat?«, erwidert sie.

»Das wundert mich nicht«, sage ich. »Er war schon immer stur. Schon als Kind.«

Die Frau nickt.

»Er hat nicht nur nicht gesprochen, er hat überhaupt nicht kommuniziert. Nie etwas aufgeschrieben. Sich völlig verschlossen. Als ich vor drei Jahren hierherkam, wollte man ihn gerade einer radikalen Medikamententherapie unterziehen«, sagt sie. Sie greift sich ans Haar, eine Strähne rutscht heraus, sie zieht sie zwischen zwei Fingern lang, spricht weiter. »Ich wusste gar nichts über ihn und ich hätte mich auch nicht mit ihm befassen müssen. Er hatte nichts mit meinem Forschungsgebiet zu tun. Hätte der Chefarzt von ihm nicht irgendwann einmal als von einem besonders interessanten Fall gesprochen, hätte ich ihn vielleicht nie kennengelernt. Doch Ihr Bruder saß stets auf dieser Bank, die man aus meinem Fenster sehen kann, und allmählich begann ich mich für ihn zu interessieren. Die Zulassung des Medikaments verzögerte sich, dadurch auch die Behandlung. Einmal sah ich, wie er mit dem Finger etwas in den Staub zeichnete und wegwischte. Ich ging zu ihm, wartete, ob er es wiederholen würde, was er jedoch nicht tat. Er saß nur da und starrte auf den Boden. Irgendwann hob er den Kopf und sah mich an. Es war nur der Bruchteil einer Sekunde, noch nie habe ich eine solche Traurigkeit in den Augen eines Menschen gesehen. Eine Traurigkeit von beinah irrealer Intensität.«

Sie verstummt, ich denke an das Gesicht meines Bruders, sehe seine Augen, den Zorn in seinen Augen. Ich dachte, ich hätte sein Gesicht längst vergessen, doch jetzt sehe ich es klar vor mir. Ich schüttle den Kopf.

»Ich brachte ihm eine Zaubertafel mit«, fährt die Frau fort, »die kennen Sie sicherlich, eine dieser Magnettafeln, mit denen Kinder spielen. Man zeichnet etwas und wischt es wieder weg. Er wollte sie nicht nehmen. Aber ich drückte sie ihm in die Hand, und dann nahm er sie doch. Über eine lange Zeit trug er sie nur bei sich, ich habe nie gesehen, dass er sie benutzt hätte, aber eines Tages beobachtete ich ihn, wie er hier saß und zeichnete. Er zeichnete, wischte es weg, zeichnete, wischte es wieder weg. Ich wollte sehen, was er machte. Ich dachte, er würde die Tafel vor mir verstecken, sobald ich auftauchte, aber nein. Zuerst dachte ich, er hätte mich gar nicht bemerkt, es kümmere ihn nicht, dass ich neben ihm saß, doch dann sah ich auf der Zaubertafel eine Zeichnung von mir, eine Skizze von meinem Gesicht.« Sie schweigt für einen Moment, ihre Lippen sind angespannt. »Die Zeichnung war sehr gut, präzise und schonungslos. Ihr Bruder zeigte mir die Tafel und sah mich an. Ich wusste, dass ich es mir nicht einbildete, er sah mich wirklich an. Und ich sah mein Gesicht auf dieser Tafel, er hatte mit wenigen Strichen alles erfasst, meine Ängste, meine Wünsche, die Strenge, mit der ich mein ganzes Leben lang meine Unsicherheit zu kaschieren versuchte und die sich inzwischen in meine Züge eingebrannt hatte, alles, was ich bin, war in diesem Bild. Ich sah hässlich aus und doch schön.«

»Sie haben sich in meinen Bruder verliebt«, unterbreche ich sie.

Sie schüttelt den Kopf.

»Das ist jetzt unwichtig«, sagt sie. »Ihr Bruder hielt mir die Tafel hin, sah mich an, dann blickte er auf den Hebel, Sie wissen, dieses kleine blöde Plastikding, das man zur Seite schieben muss, damit das Bild weggewischt wird, es war ein blauer Delphin, und mir war klar, dass ich mich entscheiden musste und mir dafür nicht mehr als ein Augenblick zur Verfügung stand.«

Wieder unterbreche ich sie:

»Mein Bruder konnte die Menschen, die er liebte, schon immer geschickt erpressen«, sage ich. Meine Stimme soll kalt und trocken klingen, rascheln wie zusammengeknülltes Zeitungspapier. Ich habe das Gesicht meines Bruders vor mir, er ist fünfzehn Jahre alt, ich zwölf, er hockt auf dem Fensterbrett unseres Zimmers, hinter ihm eine zehn Stockwerke tiefe Dunkelheit, er sagt, ich liebte ihn nicht, obwohl ich sein Bruder sei, liebte ich ihn nicht, ich sei feige, zu feige, ihn zu lieben, wenn ich ihn wirklich liebte, würde ich ihm seine Bitte erfüllen, das werde ich aber nicht, denn ich sei zu feige, und deshalb werde er sich nach hinten fallen lassen, in die Dunkelheit, er werde bis drei zählen, so lange hätte ich Zeit, mich zu entscheiden, ich müsse verstehen, dass er das für mich tue, er wolle, dass ich mutig sei, so mutig wie er, er beginnt zu zählen, eins, sagt er, ich blicke auf den Schreibtisch, neben den Zeichenblättern liegen die halbierten Rasierklingen, mit denen er seine Zeichnungen vom Karton kratzt, zwei, sagt er, ich rufe, er solle aufhören, doch ich stehe schon am Tisch, nehme eine der Rasierklingen, das wolltest du doch, rufe ich und ziehe die Klinge über die Innenseite meines Unterarms, einmal, zweimal, viele Male. Mein Bruder klettert vom Fensterbrett, lächelt.

Ich weiß, dass auch die Ärztin das Gesicht meines Bruders vor sich sieht, sie spricht von dem blauen Delphin, sie hat ihn zur Seite geschoben und die Zeichnung weggewischt. Sie spricht davon, dass sie sich ganz meinem Bruder verschrieben hat. Ihn geheilt hat. Ihn aus der Einsamkeit befreit hat, in der er sich selbst gefangen hielt.

Ich will es nicht hören, will durch sie hindurchblicken. Ich hätte nicht herkommen dürfen.

Sie sagt, sie wolle mir etwas zeigen.

Wir stehen auf, gehen den Kiesweg entlang.

Aus der Ausstellung meines Bruders ist damals nichts geworden. In der Nacht hatte er alle Bilder zerstört. Er legte sie auf die Straßenbahnschienen, kippte Benzin darüber und zündete alles an. Ein Wunder, dass die Remise nicht abbrannte. Man fand ihn am nächsten Morgen, wie er vor einer der verrußten Wände hockte und die verkohlten Leinwände anstarrte. Er beantwortete keine Fragen, sprach kein Wort. Als einzige Erklärung fand man an einer Wand drei mit Kohle geschriebene Wörter. Dieses Wandstück schnitt man heraus, heute ist es in einem Museum in New York zu sehen. Das einzige erhaltene Werk meines Bruders. Drei Wörter, mit Kohle geschrieben. Nichts ist gültig.

Die Ärztin öffnet eine Eisentür. Ich weiß, was mich auf der anderen Seite erwartet.

Es ist ein großer Raum, alle Wände sind voll mit seinen Arbeiten. Aktzeichnungen, ineinander verschlungene Körper, der letzte Augenblick vor dem Jüngsten Gericht. Ich erkenne mein Gesicht, die Gesichter unserer Eltern, unserer Freunde. Den Hintern der Ärztin. Über die Zeichnungen sind die gleichen drei Worte gekritzelt, immer wieder, hundertmal, tausendmal.

Sie sagt, mein Bruder habe das Ganze in zwei Monaten gezeichnet. Niemand habe es je gesehen, niemand wisse davon, nur sie und ich. Sie habe meinem Bruder versprochen, alle Wände zu tünchen. Die Bilder zu vernichten. Sie habe es ihm versprochen und werde es auch tun. Sie habe nur gewollt, dass ich es sehe. Sie sieht mich an, wartet, dass ich etwas sage. Ihr Blick ist auf mich gerichtet, doch es ist mein Bruder, den sie sieht.

Ich drehe mich um, verlasse den Saal, ein Schmerz schießt mir durch den Unterarm, ich drücke die andere Hand darauf, der Schmerz strahlt aus. Ich sehe meinen Bruder, er drückt mir seine Hand auf den Unterarm, versucht, die Blutung zu stillen, sagt, schon gut, du bist nicht feige, aber das nächste Mal musst du nicht quer, sondern längs schneiden und vor allem tiefer, viel tiefer.

Die Ärztin ruft mir hinterher, fragt mich, was sie nun machen solle.

Ich antworte, ohne mich umzudrehen, über die Schulter hinweg.

»Machen Sie, was Sie wollen.«

# INHALTSVERZEICHNIS